锐势力 Rui Shili

中国当代
作家小说集

叶炜 著

母亲的天堂

MUQIN DE TIANTANG

中国文史出版社

图书在版编目（CIP）数据

母亲的天堂 / 叶炜著. -- 北京 : 中国文史出版社, 2020.3

（“锐势力”中国当代作家小说集）

ISBN 978-7-5205-1989-2

Ⅰ. ①母… Ⅱ. ①叶… Ⅲ. ①中篇小说－小说集－中国－当代②短篇小说－小说集－中国－当代 Ⅳ. ① I247.7

中国版本图书馆 CIP 数据核字(2020)第 034060 号

责任编辑：全秋生

出版发行：中国文史出版社

地　　址：北京市海淀区西八里庄路 69 号　　邮编：100142

电　　话：010－81136602　81136603　81136606（发行部）

传　　真：010－81136655

印　　装：北京温林源印刷有限公司

经　　销：全国新华书店

开　　本：787×1092　1/16

印　　张：15.25　字数：240 千字

版　　次：2020 年 6 月北京第 1 版

印　　次：2020 年 6 月第 1 次印刷

定　　价：49.80 元

为有源头活水来（总序）

温亚军

以网络为主流传播媒介的这个时代，文学所面临的挑战、创作的生长点以及得失，大家时常挂在嘴边，却无能为力。是的，我们对自己也是有提醒的，对文学的新动向应该进行反思，对其有一个清晰、全面的认识，并做出客观的评价。比如对现实生活中矛盾的大胆触及，注重塑造转型期新的人物形象，区别与以往人物性格的重复，增加时代内容的融入，社会气息的强化，平凡的人物性格等多样性与更新趋势方面，虽然不是为了迎合，但是否有所改观？我们对网络的冲击除了接受，别无他法，可始终在安慰自己，纸质阅读带给人的精神愉悦，总好过徜徉在俗世里平庸琐碎的纷纷扰扰。而清浅淡远的生活，也终是热爱生命的人殊途同归的期冀。那好吧，我们还在坚持纯文学创作的这群人，最终发现希望值得等待，有些失望也值得经历。

“锐势力·中国当代作家小说集”是中国文史出版社推出的一套品牌图书，在纯文学日渐式微、图书市场极其疲软的今天，该社编辑全秋生谋篇布局、倾心打造，为致力于中短篇小说创作的实力派作家提供一个展露成绩的阵地。众所周知，网络横行的此时，纸质阅读的空间几乎日渐稀薄，尤其文学作品，这是个不得不承认的事实。作为责编，全秋生先生坚持纯文学本心，坚守纯文学出版平台，他编辑这套丛书所面临的各方压力，未来市场的销售难度有多大，我们是可以想象到的。但他还是冒着风险坚持下来，并且在选择作者、书籍装帧上更加严格、考究，使这套丛书日趋精致、高端大气，符合大众的品位。此举于纯文学作家的创作来说，无疑是一种福音。

“锐势力丛书”第二辑中的这八位小说家，大多人我未曾谋面，但从各类刊物中读过他们的作品。单从作品上来看，他们对小说文本的探索，有自己的理解和认识，对小说艺术的追求，有较好的能力和把握，他们创作出了无愧于小说意义的文本。可以说，他们在小说领域各有千秋，而且，有些作家已经取得了不凡的成就。

陈斌先的小说从细微处着笔，艺术地再现了生活，具有很强的思想性和艺术性。收在这本集子里的七部小说，叙述的风格不尽相同，但就其故事背后所体现的大悲悯情怀，或娓娓道来，或抽丝剥茧，或深沉哲思，都饱含深情，包括作家采撷了一个又一个生动细节，塑造的一系列鲜活的人物形象等，可以窥探出作家的艺术情怀和艺术探索。比如作者所写的寒腔，是庐剧的一种唱腔，庐剧人的寒苦，水月、长生的挣扎、坚守和追求，尤其代表物质和当下世俗层面的句一厅与水月的精神对峙等，有了较深探索。《寒砚》写老大的一次善意赠予，造成授受者精神的异化和挣扎。《操守》写卤菜摊主小昭的片刻游离所带来的痛苦和挣扎，其故事背后呈现的面貌，值得深思。

王传宏的中短篇小说大都聚焦普通人的日常生活，以冷峻而细密的笔触描摹出他们的孤独、焦虑与失望。她的小说有一种奇异的色彩，沉稳而不安，动荡而释然。那些在时间的风尘中不断挣扎的人们，被流水般的过去与梦魇般的现实牵扯着，在那团从他们的心灵深处升腾而起的雾霭里踯躅、徘徊着。而这一切，总是被王传宏拿捏得恰如其分。王传宏的文字极富张力，饱满而冷寂，紧致而悠远。里面既有不动声色的平实，也有出人意料的绚烂。作者热爱她笔下的人物，把这种热爱隐藏在自己的文字之中，极富耐心地构筑起一个个小小的世界。这其实在某种程度上也造就了她作品特有的气质，绵长而柔韧的文字中所涌动的奇光异彩。

晓秋以女性的眼光，对准她所生活的城市背景，对城市的历史和生活的整体性做着追忆式的拆解和重构。她作品里的各色人物，如时光一般缓慢，他们的心境也如缓慢流淌的河水，在沸腾的时代背景下，再怎样暗流汹涌，依然对生活抱着希望和美好的幻想。晓秋的作品注重城市的人与自然、人与历史、人与时间、人与地域的关系，将人的行动放置在阔大的文化视野中加以审视，意境由此幽远起来。她打量当下都市生活中的女性群体，她们的情感、婚姻、家庭，还有友谊，于浓密的生活质地中把握住了火候，于婚姻的烦琐里写出了练达，于微波细澜的情谊里见著温暖。

叶炜的小说创作努力拓展乡土文学的书写空间，重新反思人与土地的关系变化，其乡土叙事聚焦一个区域、一个村落和区域文化特质，呈现出独具个性的乡土书写立场和姿势。同时，叶炜的乡土小说以全景式观照和“非道德”视角审视两种方式书写民族心灵史，在人与土地关系的视野中发掘和表达乡土中国的精神存在。如何在乡土的视野中去探索乡土中国更多的书写方式与路径，是叶炜及其小说创作带给我们的重要启示。

赵剑云的创作纯真而又深刻，她的小说关注更多的是平凡人物和普通人的生活，人物很现实，事迹很平实，却以一颗悲悯之心体察生命，由此实现了对命运及时间之河中的存在之思。赵剑云在自己的小说中，强化了日常生活中的温暖和爱意。她擅写感情，尤其是爱情，她从女性视角出发，叙述当下中国人的家庭、婚姻和情感生活，追随着人物波澜起伏的情感，探寻人物或柔软或幽暗的内心世界。她细致温婉地表达了对于中国社会精神情感状态诸多缺失元素的关注，例如情感的隔膜、亲情的淡漠、友情的缺失等等。赵剑云习惯书写杯水的微澜，小事之光，生活生命中那些纤细的、毫发的温度，以及由这温度而影响到的内心，赵剑云构建的是一个有着毛茸茸质感的情感世界，她体察、审视着那些和青春相关的冲动、爱情和孤独。

曹永出道就拓土开疆，构建自己的文学地域。他建造的野马冲镇和迎春社村，俨然已成他的地理标识。在这个相对闭塞的蛮荒世界，没有常见的田园牧调，由于恶劣的自然条件和生存环境，处处展现出人类的懦弱与偏执、无助与挣扎、粗野与凶残，他们似乎永远活在压抑和焦虑之中。这片领土上居住的民众，虽然活得像野兽般坚忍顽强，但生命的质地却无比脆弱，随时有可能被意外事故所折断。曹永的小说语言朴拙，棱角分明，故事在推进过程中没有多余的渲染，显得干净利落。他作品散发出力量的冲击，以及让人震颤的审美快感。感性的生活经历和理性的社会思考，形成他独特的写作风格，也让他在有限的叙事里，展示出无限的空间。

常芳的小说有厚重的文化思考，她有着温婉的书写姿态，不动声色的价值批判，在温情与诗意的文字下，直面广阔的世界。以中篇小说《一日三餐》《你在木星上有多重》《左青龙右白虎》为代表的市民生活系列小说，以中篇小说《纸环》《撒拉弗的翅膀》《冬天我们去南方》为代表的反映当下知识分子精神困境的小说，敏锐地捕捉现实与日常生活，呈现出人的本真存在以及与这个变化世界的复杂关系。以短篇小说《蝴蝶飞舞》《白色蝌蚪》《一只乌鸦口渴了》为代表的成长小说，在关于少年们成长的小小欢乐之外，更多的是呈现时代和命运的不可抗拒，以及少年们成长路上所背负的沉重和无助。

杨帆的作品试图展示不同阶层的个体在社会环境下的际遇，人的吃饭问题、安全感、幸福指数、情感与理想等等。杨帆近年偏于社会题材，在作品中继续质疑、探讨这些问题：经济与文化、自然与社会是否可以脱离，科学、艺术能留给后代什么，在先进与传统、个人与集体之间如何前行；房屋的功能是什么，不同阶层的人能否相爱，人的物化与物的人化完成后人类将走向哪里等等。杨帆将本来沉重、严肃的命题简约到用文字叙说来表达，然后再依靠文字的奇特功效"以小见大"，从而实现自己的文学表达目的。这一从具体到抽象、再通过抽象还原到具体的技巧，使得她的作品具有较大的扩张力和震撼力。

八位作家的中短篇小说在虚构能力、人性开掘上都有值得肯定的地方，因为大家的共同坚守，使纯小说领域的色彩更加丰富。大家都知道，小说是作家想象力的产物，小说的核心品质在任何时候都是复杂的，而不是简单地表达一段生活经历，或者说故事。这个时代，还在保持传统阅读的人们对小说解读或多或少存在着一些偏差，甚至带有些许鞭挞社会现象的期待和给予混浊呼吸以彻底颠覆的情绪，致使小说作品的负荷时常超重。再就是，越来越多的诱惑对作家本人的冲击，致使某些作家很难沉静下来，认真面对小说的意义去创作。加上一些读者的误读，使一些作品奋不顾身地往"真实生活"上靠拢，有些作家越写越现实，越来越缺乏想象力，使小说创作越来越没有了难度，有些基本上就是现实生活的翻版，这显然削弱了小说的实质意义。

一个作家的观感、视角，也就是一个作家的价值判断能力，或者异质性的经验，是作家对生活不断地阐释，对生活的空间以及多变的外部环境做出充分的估计，在创作中不断地加入自己的思想认识，启发他人更加自觉地去发现生活中隐秘的一些事物，这应该才是我们创作小说的初衷。

愿与诸位共勉。

2019.11.28 于京华

（作者系第三届鲁迅文学奖得主）

目　录

CONTENTS

母亲的天堂

此文献给我的母亲。

一

窗外正落着小雨，静悄悄地。房间里只有我一个人。电脑的光屏发出淡蓝色的光晕，终于可以坐在电脑前写一点东西了。我知道，自己终有一天会把她写出来，现在是时候了。最近，我老是在做着关于娘的梦。娘的面孔是那么清晰，宛如她生前的样子。我明明看见她向我走来，我向她伸出手，娘却总是摇摇头然后离我而去，我大声地喊娘，她连头也不回，就走了。娘皱着她永远舒展不开的眉，一副心事重重的样子走了。我大声地哭，惊醒了同舍的人，他们把我从梦中叫醒，说叶炜你叫什么呢，这么吓人。我说我又梦见我娘了，她明明看见了我，她一定有什么事情要告诉我。他们摇摇头说叶炜你这两天太累了，你好好休息吧，你胡思乱想什么呀，你娘都死了两年多了。我问他们今天几号。他们说二十六号。我说我该回家了，明天是给娘上坟的日子。

村子里还是老样子，前几年村子里盖房子的很多，几个月不回家，就会有好几栋新房子冒出来。现在很少有谁再盖房子了，有了钱的农民也学着城里人开始享受了。天空飘着几朵白云，村子里的树到处都是。半年没有回家了，远远看见家里的灰色院墙，上边长了一丛丛的草，爹大概顾不上清理它们了。推开门，爹正在院子里侍弄他的三十几只兔子。娘走的那天，她突然告诉我说大孩你爹以后不能再出去干活了。我说爹你就养几只兔子吧。爹就从那时候起一边养兔子一边供应我们兄妹三人上学。爹抬头看见我，说大孩你回来了，我昨天还梦见你娘来，她好像有什么事情，她没说……你娘和我生疏了。有事情也不和我商量了。我说爹你瞎说什么呀。爹回屋给我倒水。爹以前从不给我倒水，都是我给他倒，但自从我考上大学后，他似乎变得很客气了，有时吃饭他也给我盛，却不给小弟盛，他说等小弟考上大学他也给他盛。他总是说我给他挣了面子，让他在父老乡亲面前挺起了胸脯。小弟和小妹从外面跑进来，看见我说哥你回来了。他俩在村上的小学读一年级。小弟今年九岁，小妹比他小一岁。小妹很乖，很懂事。小弟也是。爹说我们家的孩子是早当家。小妹爬上我的腿扳着我的脖子说哥你回来是给娘送钱的吧。她不知道上坟是什么意思，但她知道我一回来就给娘砸（鲁南风俗，烧纸之前要砸一下）纸钱。小弟小声说哥我昨天梦见娘了，我叫她她不理我。我看着爹。爹说你娘这是放不下你们呢。说完他就哭了。

下午我给娘砸了纸钱，拿了一挂炮仗，爹从橱子里拿出来一瓶酒，说给你娘送点酒，她活着的时候我没让她喝，她还怨你爹呢。小弟说我也去。爹看看我，说你还小，让你哥一个人去吧。小弟说我想看看娘。我对爹说那就让他去吧，让他也认认娘的坟。爹摸着小弟的头说别吓着他就行。我一手牵着小弟一手拿着竹篮，小弟的手在发抖，他大概很害怕。娘走的时候他没见，他那时和我的两个姑姑在爷爷家的炕头上突然哭了，他喊着娘走了，我看见了。那时姑已经听见了前院的哭声。她抱着小弟哭着说你娘她没走，她还活着，你不要哭。她那时已经号啕大哭起来。

娘的坟在爷爷的坟旁边。坟包不大。爹说娘走得早，等他走的时候，再给娘好好收拾收拾，娘葬得太匆忙，活着的时候她为我们兄妹三个熬干了心血，走的时候也没给她准备一副好棺木。小弟指着娘的坟说，哥咱娘躺在这底下吗？我说娘早进天堂了，她活着的时候为我们遭了那么多罪她早该进天堂了。我大声哭起来。小弟出奇地镇静，他给娘烧了纸钱。他不哭。他说哥娘在天堂里会想我们吗？昨天娘怎么不理我呀，我那么大声叫娘，娘怎么不理我呀哥。我揽过小弟，说你看见咱娘的坟前长出柳树来了。他看看那两棵只有半米高的柳树，没吱声。回去的时候他突然对我说，哥，我们要是那两棵柳树多好，那样就能守着娘了。

我知道小弟开始懂事了。

二

有时候，我不愿意回忆。我不想把那段痛苦的经历再翻出来，晒在阳光下。我宁愿让它们埋藏在我的心底，我知道真正的痛苦是无以言说的痛，说出来，对自己只能是一种暂时的解脱，并不能让我走出痛苦的阴影。娘的离去，让我背负了沉重的灵魂的苦难。娘的病其实来得并不是很突然，她怀小弟那一年就觉得心窝口不舒服，憋得慌，可当时没在意。爹也没放在心上。那时家里境况不好，穷人家最怕得病，付不起药钱。我那时在镇上的中学读初中，每天都是背上娘烙的煎饼卷子，娘再从咸菜缸里给我捞几根咸菜疙瘩，这就是我一天的饭了。

娘在我读初中二年级那年冬天，身体已经虚弱得很厉害。小弟那年三岁，还没丢下奶。爹执意要娘去看病。娘不肯。娘说她身子骨硬朗着呢，看医生那得花多少钱呢。但娘在那年冬天实在喘得厉害，她答应我们去镇上的医院看看。在说这话时她又耽误了好几天。那天我从镇中学放学回来，风很大，卷起的一团团沙砾让人睁不开眼睛。路上几乎没有行人，被风刮走泥沙的路露出一圈一圈的惨白色。偶尔有一辆车驶过，发出呼呼的响声。我骑着自行车急急忙忙往家里赶，影影绰绰看见前边有一团黑影，像是要摔倒的样子。我没在意。骑出去好远，我才想起来那会不会是娘？折回去，果然是娘。她蹲在地上，揉着眼睛，在那里喘。我的眼泪流出来。娘说她本想去医院打针，谁知这天……我跪倒在娘的面前，把她扶起来，我哭着说娘以后儿子送你去上医院。娘苦笑了一下，说傻孩子娘以后还能去几次医院呢，娘这病不是什么大病，会好的。娘的话并没有应验，这以后娘光住院就住了两次。那天回到家以后，娘好了许多。爹很高兴，爹说娘这病是累的，娘硬是让一家五口人给拖累的。爹那时跟着村里的建筑队干散活，爹是家里的顶梁柱，一家五口人的肚子全靠他那一天十块钱的收入。娘舍不得给小弟断奶，娘说我小时候直到七岁还在她怀里吃奶呢，不能太委屈了小弟。其实她那时身体已经很虚弱，哪里来的奶啊。有时候小弟吃不饱，娘就埋怨自己。那时娘还得照顾小妹，她才两岁多一点。小妹喝的是廉价的奶粉，是从爹每天挣的十块钱省出来的。那一年的冬天有多么冷啊。

从那时候起，我就盼望着春天的到来。因为一到春天，娘的病就轻松多了，有时候甚至看不出有病的样子。对于穷人，春天永远比冬天好。小弟在那年的春天学会了到处乱跑，小妹也不再缠着娘要奶粉喝了。一家人轻松了许多，尤其是在那个春天，娘露出了少有的笑容。娘从箱子里翻出积攒了好多年的棉花，要给家里添上几床被。娘似乎有永远做不完的活，她总是闲不下来。我们的衣服永远是干干净净，虽然那上面落满了补丁。这一年的春天爹破天荒地从镇上割了一斤羊肉。那是我们一家迄今为止最美的午餐。

三

娘走了以后，我考虑最多的一个问题就是人为什么最终都要走向坟墓？我实在弄不清楚生的意义。在这之前，我并不知道自己是在一天一天朝着坟墓跑去。小时候，我无忧无虑。我怀念我的童年，那是多么美妙的日子啊。天底下只有我一个人。我就是我自己的皇帝。可现在……我知道自己有一天也会像娘一样消失。尽管我们怀念她，可那又有什么用？娘还是离我们而去了。在这之前，我只知道要读书，要考上大学，可现在我又不能弄清楚自己的终极目标是什么。母亲的离去让我对人生产生了一种莫名的恐惧，让我对于生命产生了一种敬畏。生命是如此脆弱和短暂，就像是一朵昙花。我时常问自己我为什么或是为谁而活着？我的母亲已经离我而去，并且我有一天也会跟她而去，那我活着的意义何在？我曾经和一个哲学教授讨论过这个问题。我问他人为什么而活着？鲁迅所说的前面的坟对我们生的人来讲有什么意义？有一天我当上总统和有一天我当上叫花子来度过自己的一生，这之间有什么不同？既然每个人从一出生那天起就必须准备着死亡，那生的意义又是什么？我提出那么多的问题，但是那个哲学教授却只说了一句话：不管怎么说我们都必须活着，我们必须超越这个生的悲剧，这就是活着的意义。后来，我从一本书上看到“万物皆流，无物常驻”这句话。才明白人生存在的虚无缥缈。现在，我已经知道说这句话的是一个叫赫拉克利特的人。据说他是一位伟大的哲学家。可他也已经死了。他还能站在我面前吗？他知道自己说的一句话在若干年后对一个无知后生的影响吗？他知道自己的精神还活在这个世界上吗？正如我的母亲知道她还活在并且永远活在儿子心中吗？

但愿他们都知道。以给我活下去的勇气。

四

春天带给穷人的并不一定都是好消息。就在娘的病刚刚有所好转的时候，叔好像是突然之间就病倒了。叔的个子不高。叔出生的时候赶上“大跃进”运动，奶奶在那一年抱病而去。没有人愿意嫁给瘦小的叔。叔什么都做过，他当过煤黑子，干过饭店，擦过地板。什么罪都受过的叔身体里突然长了个肉瘤，大夫说那个肉瘤紧靠着脊髓，做手术很危险，肉瘤也许会腐烂。爹那一天从叔家回来就哭了，他说叔的命就这样苦，他还没有娶上媳妇呀。娘没有说什么。娘默默地递给爹毛巾。娘愣了一会儿说总得想想办法，他叔不能就这样等着啊。娘还说咱家那头猪都长膘了，卖了给他叔看病吧。爹看看娘，跺跺脚出去了。

叔说什么也不去看病。叔说家里哪来的钱啊，我去就去了，哥你就别搭钱了。爹说兄弟你这病能治好，再说……咱爹他……他不能看着白发人送黑发人啊。叔哭了。爹去了城里。本家的一个大爷在城里一家公司当经理。大爷给叔安排了医院，大爷说他和那家医院的大夫熟。叔就这样住进了医院。叔的手术很成功。大爷说这是一个奇迹。爹想给那个大夫磕头，被大爷拦住了。叔的手术费是城里的大爷出的。叔在医院住了半个多月，叔对爹说哥咱回去养吧，这费用咱交不起呀。爹看看叔，叔眼里含着泪水。爹去问医生。医生说天热，家里恐怕不行，你家条件好吗？爹脸一红，说乡下总比不上城里的。医生说你兄弟的病可是要预防感染的。爹说那就在这儿吧。爹瞒着叔回家又借了五百块钱。爹临来的时候，娘从她身上掏出五十块钱。爹没接。爹说你还得吃药呢。娘眼圈一红，说我倒没什么，他叔要紧。爹说还有孩子呢，娘就没再坚持。娘说要是他叔回来就上咱家来住，和咱爹一起过来，我侍奉他们。爹眼圈红了。

大爷在公司给叔腾了一间房子。公司离那家医院不远，很方便。叔就在大爷的公司里养着。那一年的暑假我就在公司里度过。爹已经有好几个月没做活了，爹让我给叔打饭和喂药。他回家找活做。叔那时还不能下床。我在屋子里待不住，常常跑出去。公司里到处都是人，他们刚一看见我都是一副很惊奇的样子，后来见得多了也就不奇怪了。公司满墙满墙的爬山虎，还有一个冰糕场，我都喜欢去看。他们有时会给我一个冰糕，我便拿回去给叔吃。叔问我从哪里来的。我说别人给的。叔便不说话。

叔能下床的时候，常常让我扶着他出去走一走。每天傍晚，我和叔便坐在公司的门口看车来人往。有许多人抬起头来看看我们，我知道我和叔站成了他们眼中的一道风景。一个月后叔回到家里，爹便把爷爷也接过来。自从我的两个姑姑出嫁以后，爷爷便和叔住在一起。现在我们一家七口人在一起吃饭，娘忙坏了。叔还是不能弯腰，娘便照应他的饮食起居。

那些日子，娘的喘病又加重了。娘说爹要是有事做就好了。

五

那一天村主任说让爹干队长。爹疑惑地看着村主任，不相信。村主任说这是经过村委会研究决定的，为了照顾你家的状况，一个月村里给你开一百块钱，你好好想一想啊。爹说我感谢村里的照应，可一百块钱管什么用啊。村主任笑笑说你还可以干点别的，你老哥哪能那么死脑筋呢。爹笑了，说行，我干，主任。村主任拍拍爹的肩膀说好好干，没有过不去的坎儿。爹差点儿就哭了。娘也很高兴。她说队长也是个官，爹终于有一个固定的事做了，日子会越来越好的。叔一改往日愁眉苦脸的样子，笑着说都是我把家里害苦了，说完他就哭起来。爹摇摇头。只有爷爷还是一副心事重重的样子，他说没有这么好的事儿，这活可是得罪人的呀。爷爷年轻的时候干过大队会计，农业学大寨的那会儿，犯了错误，把党籍给撤了。爹说总比没事情做好吧，一家七八张嘴啊，爹你说咋办？爷爷没吱声。娘看看爷爷，又看看爹，说咱是厚道人家，别人也不会难为咱的，你说是不，爹？爷爷点点头。也许时代不同了，一切都会好起来的，爷爷幽幽地说。

爹就这样干起了队长。

六

娘第一次住进医院是在我考上高中的那年冬天。那一年爹早已经辞掉了“队长”这个被爷爷称为得罪人的活。叔的病已经痊愈了，小弟小妹也能离开娘的怀抱，爹本想我们家的日子会好起来。万万没想到娘的病会突然严重。娘住进医院的事爹没有告诉我。那天我从学校里回来，家里锁着门。邻家的婶子说大孩你娘住院了你还不知道？我愣在那里半天没说出话。婶子走过来说大孩你没事吧。我说没事婶子，你知道我娘住哪家医院吗。她说是王开医院。那是一家专治肿瘤的医院，难道娘得的是一种肿瘤？我隔着墙把书包扔进院子骑着自行车到王开医院去。从家到王开医院有八十里地，我拼命蹬着车子，想早点见到娘，泪水弥漫了我的眼睛。

到医院的时候天已经黑了。我茫然地寻找着娘的病房，奇怪的是我是径直地走进母亲的病房。我不是唯心主义者，可我自从娘生病以来突然就变得敏感起来，有时候我不得不相信自己的感觉，就像我一打喷嚏就知道自己的亲人在想念自己一样，那个亲人一定是娘或爹。这种感觉在我三年之后离开家乡异地求学更是这样，也许这就是人们常说的第六感觉吧，我相信这种感觉只有在亲人之间才会发生。我清楚地记得在娘临走的前一天夜里自己难以入眠的情景，那一夜我梦见娘清晰的面孔，她一遍一遍对我说要照顾好小弟小妹然后朝我挥挥手，突然就消失得无影无踪。有时候我会在猛然间停下自己正在做的事情，因为我觉得自己早已经在某个时候做过这件事。就这样我凭着自己的感觉走进娘病房的时候，爹愣了一下。

娘正在输液，她睡着了。娘的脸变得肿大，她全身都在浮肿。看到娘的样子我想哭。娘怎么会突然之间变成这个样子？我问爹。他示意我到门外。爹蹲在门口哭了。爹哭完以后告诉我娘得的是肺气肿，晚期，很难根除了，娘还有轻微的心脏病。我静静地听爹说着，我出奇地冷静。我知道这是绝望的冷静。爹问我有没有到姨家去看看小弟和小妹，他们已经在姨家好些日子了。姨住在邻村，离我家最近。我告诉爹自己从县城回来就赶到这儿来了。爹又哭起来。这时娘唤爹进去。爹站起来抹干眼泪对我说你娘还不知道自己的病情。我走进去叫了声娘，差点儿当着娘的面哭起来。娘看见我就努力想笑一下，可她却哭了。娘哭着说孩子你怎么来了。我哽咽着没吱声。

娘说大孩你别难过娘没什么大病，你爹说过几天就能出院了，咱不住这地方，这地方住院费太贵。我那时真想大哭一场，可我忍住了，那时我唯一的想法就是退学找活干挣钱给娘看病。

第二天爹对娘说他想回家看看小弟和小妹，我正想留下来侍奉娘，长这么大我还从来没有在娘面前尽过孝心。爹叮嘱我别忘了给娘喂药，告诉我餐厅和厕所的位置就走了。我看着爹远去的背影，爹明显瘦了，才四十二岁的他背已经有些驼了。我问娘想吃什么。娘说她什么也不想吃。我知道娘吝惜钱，就出去给娘买了一斤水果，我兜里剩下的这十块钱是我自己一分一分省下来的。到了下午，我问娘喝不喝羊肉汤。我估摸兜里的钱能够买一点羊肉汤，自从那年春天以来，娘再没喝过一次羊肉汤，她最喜欢吃的就是羊肉。娘点点头。她说大孩你多要点汤，你也喝一点。我对娘说我不饿。我已经一天没有吃东西了可我确实不饿。我把兜里的钱全买了羊肉汤。当我把它端到娘跟前看到娘一口一口吃下去的时候心里涌过一阵酸楚。娘为了我们兄妹三个付出了多少心血啊，是这个家把娘的身体给拖垮了。娘，你还能好起来吗？我愿意用我的寿命延续你的生命，只要让你能跟我们在一起，让我做什么都行。

我向冥冥之中祈祷着。

七

娘没等身体完全恢复就出院了，事实上娘再也不可能完全康复了。这一次住院以后娘的病开始好转，浮肿在慢慢消失，脸色开始变得好看起来。我们一家喜出望外，以为娘的病这一次也许会恢复，幸福也许会降临到我们头上。娘的健康是我们最大的幸福。可老天爷不给！两年以后，娘又一次住进了医院。那时我已经读到了高三。虽然我几次向爹提出退学的事，可他不答应，尤其是娘，她哭着叮嘱我一定要把书念完，她说自己的病不是什么大病。在娘的坚持下，我读到了高三，我是多么后悔自己选择了求学之路。如果我不读高中，如果我能够找到一份工作，娘的病就能够得到及时治疗，也许就能把娘的病治好，至少娘的生命会多延续几年。

我因此常常责备自己，每次梦见娘后我都会大哭一场，娘的离去，让我的一生背负了沉重的精神压力。我常常想等自己有一天在另一个世界见到娘的时候，也许娘会给我补偿的机会。如果没有这样的机会，那我的灵魂又如何能够有一个安息的地方？失去娘的痛苦是最大的痛苦。我愿意用我的生命来换取娘的生命，可谁又能帮我做到？如果有一天小弟小妹问我娘为何那么早离开了我们，我又能回答他们什么呢？我能够告诉他们娘是被这个家拖垮的吗？他们那时并不懂事呀，而只有我自己作为娘唯一懂事的儿子，却眼睁睁地看着她离开了我们，这种痛苦是永远也摆脱不掉的灵魂十字架。我的一生只能永远活在这个十字架的阴影之下。这是无以言说的痛，我知道真正的痛苦是永远也摆不脱的。有许多人劝我说离去的已经离去，活着的还要活着，人为了活人而活着，你不能够沉浸在过去的世界里。他们怎么能知道我内心的痛苦！

八

我们一家和医院结下了不解之缘。除了小弟和小妹以外，我、爹、娘和叔都住过医院。我因此对医院怀着一种温馨的记忆。医院救活了叔，医院让我爹恢复了健康，可医院却没有挽回娘的生命。娘第二次住院是在那年秋天。我正在县城读高中。医院里弥漫着温暖的来苏味。这种温暖的味道直到今天还留在我的记忆之中。医院离学校不远。本家一个姑姑在那家医院里工作过，娘住进医院的时候她已经调到另一家单位去了，尽管这样，她还是托了关系，给娘找了医院里最好的医生。爹是在娘住进医院的第二天才通知我的，我从学校到医院的时候，医生正在给娘会诊。他们查看了娘的身体，问了娘有什么感觉，就走了。我看见姑姑也在其中，她看见我，眼圈一红，示意我和爹出去。姑说娘的病是综合病，肺气肿、心脏病和结核，而且是晚期，很难治好了。爹问姑，娘还有多少时间。姑犹豫了一下，说这病很难说，也许是一年，也许是十年。我说姑就没有啥办法了吗？姑看着我半天说你好好上学，你娘不用你管。她对爹说给嫂子买点儿好吃的吧，她想吃啥就给她买啥，别心疼钱了。她哽咽起来，捂着嘴哭了。

第二天姑来的时候硬塞给了爹一千块钱。

娘依然很乐观的样子，她还说自己没啥大毛病。爹在娘跟前也说娘的病会很快好起来的。我只想哭。那些日子我待在医院里，爹有时回家看看小弟小妹，我就侍奉娘。娘那时候已经不能随意走动，只有上厕所的时候娘才勉强挣扎几步。娘说孩子你要是女儿就好了。我就在娘的背后哭。娘生病的消息传到学校里，同学们都来看娘，娘很感动。班主任也来看娘。娘以为他是校长，娘总是把任何老师都叫校长。班主任安慰了娘几句，临走时他说叶炜你可不能退学啊。我说自己实在挺不住了，这学就不上了。班主任就没再说什么。第二天我的几个同学过来，我回到学校，上了一节课又回来了。我说娘你让我怎么能安心读书呢。娘抱着我哭起来。娘喜欢吃鸡蛋炒蒜苗。娘说她这一辈子就喜欢一汤一菜，羊肉汤和鸡蛋炒蒜苗。可娘这一辈子总共才吃过几次这样的菜啊。她俭省了一辈子。娘从来没有在自己身上花过一分钱，娘总是说她喜欢吃咸菜，娘说她不喜欢吃贵的东西，可所有这些，都是娘为了我们兄妹三人编出的瞎话。娘直到在她生命的尽头也没有为自己兑现过她的“一菜一汤”。

一个多月过去了，娘的病仍然没有好转。爹一天比一天消瘦下去。家里再也拿不出给娘治病的钱了。爹每天跟在大夫身后，问他们还有没有更好的办法。爹得到的只有无可奈何地摇头。姑劝爹给娘买些药回家养着。爹摇摇头，爹的眼睛爬出两颗眼泪。

但娘还是回来了。娘还是以为自己没有什么大病，她对爹说回家也好，小弟小妹不在身边她想得慌。小妹那时还不懂事，她见到娘回来了，高兴得乱蹦乱跳。爹背着娘哭了好几次。

九

娘的精神状态一直很好。医生说这对娘的病很有好处。从医院回来的针药用完以后，娘的病略有好转，但娘仍然不能够弯腰，一弯腰肚子就疼。娘做饭的时候都是站着，娘坐在板凳上洗衣服。起初爹不让娘做这些，可娘不肯。娘说自己还能做些什么呢？只能做这些了，你要是不让我做，我也闲得难受。爹便不再说什么了。爹照顾着田地，还得想着做活，家里已经负债累累，娘的针药又不能断，境况糟得很。

这一年的夏天，娘的腿开始出“水”，是一种类似油的东西。爹很慌张，跑到贝城去问姑。姑说嫂子的病到了关头了，等水出尽了好了就好了不好嫂子她恐怕就……爹问姑有没有办法。姑摇摇头，说也别吃药了，没有用了。爹临走的时候姑哭着说哥你可要挺住啊。爹点点头，摇晃着身子回来了。爹给娘买了一大捆卫生纸，出水的时候就用卫生纸浸干净。后来出水越来越厉害，娘就找来一些干净布用碱水洗了，里面放上卫生纸，把腿包起来。这样用不了多久，又浸透了。后来娘干脆就不包了，让“水”流到地上。娘在哪里坐哪里很快就会出现一摊“水”。小弟小妹看到娘的样子很害怕，小妹问爹，娘的腿上怎么会流“水”呀爹？爹不说话。娘揽过小妹告诉她这是娘身上的脏气，等“水”流尽了，娘就好了。娘总以为自己的病总有一天会好。事实上娘的病根本就不曾好过，也许是娘故意在安慰我们？从那时候起，娘就念叨着人走了以后要进入天堂。娘说天堂没有人会生病，天堂里没有穷人。娘说这话的时候脸上荡漾着微笑，娘是美丽的。爹说娘年轻的时候美丽得让人心疼。可是现在呢？在天堂的母亲是不是还是她年轻时的样子？在天堂的母亲会不会生病？

我那时已经临近高考，精神压力很大。爹和娘都不准我退学，我只有拼命地学习，我知道自己没有退路，我必须考上大学。爹早已说过，他可以接受将要失去娘的这个现实，这是命，但他不能够接受我高考落榜。我知道支撑自己读书到今天的动力是什么。在那些日子里，我除了学习和回家看娘以外，再没有做过其他任何事情。这一年的麦收只有爹一个人来做了。娘挣扎着给爹做饭。娘那时已经消瘦得走了形，她身上的“水”差不多已经流尽了。那一天爹正在田里割着麦子，突然觉得娘要出什么事了。他扔下镰刀往家里跑，在半路上看见娘跪倒在地上，手里拄着一截树枝，在那里挣扎着想站起来。爹问娘出来干什么，你又不能割麦子。娘说我去跟你说说话还不行吗，我知道你一个人憋得慌。爹抱着娘大哭起来。

老天爷有眼，这一年我家的麦子获得了大丰收。

十

七月九号那天是个阳光灿烂的日子。我高考还算顺利。那天我把铺盖卷起来，告别了我的母校回到家里的时候，我想我可以好好侍奉娘了。

娘好像在突然之间背就弯了。她再也离不开拐棍了，连上厕所也得让别人扶着。从那时候起，娘腿上的皮开始脱落，这一年的天气也变得特别热起来。娘夜里不能够睡觉，她坐在凳子上，一坐就是一夜。娘开始说梦话，她说自己看见了姥娘。姥娘已经去世多年了，可娘说她听见了姥娘的呼唤。

爹知道娘的病愈加厉害了。

村主任说他在《大众日报》上看到了我的名字。那上面登了全省的高考成绩。几天以后，我接到了师范大学的录取通知书。那时爹正在菜园子里浇水，当我把粉红色的纸递到他手上的时候，爹只是淡淡地说，走，回家去。

我清楚地记得，那时周围很静，静得出奇。

爹习惯地蹲在屋角，吧嗒吧嗒抽着旱烟。娘在里屋不断地咳。我问娘要不要喝水。娘说不渴。爹突然像是对我说又像是自言自语的样子说，这学校分不分配呢，怎么还收费呢。我说爹现在师范院校还分配，今年都实行并轨制了，师范院校收费是最低的了。

爹说晚上到你叔家去商量商量这学费怎么弄。

晚上我和爹到叔家的时候，叔和爷爷正在吃饭。叔看见我说大孩你考上了。我说考上了叔。爷爷放下手中的碗，抖着手把那张通知单念了一遍又一遍。叔对爹说大孩考上了大学是件好事，咱村上还没出过大学生呢，这学得念。爹说我也这么寻思，大孩考上大学不容易，他娘病了这么多年，拖累了他不少，就是砸锅卖铁我也得让他上大学。

那天，我哭了一夜。

我能考上大学，娘很高兴。她天天嘱咐我，上大学以后要好好学习，不要和别人争，不要和你爹一样脾气暴，凡事要隐忍一些，俗话说在家千日好，出门事事难哪，我娃要自己爱护自己了。我只想在娘面前大哭一场，可我忍住了。我知道在娘面前我不能哭。娘在我很小的时候就告诉我穷人的娃不哭。

离上大学的日子越来越近了。娘开始给我准备上学需要的东西。娘给我纳了两双鞋垫，那是她在灯下一针一针连起来的。娘在给我纳鞋垫的时候她的腿还在往外冒“水”。

开学的日子到了。学费也凑得差不多了。爹向亲戚借了许多，叔也凑了一些。

临走的那天晚上，娘把我叫到她跟前，娘说娃在外要多注意身体，不要挂念娘，娘这身子骨说不定哪天就……娘哭了。

我咬紧嘴唇，不让眼泪流出来。

娘哭了一会儿，说娘是舍不得你走哇，我娃在外可别委屈自己啊……

我走的那天，天阴沉沉的。本来说好了不要娘来送我，可娘还是拄着拐棍出来了。叔帮我拎着包，其实那包我拎得动的，里面只有几件平日里穿的衣服和一些书。一直默不作声的小弟问我什么时候回来。我说哥去很远的地方，不能经常回家了。小弟说哥你就走吧，我和小妹再也不会惹娘生气了。我摸摸小弟的头，想哭。还不懂事的小妹一个劲地问我哥你去哪里呀哥你去哪里呀。我抱起小妹说不出话来。爹对她说你哥去上大学。小妹听了这话突然转过脸来问我，哥上大学好不好呀？

我终于忍不住放声大哭起来。

十一

大学的生活让我很无措。周围的同学都是一副快快乐乐的样子。我自己无论如何也高兴不起来。我知道自己和他们不一样。我是穷人家的孩子，我有一个患重病的母亲。我只能努力学习。我就是这样开始了我的大学生活。

十二

那一天传达室的老大爷在楼下叫着我的名字，说有我一封电报。我想是不是娘出事了。我颤抖的手怎么也拿不住电报，我对宿舍里的人说你给我念念。他们看了电报脸都变了。我知道是娘。我愣在那里。从学校到家里，我哭了一路。我回忆着一件件往事。到家的时候，我看见娘静静地躺在堂屋的苇席上，身上盖了今年添置的唯一的一床棉被。我叫了声娘，哭了。娘也哭了。她低声说大孩你回来了，你把娘想苦了。说这话时，娘看上去已经很吃力了。我知道娘最后的时刻到了。一想到这个，我却出奇地镇静了。爹默默地抽着他的旱烟，焦躁苦涩的烟叶发出吱吱的声响伴着他不断地咳嗽。我们都立在那里，谁也不说一句话， 屋里一片宁静。

五点钟的时候，姨夫匆匆赶来了。他看了看娘，没有说什么。他挨着爹在屋角坐下来："姐可能不行了。"他点了一根烟，吞了一大口又吐出来："我今天眼皮直跳，姐可能不行了。"他幽幽地说着。姨夫住在邻村，常过来看娘，为了娘的病，他费了不少心。

小弟一个人从前院跑进来。他扑到爹的怀里，静静地注视着娘。娘像是动了一下。我俯下身子问娘喝水不？娘艰难地点点头。我用勺子喂了娘两口白开水，第三口的时候，娘便不喝了。她微微叹息了一声。我想哭，没有泪了。

大约六点钟的时候，娘突然向我们挥了挥手，像是想要抓什么似的，但没等我把手递给她，娘便闭上了眼睛。娘走了。

我大声哭起来。爹和姨夫不让我哭，爹说别哭，孩子，哭了，你娘就迷了路。我咬紧嘴唇，抑制着泪水。爹缓缓地将被子拉到娘的脸上，然后把娘生前没有穿的一双新鞋拿出来。我看见爹手抖得厉害，是姨夫帮着他才给娘穿上鞋。

爹找来一根扁担，放在我手里，说给你娘喊喊路吧，别让你娘迷了路。姨夫把我扶到院子的一个高脚椅子上，说喊吧，大声点。我对着西南方向喊：

娘去西南啊，大路好走啊，娘去西南大路啊，娘……

我听见爹像狼嚎一样的哭声。

丧事办得很简单。第二天就草草安葬了。爹一遍遍地说着你娘俭省了一辈子，走了也没能置一副好棺木，我对不起她啊。我茫然地看着他，爹在一夜之间苍老了许多。从娘走到安葬之前，小弟一直没有哭。他只是盯着娘身上那床棉被。直到娘被抬进棺木时，他突然哭着问我，哥，娘再也不回来了吗？我静静地搂着他：娘一个人去天堂了，娘再也不回来了。小弟放声哭了。

一直没哭的是小妹。她那时整六岁。

前些天我回家，领着小妹到姑家去，在路上的时候，突然看见一个穿着红色衣服的人，她叫起来，说哥你看那是不是娘呀？我觉得心头一阵疼痛。我告诉小妹娘不会出现了，娘去另一个地方了。小妹摇摇头，说我能等娘回来。我哭了。

娘，我们还能等到你吗？

胡音声声碎

一

我是在接到爹打来的电话才知道爷爷走了的。我听到这个消息时非常平静。这之前我已经知道爷爷快不行了。他老了。“都快九十岁的人了，身体哪能和年岁较劲呢”，这是爷爷临闭眼时对家里人说过的话。爹说爷爷走得还算利索，从他说我要走了，到他真的走了这段时间他除了提出再喝点酒以外，没给家里人添别的什么麻烦。爹说你爷爷临咽气时还喝了两盅老酒呢。他喝了一辈子酒，走的时候放不下的还是酒。

放下电话，我给单位请了几天假，搭上回家的长途，安静地回去奔丧了。在路上我努力回忆关于爷爷的往事，却一件也想不起来。我的大脑像汲干了水的枯井一样，黑咕隆咚一片，什么也没有。我从小跟着爷爷屁股后面长大，按说应该能记起那些美好的回忆才是，可我却怎么也想不起来了，只模模糊糊地忆起爷爷的面容，头脑中还很清晰地映现出他拍着我的脑袋告诫我时的情景。

村子离车站还有两里路。刚刚下过一场透雨，路上很滑，脚底粘了许多黑褐色的泥水。已经进入冬天了，正是麦苗疯长以后休息的季节。我从学校里来的时候没有想到家里天气会这么冷，我很怕冷的。爷爷说我小时候差不多整个冬天都是老老实实地待在屋子里，抱着火炉度过漫长的冬季。我翻翻衣领，把耳朵遮住。这时候突然有两颗眼泪从我的眼睛里渗出来，很快就被迎面的风吹落在潮湿的地上。我从小就有见风流泪的毛病，这次可能是因为爷爷。

我心里想到家里应该为爷爷哭一声的。

院子里有许多人，影影绰绰地晃来晃去。他们是来帮丧的，都是我们的本家。我们这个家族很大，在这个村子里是首屈一指的大户，所以有什么事特别是红白喜事总是有那么多热心人来帮着操持。虽然好长时间不回老家了，这个习俗还是老样子。风俗大概是不太容易改变的吧。

几个本家认出我来，显出一副很惊讶的表情，他们说小强你回来了。我嗯了几声，看了他们一会儿。爹爹和叔站在屋檐下，静静地看着我一步步走近。这时我想哭，却又没有眼泪，只好阴着脸同爹一同进了堂屋。那里停放着爷爷的棺木，看样子刚刚上过油漆，透着些许的亮光来。我的两个姑姑坐在棺木旁边，二姑看见我说小强你回来了。大姑却在那里小声地哭起来。我蹲到她们旁边，默默看着爷爷漆黑的棺木，心情异样地平静。

爹点着了棺木前的冥灯，像是对我说又像是自言自语的样子：白天也这么暗呢。我看看他，头上又添了许多白发，两年前母亲去世的时候他的头发一夜间白了大半。我问爹爷爷啥时候走的。爹说就昨天，早晨六点钟的时候。说完又拨了拨棺前的麻油灯，“你爷爷走得很平静，也没说啥，就是让你好好看管那把二胡。”我说噢。

二胡高高挂在爷爷的床前，上面扑满了灰尘。我猜想爷爷大概生病以来就没再动过它。他在床上躺了大半个月，把心情都躺潮了。我拍拍松木琴筒，里面发出嗡嗡的声音。灰尘也四散开来。从窗外渗进来的太阳光散发着冷冷的寒意，那些灰尘就在阳光里漫舞。黑色的马尾弓还是绷得紧紧的，我坐在爷爷床前，把琴筒放在大腿根。一声声胡音弥漫开来，和屋子里姑姑的哭声混在一起，发出呜呜的松涛似的声音。院子里的人停止了谈话和吵闹，有些人在那里小声地叹气。琴音在爷爷生前的小屋里回响。我早已经泪流满面，却并不是在哭。几个小孩从外面挤到屋里来，围坐在我的旁边，安静地托着小脑袋，看着我的脸。我的面前仿佛出现了幻境，一下子回到了童年。

那棵老榆树下，太阳刚刚落山的傍晚，我和小伙伴们围坐在爷爷的身边，听他拉各种各样的小曲儿。老榆树上常常停着几只灰色的野鸽子和乌鹊，它们默不作声地振动翅膀，注视着树下娴静的老人和孩子们。一声声胡音飘散开来，雾一样飘向遥远的天际，在那里消失成一只只飞鸟，飞向不知名的远方。

爷爷的二胡给村庄增添了傍晚的沉重与悠闲。劳累了一天的人们纷纷坐在自家的门前抽着旱烟，听那烟叶滋滋燃烧的声音，伴着时而欢快时而悲伤的琴音。他们知道爷爷在拉着一段故事，那样的故事让老人们一辈子都难以忘记。

二

爷爷说二胡拉得最好的不是他，是一个盲人，老潘。说这话时他仿佛又沉浸到过去的岁月中了，紧锁的眉头渐渐舒展开来。这是留给爷爷十岁那年最深刻的记忆。

一个寒冷冬日的清晨，爷爷五义又一次从饥饿中醒来，他看着身边年长他几岁的四个哥哥，张着干燥饥饿的嘴巴。他爬起来，哆哆嗦嗦地摸到门外。天还没有完全亮，灰蒙蒙的。站在微微寒冷的风里想尿尿的五义却怎么也尿不出来。他有些气恼地提溜上裤子，转身时突然听到一声沉重的叹息，听见院门被什么东西轻轻撞了一下。他腿肚子开始发紧，大着胆子摸到院门，从门缝里看见一个衣衫褴褛的老人躺在大门外，花白的头发和胡须上沾满了冬日的霜气。五义惊慌失措地喊祖爷。祖爷在这样的年月也改变了一个农人的习惯，自从战乱以后他再也不愿意做这个村子起得最早的人了。他以前常常在天亮以前起床背起粪叉（鲁南方言，是一种农具，类同于筐子，又叫粪筐）到村头的大路上拾粪，现在他却学会了待在床上直到祖奶做好野菜粥，他才慢腾腾地起来。现在他被最小的儿子吵醒，自然有些生气。

五义告诉他门外有个老人。

祖爷说门外有人关你什么事，回去睡觉，今天再多喝一口粥我打断你的腿。五义说那个人快要死了。

说完他咧开大嘴准备要哭。祖奶推推祖爷说你去看看吧，兵荒马乱的年月，死了人可不好。祖爷抱怨着下了床，摇摇晃晃去开院门，身后跟着愁眉苦脸的五义。随着院门吱呀一声，五义就看见了门外奄奄一息的老人。祖爷打了个寒战，蹲下身子，摸摸那人的鼻孔，一句话没说抱起老头就往屋里走。一把二胡从老人怀里脱落下来，五义好奇地拾起抱在胸前。祖爷喊着生火生火。祖奶以最快的速度穿好了衣服，生起了炉火，屋子里顿时暖和起来了。几个睡得迷迷糊糊的孩子一骨碌爬起来，齐齐地趴床边看爹抱着的老头。祖奶从什么地方找出一块姜头，熬了一碗滚烫的姜汤，给昏迷的老人灌了下去。过了一会儿，老人渐渐苏醒过来。祖爷说这龟儿子是饿的，饿坏了，天气又冷，这年月……老人挣扎着要坐起来，眼睛四处寻找着什么。五义把二胡举给他。他拍拍五义的脑袋颤抖地说这孩子倒是很伶俐啊。

天已经大亮了，太阳温暖地照在院子里。

老人说我姓潘，人家都叫我老潘，卖艺的，和其他人走散了，流落到村子里，不想碰上好人了，不然这条命就喂狗了。

老人给祖爷打了个揖，要走。

祖爷咳嗽了一声，说吃点东西再走吧。

老人感激地点着头。

祖爷说是我小儿子发现你躺在门外的，我们村上大多是刘姓人，这就是麻庄。

老潘摸着五义的头，眼中充满了温柔和慈祥。他指着那把二胡问五义：知道这个是什么吗？五义摇摇头。老潘笑了一下，说这是二胡，你拉拉！祖爷脸色沉下来，说不要让他拉那个！

老潘吃惊地看看祖爷，笑了：这年月，有个手艺总比没有强吧，你老哥还看不上艺人这个行当啊。祖爷说也不是，五儿天生愚笨，恐怕不是那块料。

一阵阵野菜的香气飘荡在洒满阳光的小院。祖奶已经把野菜粥熬好了。老潘大概饿得狠了，一连盛了五碗还没喝饱。他有些尴尬地看着几个孩子瞪得溜圆的大眼。

五义不声不响把自己碗里的粥倒给了老潘。

老潘要走了，五义终于鼓足勇气说出了那句憋了整整一早晨的话：我想拉二胡。祖爷定定地看了他的小儿子半天，很长时间没有说出话来。

爷爷是祖爷的第五个儿子。祖奶生下爷爷以后，忽然宣布不再要孩子了。这可能是因为她老人家生我爷爷太为难的缘故。这个决定理所当然地遭到祖爷的反对，但最后还是祖爷软了下来，依了祖奶。这样五义便成了祖爷最小的儿子，祖爷特别宠他。祖爷到哪，就把五义带到哪儿。爷爷不到六岁就被祖爷送进了一家有名的私塾，一年十块大洋哪。祖爷对爷爷抱的希望很大。他总是拍着爷爷的小脑袋叮嘱五义：五儿好好学，弄个状元郎给咱老刘家争口气。爷爷常常歪着小脑袋瞪着大眼睛，说爹爹放心，五儿会好好干的。

然而读了五年私塾的爷爷现在却想拉二胡。祖爷长长叹息了一声。

三

姑姑说在我拉二胡的时候她看见爷爷的棺木好像动了一下。说得爹和叔凄惶了半天。我嘴上说姑你可能看花了眼吧，心里却咯噔一下子剧烈跳了起来。我以前是听说过“诈棺”这样的事。死人在十天内可能会自行发出一些动作或声响，这样的事往往发生在守灵的时候。

我坐在棺木旁边，默默地看着棺木，听爹他们商量着丧事。

爹说爷爷活了七十八岁，也算是喜丧，该大办的。爹说完看看叔。

叔说嫂子已经不在了，我又没个家口，就不要大办了。他不知道又突然想起什么来，呜呜哭出了声。我的两个姑姑也跟着哭。

爹呼地站起来，说办，越是这样越得大办，咱爹生前为我们遭了那么多罪，他走了，我们这些做儿女的怎么能不给他热闹热闹？

按照老家的风俗，丧事是应该由本家辈分最高的人主持。现在还健在的一个我叫作太爷的人成了这场丧事的操办者。定下来要大办以后，他们便忙开了。我们这里的规矩是丧事不用主家操持，丧主只要把钱弄出来，交给主持丧事的长辈，剩下的事情主要就由帮丧的人去做了。

院子里很热闹，已经有人在忙着扯大灵棚，支锅灶。给亲戚好友报丧的人也开始分头行动了。出丧的日子选在了两天以后，主丧人说那是个黄道吉日。亲戚们明天就该过来了，账房里开始拟定要购置的食物和其他东西。太爷和其他几个老人在高声商量着要请谁家的响器。询问爹和我的意见。爹说你们看着定吧。我说要好一点的，多花点钱没事。太爷说那就用崔家响器吧，崔家的喇叭实在，又热闹，吹得也好。

一直到了晚上，院子里才渐渐静下来。爹他们几个人匆匆吃了晚饭，我因为肚子有些不舒服，就什么也没有吃。和大家一起坐在棺木前商量着出丧的事。这天晚上是不能睡觉的，这是出丧的规矩。现在这样的风俗也渐渐淡了，但这第一夜还是要照着习俗做的。

叔泡了杯浓茶，蹲在一角。爹和姑他们小声地说着什么，我没有听，一直在看叔。他明显瘦了，黑了。他本来个子就不高，一直也没找家口，爷爷活着的时候他们爷俩一起过，现在爷爷走了，他大概有些茫然和失落。他喝着水，突然说咱爹还要不要火化？爹看着姑姑，愣了一会儿，没有说什么。我知道按照现在乡里政策是必须要火化的。可是，谁都不愿意看着自己的亲人彻底消失，即便是肉体，也想好好保存着，入土以后就像是到另一个地方一样。我不知道爷爷生前是否交代过要火化的事情，但我想姑姑他们是不想这样做的。我问叔不火化行吗？叔也没有吱声。二姑说总有办法躲过去吧。她说完看着爹。这个问题很难办，不火化违反政策规定，火化了内心里又觉得不安。我是不相信人死后能还生的说法的，但是不是有灵魂这个东西存在我不敢说。我不是唯心主义者，有些事情很难解释。“命”这个东西很神秘的，的确让人难以捉摸。

我经历过这样的事情：安葬完一个人以后，孝子和其他亲近的女眷们聚集在新坟前，先给死去的亲人烧些黄纸，然后对着坟头说让亲人显灵，问在不在，若在，就在坟前烧过黄纸的地方出现一些图案或者文字。我看见在烧过黄纸的地方确实出现了一个大大的“在”字。

我对爹说能不火化还是别火化吧。爹点点头，说明天看情形再说吧，镇民政所的人只要不来追查，就没有事。

四

五义不声不响练了十年。

十年间五义由一个不谙世事的孩子成长为一个身强力壮的小伙子，开始变得沉默寡言起来，每天傍晚坐在榆树下，拉着那把陪伴了十年的二胡。祖爷知道他的儿子在等待着什么。已满头白发的祖爷常注视着沉默不语的五义摇头叹息：这孩子，迷了，迷了……

在山上拉起队伍打鬼子的二祖爷好几次拖着他侄儿五义上山，五义就是不去。二祖爷气哼哼地骂他：犟驴！和他爹一样，又是一头犟驴！

这话在祖爷听来不太受用。他说老二你说什么你再说一遍我听听。说着拿起手中的拐棍要打二祖爷。二祖爷说我说什么了。他把脸转向五义："我让他上山他还不去，我还不是为他好吗？"祖爷说不去怎么了？你以为你是什么东西，说到底是草寇、土匪，跟你上山还不如让五义拉二胡呢！

二祖爷气得不行，上山去了。

哥俩从小就不对脾气，一直合不来。但总归是亲兄弟，凡事还是要在一起合计合计。二祖爷还是很听祖爷的话的。祖爷肚子里有点儿墨水，又写得一手好字，是乡里远近闻名的"识字人"，红白事都少不了他写写画画的。二祖爷大概也是因为这个，特别敬重这个犟驴一样的哥哥。

在祖爷看来，虽然儿子拉二胡是不务正业，但出于从小就对五义充满的溺爱，在他手掌心里长大的五义还继承他的一笔好字，所以更加宠五义了。现在五个儿子中就剩下最小的一个还没有成家立业，他老人家早已经在心里想着给五义说亲的事了。

这样思量着，忽然听到村头响起了锣鼓声。祖爷警觉地竖起耳朵来。谁在敲锣打鼓？五义愣了一会儿，突然站起来对祖爷说，爹你看是不是老潘回来了？祖爷皱紧眉头，看看五义，没吱声。五义抬腿就想往门外奔。这时老潘从门外闯进来，对祖爷说老哥一向可好啊，我老潘谢恩来了！声若洪钟。老潘看上去比十年前还要精神，只是头上的白发变得更稀少了，现出一些灰白的老人斑来。祖爷平静地说你回来了，回来就好，屋里坐吧。祖爷把老潘让进屋里。五义赶紧给老潘倒水。老潘看着已经是朝气勃勃的小伙子五义，问他：二胡拉得怎么样了？五义没吱声，摸过二胡就拉了起来。一曲未完，老潘一拍大腿说行，五儿拉得不错。他转脸对祖爷说，你老把儿子交给我吧，我保证让他有碗饱饭吃。五义听了这话眼睛放出亮光来，眼巴巴地看着祖爷。祖爷沉吟了半天，问老潘，你找到亲人了？老潘说找到了，正在村头唱戏呢。你老哥救过我的命，我要在村里唱台大戏，让乡亲们享享耳福，这兵荒马乱的年月，可苦了咱百姓了。

祖爷说这事让五儿自己拿主意吧。

五义看着老潘，老潘微笑着。又看看祖爷，犹豫不决起来。最后他说我听爹的。

祖爷说去吧，好好跟着老潘，记着常回来看看你爹。

五义扑通给祖爷跪下了。爷俩都掉了泪。老潘在一旁说，别这样凄惶，五义又不是不回来了。咱卖艺人虽然行走江湖漂泊不定，但是忘不了的还是自己的亲人。说完，老潘拉起祖爷，说，走，老哥，咱去村口听戏去！

村口很热闹。能在这样一个动荡的年月听到一场戏，这对于乡亲们来说是很奢侈的了。戏台是搭在村口土台子上的，那里曾经做过批斗台，斗过一个汉奸和两个地主。现在被老潘他们改成了戏台子。台上刚开始演《花木兰从军》。演出前有一个很俊逸的小伙子还说了几句话，大意是现在抗日前线战争紧张，号召大家参加八路军打日本鬼子。祖爷听了这些话不时地看着老潘，老潘只是微笑着，什么也不说，接着一个着戏装的女子走上台来，一个漂亮的“白鹤亮翅”，人群里响起了一阵热烈的掌声。老潘指着台上的女子说，那是俺闺女小凤。祖爷说噢。笑笑。

三天以后，五义跟着老潘他们走了。

五

一大早院子里就嗡嗡起来，帮丧的本家陆陆续续都到了，和我们一起简单地吃了点饭。爹和叔吃饭的时候叭叭地往碗里掉眼泪，连帮丧的人表情也都凄惶惶的。爹说这丧事全靠大家操持了。说完就给大家跪下了。主丧的本家太爷爷赶紧把他拉起来，叫着爹的小名说，放心，放心，你爹走了，活着的时候虽然也没有享什么福，但你们兄妹几个也算对得起他了，这丧事我们会尽力办好的。

大伙忙起来，做着各种各样的准备。昨天去请崔家喇叭的本家五叔满头大汗地闯进来说，坏了，崔家喇叭明天要赶西集去，人家早约定好了。太爷爷一听这话就急了，看着我爹。

我说那就另请别人吧，总还有比他更好的响器班子吧。实在不行，我到市剧团请去。

大家正商量着，从门外进来一个满脸胡子的男人，说这是老刘家吗？五叔迎上去说崔家老大来了。我看看他，三十多岁的年纪，面容有些凶相。

他进来说走的是刘五爷吧？我爹说不管怎样响器也要到这里来，我们商量好了，明天准点到这边。五爷是我爹敬重的老人，他老哥俩有交情呢，听说五爷走了，他昨晌还哭了半天呢。明天，他自己也要来给五爷吹响。

我和爹听了都有些感动，往屋里让他。他说还有事要办。他把腋窝里夹着的一沓黄纸放在棺前，寒暄着走了。

我对爹说崔家人不错嘛。爹说你爷爷和崔家有交情，崔家喇叭在地方上很有些名气，你爷爷活着的时候和他们一起出过场子，也算是和崔家共过事。村里有丧事只要是你爷爷主丧，总是要请崔家响器的。

叔帮着本家的人支厨房的大锅灶。他以前在饭店干过这个，因此是很上手的，不知怎么把手挤了一下，痛得满头大汗，咝咝吐着凉气。我找了些老酒，简单地给他包扎了一下。他坐到灵堂棺木前，默默吸了支烟，小声哭起来。

爹红着眼睛对我说，你叔舍不得你爷爷走哪，爷俩在一起生活了好几十年，别看平时有过磕磕绊绊的，可你爷爷一走，他心里就空了……

我看看叔，他肩膀 颤 颤的。姑姑洗了一条毛巾，递给他。他胡乱地擦了一把，渐渐安静下来。

采购物品的人回来了，拉了满满一车厢，大伙开始忙着往厨房里搬。我大致点了点数，怕缺少了什么东西。请来的厨师是我的一个朋友，叫王七。从小光着屁股和我一起玩大的，现在在大酒店做大厨，牛气得很。接到我打给他的电话，二话没说就扔下酒店里的活，带了三个徒弟过来了。他拍着胸脯说你放心，在酒席上保证出彩。我笑笑，叮嘱他菜量大一些，让奔丧的人吃好吃饱。他说那当然，只要料备足了，剩下的事你就不用管了。

爹走过来问我，李佳还来不来。

李佳是我女朋友，刚确定的关系，还在读研究生。我看看爹，犹豫了一会儿，说她还在读书，就不要来了吧。

爹说那好吧，刚才你姑突然想起来这事，让我问问你，她若是肯来就给她准备好丧服什么的，不来就算了。他到里屋去了。

王七说你怎么不让弟妹来这个场面？她来了不是更好吗，也更热闹呀。

我说热闹什么，办个场还不是给活人看的，让大伙吃好喝好就行了，别太讲究什么排场了。王七笑笑说，也是，也是，你们有学问的人就是看得开，我这样的粗人……我瞪了他一眼，你说什么呢。

他说不是吗？咱们那一伙二三十个人，不就你走出去了吗？

我没有再说什么，拍拍他的肩膀，退出厨房。外面搭起了一座座帐篷，做饭厅用的，看上去跟一个个蒙古包似的。许多人在忙着搬凳子、桌子等，有人在叫嚷着：歪了，歪了，往左点，再往左点。他们在布置帐篷上的丧联。

到了晚上，该准备的都准备得差不多了，大伙都聚在院子里，说着话。爹拿了几条烟，交给主丧的太爷爷。太爷爷分散着发了，边发烟边叮嘱明天的事情，要大伙早来，别误了事。

我因为昨天一夜没睡，有些发困，又不想一个人去睡，打起了盹，叔叔看见了，说小强你到里屋去睡吧。我说眼睛有些疼，在这儿打个盹就行。爹说你去睡吧，我和你叔、姑姑守着就行了。姑姑也说赶快睡觉吧，还这么讲究干什么，你明天还有好多事呢，去睡吧。我给爷爷烧炷香，回里屋去睡了。那一夜都做着关于爷爷的梦，在梦中和一个女孩子一起给爷爷扯脚上的老皮，一扯就是一大块。爷爷老了，皮也脱落得多了，扯也扯不完似的，就有些着急。爷爷却笑着对我们说，别急，慢慢扯，慢慢扯。

六

老潘的戏班子共有四个人，老潘、小凤、红脸汉子李壮，还有一个伙计叫大头，加上五义算是五个了。几个人对五义的到来都显得很高兴，李壮拍着爷爷的手说要好好干，咱们艺人讲究的就是手艺。说完还冲小凤笑笑。五义觉得李壮这个人有些滑头，不太老实，但面上还是很客气的。大头说话很直，烟囱一样，有啥说啥。小凤在一旁一直不说话，只是盯着五义看。老潘对她说，叫哥。小凤就红着脸叫了声哥，五义也红着脸叫了声妹子。不敢抬头看。

从此，五义跟着老潘走东闯西，差不多踏遍了整个北方。到处都可以遇到举着太阳旗和端着刺刀的日本宪兵队，还得时刻提防他们。小凤扮着男装，看上去就像一个清秀的白面书生。

那天他们正在一个叫作苗村的地方唱戏。村里的人都被锣鼓声吸引到了村子的麦场上，很热闹。小凤和李壮唱完一出戏以后，五义开始拉一曲《二泉映月》，拉到高潮处，忽然台下一阵骚乱。只见几十个日本人从人群里钻了上来，用刺刀指着五义、老潘几个人，呵斥着把他们和乡亲集合在麦场上，开始了对村子的大洗劫。鬼子牵走了牛、羊，赶走了鸡、鸭，还打死了一个不肯放手的老太婆，哇哇叫着走开了。乡亲们哭天抢地。这时候老潘朝五义他们挥挥手，又上台了。老潘朝台下喊：乡亲们，不要哭，不要怕，日本人是秋后的蚂蚱，没几天蹦跶了，我们要团结起来，打日本人，打狗腿子。八路军已经解放了大半个中国了，我们的好日子就要到了。他这一喊，台下的人都不哭了，安静下来，还有人鼓起了掌。五义似乎明白了什么。他想老潘会不会是地下党啊？后来问小凤，小凤只是笑，不答。问李壮，李壮也不说。大头朝五义使眼色，肯定了五义的猜测。

大头后来还告诉五义，李壮很喜欢小凤，两个人好了有一年了。五义心里就觉得不是滋味。回想起他们在一起眉来眼去的情形，在心里就涌出厌倦的感觉。他想自己该回去看看爹了。五义动了回家的念头。

第二天在路上碰到了一支八路军队伍，那支队伍可真大，战士们精神焕发的激情让五义心血沸腾起来。小凤也在一边投过来热辣辣的目光，看得五义心慌意乱的。五义改变了回家的想法。

时间已经到了一九四五年，抗战进入了尾声阶段，也是最为激烈的阶段。李壮在一次行进中被一颗流弹击伤了，很严重。小凤伤心地一路侍候着他。过了几天，大头跟着一支八路军队伍走了，戏班子只剩下老潘、受伤的李壮、小凤和五义。因为李壮的负伤，五义成了小戏班的台柱。在老潘和小凤的言传身教中，五义渐渐掌握了一些唱腔的技巧。他不仅要拉二胡，还要和小凤唱戏对词。五义悟性好，又肯下功夫，渐渐地戏唱得比李壮还要好。不知从什么时候起，五义就感觉李壮看自己的眼神不对，有时候还硬挑自己的毛病。五义知道李壮这个人心胸狭窄，所以处处让着他，只管拉自己的二胡。这一切被老潘和小凤看在眼里，更加对李壮呵护备至了。但李壮还是感觉小凤在慢慢疏远自己，开始和五义亲近起来。老潘大概也看出了这里面的危险。

那天，他对五义说，小凤和李壮的事你知道吧？五义听了一愣，说我知道。 老潘盯着五义看了半天，也没说出个啥来，唉声叹气地走了。

但“危险”还是爆发了。

五义确实喜欢小凤，在见到小凤的第一眼便喜欢上了她，他怀疑自己之所以能够跟着老潘这么长时间小凤的因素是很大的。这是潜意识，恐怕连他自己也说不清楚。开始的时候碍于李壮和小凤的眉来眼去，心里虽然不舒服却没有什么办法。现在小凤对李壮有了厌倦，对自己有了好感，无论怎样，他是不愿意轻易放弃小凤的。也许正是这种儿女情长，导致五义后来平平淡淡无所作为的一生。

七

崔家喇叭很早就到了。崔老大和他爹崔正义先奔了灵棚。崔正义边哭边喊，走了啊，五爷，你怎么走得这么早啊。两个人在那里哭了一会儿。主丧的人过去劝了。崔正义握着爹的手说，我和五爷是老交情了。爹含着泪说知道，崔叔，我知道，爹在世的时候常提起你来。崔正义拍拍爹的手背，说我带着崔家响器班子给五爷送行来了，这响器的事你就放心吧，保证热热闹闹的。说完去响器棚操持去了。崔正义高高大大的，走起路来左右摇晃。爹说他年轻的时候像头黑熊一样扎实。不一会儿，喇叭响起来了。一曲《百鸟朝凤》吹得人心舒朗。他明白我们想把丧事办得热闹些。

来吊丧的人越来越多。人死了就显得尊贵了，平时不太来往的亲戚也都说好似的一齐来了。灵棚底下呼啦啦跪下一大片，磕头、传香，再磕头、再传香，如是者三，磕完头再到灵棚底下哭一嗓子就完了。

我在里屋忽然听到外面一阵号啕大哭，一个老人的悲惨哭声由远而近。我爹和叔他们一阵慌乱。爹说大头叔来了。说完赶紧迎出去。叔对我说小强你就不要出去了。我点点头。

我不知道小如会不会来。小如是大头的小孙女，在我很小的时候，爷爷就和大头商量着让小如做他的孙媳妇，两家也都同意了。后来因为我研究生毕业后留在了县城，和小如长期两地分居，见不着面，又遇上了李佳，这婚就离了。这完全是我自己的主张。因为小如怀不上孩子，家里也没有很反对我的做法，但一直觉得对不住小如。这次爷爷病故，也没给大头送信，他怎么来了？这样想着，又听见外面传来一个女人细细的哭声，是小如！我一听见那细细柔柔的哭声就知道是她。我太熟悉她的声音了。

他们哭得都很伤心。爹和叔劝也劝不住。我终于忍不住走了出去。小如哭红了眼睛，抬起头看见我，哭得更凶了。我眼睛发酸，忍不住落下泪来。小如个子不高，像两年前一样留着一头长发。她变得更加漂亮了。

过了一会儿，大头总算止住了哭声，跟着爹和叔走进里屋。我给他倒水，他看着我，说你回来了。我点点头，不敢看他。爹问他是怎么知道爷爷过世的，隔这么远。大头住在另一个小镇上，有七八十里地呢。他叹了一口气说，你们这些做小的怎么就不了解我们的心思呢？不是我怪你们，你们怎么能不给我送个信呢？这么大的事！要不是我想着过来看看你爹，这事可能还不知道呢。过了一会儿又说，我和小如本来是来看看你爹的，哪里想到他已经走了！他这辈子不容易啊，小凤走得早，他又当爹又当妈的把你们拉扯大，也没享享清福就走了，他连重孙子也没看到啊。我看见小如的脸红起来，她看了我一眼，对大头说，爷爷你说什么呀。我有些尴尬，到里间去了。

帮丧的人走进来问爹，要不要给小如扯孝衣？

大头听见了说怎么不扯？小强他娘走得早，小如也是你们老刘家的媳妇啊，让小如尽一次做孙媳妇的孝心吧！我对得住五义喽，说着又抹起了眼泪。

主丧的太爷说是这么个理儿，好事，这才是喜事呢。

我含着泪从里间出来，看着小如，却一句话也说不出来。大头叹了口气，说年轻人呢！

下午，小如就穿上孝衣坐在棺木旁边了。她很会哭，缠缠绵绵的，每来一个吊丧的，她都会认认真真地哭，声音不太大，却很有韧性，这可能和她个子太小有关。我以前从没有想到小如这么会哭。大姑看见小如额前露着一绺黑发，就帮她理好，小如小声说了句什么，脸红起来。二姑在我耳边小声说，要是可能，还是娶了小如吧。我摇摇头，叹息了一声。二姑便不再说什么了。

花圈到了很多。爷爷生前交了不少的朋友，现在差不多都来了。加上我们家在村子里是大户，亲戚又多，所以场面也大些。

王七在外面叫我。我急忙走出去。他满头是汗。我问他出什么事情了？

王七说你家亲戚来了这么多，菜恐怕不够。

我到厨屋看了看，不到一天工夫菜已经去了大半。我叫主丧的太爷爷，太爷爷说明天恐怕人还要多。我回屋拿了五千元钱，交给王七，对他说，就这些了，你看着花，不够再跟我说。

王七说差不多够了。

爹到厨房里找王七，叮嘱他给响器棚做几个好菜，让他们吃好。王七说叔你就放心吧，不用你操持，那一桌都是我单做的。

爹转过身又忽然像是想起了什么来，对我说，你给小如做碗鸡蛋汤吧，她还没吃饭呢。我说好吧。

小如小时候和我一起给爷爷扯脚上的老皮，爷爷常常给她做他拿手的鸡蛋汤，这是小如最喜欢喝的汤。后来就是我给她做了。

我磕了五个鸡蛋。王七在一边说她喝得下吗，一个女人家。我说你知道她还是我知道她？

王七嘿嘿笑了，说你呀，唉……

我问他为啥叹气。

他愣了半天，犹豫着说，小如确实很好，你不能因为自己到了县城就不要人家了吧。

我说你知道什么乱说。

王七笑笑说，是，你自己的事你自己清楚。

我端了满满一碗鸡蛋汤招呼小如。小如从堂屋里走出来，看了我一眼，却什么也没有说，默默把汤喝了。

八

日本人投降那会儿，五义左眼老跳，白天一整天的精神恍惚。老潘和李壮到乡里参加庆祝大会去了，小凤本来也要去的，后来不知为啥又没去，只剩下五义和小凤两个人。五义头疼得厉害，浑身往外冒虚汗。小凤吓坏了，她给五义熬了碗姜汤，五义挣扎着喝下去了。小凤一直在他旁边守着，不敢离开半步。迷迷糊糊中五义抱住了小凤的腰，顺势把她搂进怀里。两个人都是火烧火燎的年纪，结果就出事了。

五义问小凤：愿意跟我回去吗？

小凤一脸的幸福，点点头。

五义说昨夜梦见我爹了，我得回去看看，我老觉得他老人家要出什么事似的。

小凤说那也要等爹他们回来再走吧。

五义爬起来说别等了，你爹说不准让不让咱们走呢。

小凤想想也是，收拾收拾就跟五义回来了。

五义的感觉是对的。

祖爷就在头天晚上撒手而去了，临死的时候还念叨着五儿五儿的，念叨着五儿怎么还不回来，走了都快两年了，该娶媳妇了。念叨着念叨着就咽了气。一家人哭得昏天抢地。一边忙着张罗丧事，一边给山上的二祖爷报丧。

二祖爷带着一个连的人披麻戴孝地来了。一进门咧开大嘴就哭：哥啊，哥，你怎么就这样走了啊。哭完了一看五个儿子少了一个，就问，五义还没回来吗？大爷爷说没有啊，他走了都两年了，连个信也没有。二祖爷一拍桌子骂了句：小王八蛋，老子都死了还不回来哭一声。刚骂完就听见外面一阵狼嚎般的哭声：爹啊，不孝儿回来晚了啊，爹啊。

五义回来了，身后跟着一个如花似玉的女人，那是小凤。一家人见五义回来了都很高兴，五义却哭得越发厉害，哭着哭着就哭昏过去了。一直没有哭的小凤吓得呜呜哭个不停，一家人都着急起来。二祖爷拔出盒子炮朝天放了三枪，把五义给震回来了。

大爷爷看了看小凤，说爹临闭眼时还念叨着五弟没娶媳妇呢，现在居然领回来了，爹能闭眼了。二祖爷乐得眉开眼笑，瞅着小凤说好，好，五儿好样的。说得小凤脸红红的。

二祖爷说这是喜丧啊，我哥活了快九十了，五个儿子都成家了，喜丧喜丧，咱老刘家要宴请十里乡亲。经过了大悲大喜的一家人竟然都忘记了问问五义这几年是怎么过来的。

葬完祖爷的第三天，老潘和李壮就来了。老潘没有想到祖爷已经去世，本来一脸怒气的他看到大门上还泛白的丧联就愣住了，号啕大哭起来。哭完了，他叫着爷爷的小名说，五义你给我出来，我有话要问你。

一家人都愣住了，问爷爷这是怎么回事呀？

爷爷笑了，笑完了说没事。说着拉过小凤问她，你愿不愿意跟老潘回去？小凤坚决地摇了摇头。

爷爷说好，你们都到里屋去，我有办法对付老潘。

大家犹豫着进了屋，小凤又跑回来抱住五义说，你可要忍耐点，可别打起来啊。五义推开她，从墙上取下那把二胡，旁若无人般走到老潘面前。

李壮看见五义，眼都红了。

老潘说五义你就这样偷偷摸摸跑回来了？

五义说现在日本人都撤了，俺想和小凤过几天安稳日子。

老潘说五义还有许多事等着我们去做呢，你这样就不怕毁了自己和小凤？五义说再怎么着我和小凤也是两相情愿，过几天老百姓的日子总可以吧。老潘一听这话气得不行，问五义小凤也是这个意思吗？

五义说是，她也是这个意思。老潘眼中含满泪水。

五义动情地说老潘我再给你拉曲二胡吧。说完他坐到地上拉起了二胡，老潘呆呆地站在那里，用那双空洞无物的眼睛看着五义。

呜呜咽咽的琴音响起来了，先是凄凄婉婉如泣如诉如杜鹃啼血让人不寒而栗，所有的人都为之动容，屋里的人忘了担心屋外的人忘了愤怒。继而琴音一转，如百泉汇海高山流水鸟语花香又似百鸟朝凤如入仙境，让人浑身舒泰。忽而琴音如悬崖勒马戛然而止，让人心头一紧。这时五义一拍琴筒琴音又起，断断续续暴怒如雷如虎啸山林狼吟旷野，又如临沙场枪声阵阵炮声隆隆。

这时，只听老潘大叫一声说五义你行，转身而去。李壮叹息了一声，也拧身而走。一场冲突就这样烟消云散了。

后来小凤说自己是老潘捡来的闺女，李壮是她已订了终身的汉子。大家才明白过来，但老潘又为何那么轻易地一走了之呢？小凤说是五义的二胡把老潘震走的，老潘一辈子也没拉出这样的曲子。

爷爷五义就是这样选择了一条通往百姓生活的道路，那以后李壮的飞黄腾达和他自己的艰辛岁月就从这里埋下了根。

九

晚上继续给爷爷守灵。白天睡了一会儿，所以晚上精神不错，就待在棺木前听爹他们商量着明天给奶奶起坟的事情。小如坐在姑姑身边，默默听着。她的位置正对着我，我抬眼看她的时候，发现她也正看我，眼睛里有亮晶晶的东西在闪动。都说女人最美的时候就是穿着孝衣，“女人俏，一身孝”。这话不错，小如现在的样子就很美。

屋里的灯有些暗，爹拨了拨爷爷棺前的麻油灯，灯光映照出他巨大的身影，随着灯光摇曳，在墙上晃来晃去。院子里早已静下来，钟表刚刚响过十二下。大家都开始困倦起来，小如软绵绵地靠在墙上。姑姑催她去睡一会儿，小如摇着头说不用不用。她看看我，我说带你到前院去睡会儿吧，那里安静。我站起来，外面有些黑，小如紧紧跟在我后面。

前院是我和小如以前住过的地方。院子里我两年前栽的两棵菊花开得正好，弥漫着一团团香气。我拧开火机，借着微弱的光打开院门，小如小声在我背后说还是老样子啊，你也没收拾收拾。我说是啊，都两年没住了，这还是我两天前收拾的呢，你自己整整被褥吧。我拉开灯，屋里一下子亮起来了。我告诉小如被子还放在屋角的橱子里，就往外走。小如说知道了强哥。我听了这话忍不住回头看了她一会儿，小如弯腰铺床的样子一下子让我回到了两年前。

两年前我和小如结婚时就是在这两间屋子里，如今那大大的喜字还贴在迎面的墙壁上。那是小如亲手剪成的，她手巧，会剪各种各样的小东西。那天亲戚们闹得很晚，我们回到房里都已经凌晨一点多了。她急急忙忙地铺好床，自己先躺下了。她看样子有些累，我抱住她，她挣扎了一下，就躺在我怀里了。我早已熟悉了小如的身体。她始终闭着眼睛，不看我。当我想要她时，她却温柔地拒绝了，说你急啥，人家早晚是你的人。过了一会儿她看我有些不高兴就又哄我说，今天太累了，明天好不好？我没吱声，睡了一会儿，却怎么也睡不着。她也是，翻来覆去的，不老实。等我要睡着了，她却搂住我的腰，说我想要。我笑她反复无常。她说人家是害怕嘛。说完翻过身子，红着脸，紧闭眼睛，很紧张的样子。我大概把她弄疼了，她小声哭起来。我问她很疼吗？她点点头。小如身体是那么敏感，让我难以忘记。

回到后院，爹和叔他们还在说着什么。我进去的时候，他们突然都不言语了。我知道他们在谈论小如的事情。

果然，我刚坐下，爹就说话了。他说小强你能不能再考虑一下小如……没等爹说完我就打断了他：不行，出尔反尔算什么？再说我和小如的亲事是爷爷一手操办的，当时是照顾他老人家的身体，现在……叔说现在怎么了？现在你爷爷不在了，你出息了，你就不要人家小如了是不是？

叔以前对我说话总是很温和的，现在却口气强硬起来。

我看看姑，姑说你不用看我小强，我也是这个意见。

我说你们是不是商量好了？

爹笑笑，说小强你好好想想，那个李佳能比小如好多少，你知道这件事对小如这孩子打击多大吗？

我说这不关李佳的事，我和她的关系是两码事，即使没有李佳，我也不会……再说我现在在县城工作，小如在家里怎么办？我们总不能长期两地分居吧。

他们都不说话了。

过了一会儿叔叹了口气说：小强你要是不读研究生就好了。

爹愣了一会儿说：老二你这话又不对了，小强不读研究生怎么行？这小地方有什么混头啊，他不上研究生能有今天。

叔说那也不能因为这个把小如给伤了啊，人家可是到现在还是把自己看作咱老刘家的人啊。

姑姑看着我说，小如是个好孩子，你们两个从小一块儿长大，街坊邻居谁不说你们俩般配呀。自从你提出毁婚以后，你看把人家小如折腾的，比以前瘦多了，可人家呢，不但不记恨咱，还要以孙媳妇的身份给你爷爷送葬。说完她小声哭起来。

我心里不是滋味。

爹点了根烟，轻轻放在爷爷棺前，说爹你抽支烟吧，你老人家还没吸过这种烟呢。爹哭起来。我突然也有想大哭一场的感觉。

小如天不亮就起来了，她眼圈红红的，不知道是因为没睡好还是哭过的缘故。她精神不是太好。我问她是不是不舒服。她摇摇头又点点头，小声问我有没有卫生纸。说完脸红起来。

我知道她来例假了，就和她回到前院。小如的身体很奇怪，她的例假来得特别勤，我不知道是不是因为这个才使她迟迟怀不上孩子。我是没有问题的，李佳已经打了两次胎了。问题肯定出在小如身上，要不是因为这个，我也许就找不到离婚的理由了。

她忙起来。我想回避。她笑笑说你回避什么，人家本来就是你的人。我脸一红，就没动，看着她。

小如的身体还是那么白，一副弱不禁风的样子。我突然脑袋发胀，有一种冲动，控制不住自己了。我从背后抱起小如。小如轻轻叫了起来，她说不行，不行，今天不行的。我不管她的挣扎，把她扔到床上。她咬紧嘴唇配合着我，屋里渐渐只剩下小如轻轻的呻吟声了。

小如说都快两年了你还是这样子，一点儿不通情理。我笑笑，说对不起，小如。

她看了我一会儿，小声哭了。我劝不住她，由她哭个够。这时候，天已经亮了。

十

因为位置的偏僻，小村里战争的味道并不很浓厚。小凤和五义也因此过了一段相对平静幸福的日子。五义平时侍弄地里的几亩庄稼，农闲的时候他就织毛衣，贴补家用。谁也不知道他是从哪里学来的这个手艺。他织毛衣的技术相当娴熟，一会儿工夫就织好一件毛衣。毛线是自己纺的，家里喂了几只绵羊，祖爷积下的一份家产足够五义买牲畜的。逢镇上集市的时候，他就把织好的毛衣拿到镇上非常便宜地卖掉。那时候能买得起毛衣的老百姓是很少的，战争和连年的灾害只能让小镇的农民勉强维持生计。即便是镇上逢九的集市也常常因“炸集”(国民党的军队时常往集上扔炸弹，制造事端)而中断，但几件毛衣还是可以卖出去的。五义织毛衣的时候，小凤就在旁边给他扯毛线，五义下地的时候，小凤就给他送饭。两个人过的是安稳娴静的日子。

然而好景不长。沉静的小村随即被土改革命斗地主反富农运动打破了往日的宁静。因为五义家道殷实，土地多一点，加上二祖爷拉队伍的事，所以受到了村里运动头目的指责。只好交出了大半土地。二祖爷动员五义上山，小凤不让。小凤说要是上山的话还不如当初不回来呢。把二祖爷气得不行。他那时还不知道自己已经面临着更大的危险。

不久八路军进驻了小镇，说要收编二祖爷的队伍。五义和小凤都替二祖爷担心起来。小凤对五义说，你去劝劝二爸爸，让他参加八路军吧。五义说他那个脾气，他怎么会同意呢？小凤说五义我已有了身孕，可不能让孩子也受牵连啊。五义说没啥了不起，八路军是讲道理的。

二祖爷果然不太愿意答应八路军的要求。他说我刘老二拉队伍是打鬼子的，没干过对不起乡亲们的事，他八路军又能怎么样？土匪的觉悟低，看不透形势。人都这样，难免聪明一世糊涂一时。

更糟糕的事还在后头。八路军首长要亲自上山，他说为表示诚意他要单枪匹马上山来说服二祖爷。这一点二祖爷倒也是早有准备，他让手下人摆好了一桌丰盛的西暨全羊宴酒席，全班人马列队恭候八路军首长的大驾光临。

二祖爷做梦也没想到山上会有国民党的人。就在那个威武的八路军首长刚要迈进屋子时，有人冲他开了两枪，那个首长一下子就毙命了。二祖爷手下的人惊得呆若木鸡一般，二祖爷一时也愣在那里，半天没反应过来。但土匪毕竟见多识广，他一个箭步跳出门外，冲着飞奔而去的黑影连开三枪，可惜没有打中，跑了。

二祖爷知道这祸闯大了。

第二天，八路军队伍开上山来了。二祖爷命令手下的人不要轻举妄动，结果他就被八路军给抓了起来。审问二祖爷的是一个四十多岁脸上长满胡子的高个子男人，他大概也是个首长。

你知道你杀死的人是谁吗？

人不是我杀的，有人放冷枪。

你还干过什么对不起乡亲们的事？

一件也没干过，我拉队伍是打日本鬼子的。

那王老憨那头骡子是怎么回事？

那是他儿子牵上山的，他儿子想入伙。

首长冷笑了两声说，你杀死了何营长，你得枪毙。

二祖爷说不是我的人杀的，是国民党的人干的。

首长说何营长中了三枪，致命的是一颗步枪子弹，那个人用的是盒子炮。二祖爷说那不可能，当时只响了两枪，我亲耳听见的。

枪毙，你得枪毙。

大胡子显然有些不耐烦，说拉出去毙了。

二祖爷说我冤枉。但他还是给八路军毙了，这事容不得商量。

当时的毙法很省事，二祖爷被八路军抓起来以后，他们就让二祖爷挖坑，本来八路军要求的标准是能放下一个死人就行。二祖爷一开始没弄明白这个坑是干什么用的，挺卖力。后来一想反正不是给自己挖，挖了不到一半就算了。八路军问你怎么不挖了？二祖爷说我不挖了。八路军听二祖爷口气很硬，就说那你站好，站在坑边上，往前点，别动啊，说完就绕到二祖爷身后砰砰放了两枪。二祖爷就这样给毙了。他临死的时候只说了一句话：奶奶的，浅了。就一头栽进去了。后来那地方进了洪水，成了河道了。

枪毙二祖爷的时候小凤临盆，生下了一个大胖小子。那时候五义忙着给二祖爷收尸的事，家里只有小凤一个人。枪响时五义觉得眼前一黑，差点栽倒在地上。他没有想到小凤会在那时候临盆，只是觉得要出啥事了，简单收拾完二祖爷就往家跑。看见小凤躺在地上，身子底下到处都是鲜血。他吓坏了，抱起小凤问她咋得了。小凤笑笑，指了指地上的孩子。五义才明白过来自己已经做爹了。小凤让五义找来一把剪刀自己挣扎着把脐带剪断了。因为失血太多，昏了过去。孩子是早产，又是在冰凉的地上，受了风寒，不几天就死了。把五义痛得死去活来的。小凤自那以后就变得沉默寡言了。

十一

天亮时突然下起雪来了，纷纷扬扬的雪花铺天盖地地袭来。气温一下子降下来，帮丧的人纷纷都躲到了厨屋里，在那里取暖闲聊。今天是给奶奶起坟和爷爷下葬的日子，大家已经早早做了准备，叔叔在堂屋灵棚底下生了五个火盆，姑姑又添了件棉衣。我看见小如穿得有些少，就把自己的大衣拿给她。她摇摇头说不冷。二姑说小如你先穿上吧，这天气够冷的。小如犹豫地穿了，边穿边看了我一眼，嘴角漾出一些幸福来。

响器棚里传来二胡声，大家都静下来肃穆地听着。是崔正义拉的，呜呜咽咽的琴音弥漫着漫天雪花，让人感到分外凄凉起来。小如看看我，走了出去，找出爷爷留给我的那把二胡，说你也拉拉吧，爷爷快要入土了。她眼睛潮湿起来。我接过二胡，对着爷爷的棺木轻轻拉起来。屋里屋外一片胡音。过了一会儿，崔正义的二胡停了下来，他跌跌撞撞地从响器棚里走出来，说五爷没死呀，这二胡还和他生前拉得一样的啊。爹对我说小强你别拉了，让你爷爷安静一会儿吧。叔说，胡音招鬼……他还想说什么，却没有说出来。天地一片昏黄。从外面吹来一阵风，把棺前的麻油灯吹灭了。爹赶紧点上，说那是给你爷爷黄泉路上引路的灯啊，不能灭，灭了就会迷路了。我突然想起爷爷给爹做过的玻璃灯来。爹小时候跟着爷爷到微小湖贩鱼，常常是在夜里赶路，爷爷就给爹做了一盏玻璃灯，里面放着一根蜡烛，兜里再放两根，等这三根蜡烛点完了，天也就亮了。

雪越下越大。地上很快就积起了一层雪花，现出一些淡淡的惨白色来。主丧的太爷爷在院子里喊：起坟了，起坟了。爹站起来，说起坟了。我和叔跟在爹后面走出去，小如跟出来，把身上的大衣披在我身上。

奶奶死得早。爷爷临闭眼的时候对爹说一定要和奶奶合葬。需要把奶奶的尸骨重新起出来，然后再和爷爷一起入葬。本家的人都拿了铁锹和其他必备的工具往坟地去了。坟地里早就支起了灵棚，显出一些苍凉的味道来。路面有些滑了，土质也变得松软起来。不久一副完整的尸骨呈现在我们面前。爹一个人跳下墓穴，一点一点地往外起，叔和姑姑小心地从爹手里接过一块块尸骨，往灵棚里送。我和小如一直站在旁边看着。小如脸色有些苍白，她大概是第一次见到这样的情景，有些怕。雪花落在墓地，洒向奶奶的尸骨，很快就融化了，消失得无影无踪。爹的手一直在不断打战，二姑拿出一副手套来，爹不肯戴，说自己的亲人，有什么忌讳的。

坟地静悄悄的，只有雪落大地的沙沙声。

起坟很快就结束了，大家哭着往回走。墓地重新陷入一片冷清之中，我和小如走在最后，又看了看给爷爷砌的新坟，就在奶奶的坟旁边。一切都准备好了，就等下午安葬了。

十二

小凤死于难产。

小凤在怀上五义的第五个孩子时，就时常觉得心窝不舒服，她也没有太在意。五义因为写得一笔好字，被安排为村里的会计，忙着各种运动和事务，也疏忽了。

那年秋天，爹领着年仅五岁的叔在离家不远的地里收玉米。那天天气出奇地热，叔啃了好多玉米秸，捂着肚子喊疼，出了一身冷汗。爹放下手中的活计，背着他往家里赶。快到家时，叔的肚子突然又不痛了。爹想反正快到家了，喝点水再下地吧。

家里大门紧闭着，爹推了一下，在里面插上了。他很奇怪，家里明明有人，怎么把门插上了？爹在外面喊：娘，娘快开门。里面却没有什么动静。叔个子小，从墙外翻了进去。看见奶奶躺在床上，已经昏了过去。她的身旁是一个正在啼哭的婴儿。爹赶紧背起奶奶往医院里奔，还没有到医院，奶奶就走了。

葬奶奶小凤那会儿，爷爷不吃不喝，低着头拉了许久的二胡。

十三

爷爷下葬的时候，雪下得正紧。大朵大朵的雪花像棉花团似的重重地砸在地上。尽管天气很冷，还是吸引了附近不少村子里的人来看。抬棺木的看样子有些吃力。棺木是用上好的松木做的，很沉。洁白坚硬的冰雹砸在棺木上，发出了嘭嘭的响声。我们家亲戚很多，送葬的队伍有两里路长，前边的男眷都到了坟场了，后边的女眷才刚出灵棚。我的两个姑姑哭得死去活来的，小如哭得也很伤心，昏过去了，被帮丧的人抬到前院。看丧的人都在夸小如孝顺。

在爷爷入土的那一瞬间，我的耳畔突然响起了二胡的呜咽声。响器班子那时早已停止了吹打，这声音来自何处？莫非是我的幻觉？可那细碎的胡音硬生生地扎进我耳朵的感觉是那么强烈和真实。

到家的时候，姑说小如在你屋里睡了，她身体不太舒服。我茫然地点点头，去看小如了。

看样子她刚醒来，看见我进来，有一点慌乱的样子。她哑着嗓子说我该回去了。我按住她，说你睡一会儿吧，明天再回也不迟，你这两天太劳累了，身体又弱，怎能禁得住这样折腾？

小如笑笑。眼圈红了。

外面黑下来，能听见雪落大地的声音。我心里说，明天的大地上就只剩下白茫茫一片了。

先世考系列

之一：戏班

按照“正大光明学立德成安国有道永世显荣”的辈分序列，祖爷这一代刚好排到了安字辈。老祖刘成仁给他起名刘安邦，寓意能有大出息大作为，成为治国安邦之才。

清光绪三十二年，背负着整个家族厚望的刘安邦一身轻薄绸缎，骑着一头毛驴去省府参加乡试。走到半路，迎面碰上个戏班子。戏班子不大，拢共七八个人，推着一辆大车。其中有一个年轻女子，出落得如同水中芙蓉，甚是出众。刘安邦正是思慕女人的年纪，只看了那女子一眼，就再也不肯把目光挪开了。戏班子领头人是一位老者，他腿脚不太利索，走起路来歪歪斜斜，看人的眼光也歪歪斜斜。他看了看刘安邦的花痴样，笑了笑说：这位爷是要去赶考吧？刘安邦呆愣地点点头。老者又笑笑：听说省府里早就不举状元了，你去了恐怕也是白去！刘安邦闻听此言一激灵，骗腿从驴子上下来，拉住老者的衣袖：老人家说的可当真？老者点点头。刘安邦掩面大哭起来，边哭边说着：举不成了，举不成了，纵有万贯家产也举不了状元了……

哭了半天，抬头一看，戏班子已走出好远。刘安邦想了想，既然人家不举状元了，那还是往回赶吧。他三步两步追上戏班子，问老者：老人家这是要到哪里去唱戏？老者笑着说：戏班子嘛，走到哪唱到哪！刘安邦也笑：那俺跟着你们去听听戏！既然考不成状元，也就当是耍耍了！说着，他把毛驴缰绳递给老者：看你老人家腿脚不太利索，你骑一会儿吧，俺跟着车子走走。老者有些奇怪地看看他，再回头看看车旁的年轻女子，笑笑，骑上了毛驴。

刘安邦慢慢和年轻女子走在一起，那女子也不躲闪，脸色微红，漾着笑意。刘安邦悄声说：敢问芳名？女子看了他一眼，没说话。刘安邦再问，她低声说道：俺不和你说话，你去问俺爹！刘安邦指着骑在驴子上的老者：他？女子点点头。刘安邦不说话了。一会儿，听到在前面拉车的一个壮汉说道：万老板，让那头驴来拉车，你坐车上来多好！刘安邦由此知道老者姓万。万老板从驴子上下来，看看刘安邦。刘安邦笑着说：那就让驴拉车吧。万老板把驴子交给壮汉，转身对年轻女子说了句：水儿，你扶下俺，爹坐到车上去！

待车子重新走动，刘安邦笑嘻嘻地对年轻女子说：原来你叫水儿呀，这名字恁好听！水儿面色更加红润，只说了句：你这个人真有意思，放着毛驴不骑，走路多累！

虽已入秋，苏鲁大平原上的天气仍旧很热。走了不到半个时辰，刘安邦已是汗流浃背。他毕竟只是一介书生，是一心要举状元的秀才，平日根本没摆弄过什么农活，没怎么出过力。加上秋蝉鼓噪的鸣叫，刘安邦有些烦躁。要不是因为水儿，他早就骑驴回麻庄了。

又坚持了大半个时辰，前面出现了一个古色古香的小镇。刘安邦之前来过这里，对镇子很熟悉。镇子不大，被一小段城墙包围着。但镇子里人却不少，熙熙攘攘的，散发着一股股油腻的香味。这里离麻庄大约百十里地，回去要四五个时辰。刘安邦看看天，太阳即将西落，遂打算在这里过夜，顺便听听万老板的戏，他很想看看水儿唱戏的样子。

刘安邦不知道，他的出现，此时已经引起了戏班里一个人的警惕，他就是先前一直在闷声拉车的壮汉，这个戏班子的台柱子，名叫熊老三。他早就喜欢上了水儿，万老板也有意将水儿许配给他。这会儿刘安邦不知道戏班子水深水浅，就稀里糊涂地蹚了进来。

戏班子稍加修整，开始准备在镇子最热闹处搭台唱戏。刘安邦闲着没事，就在附近闲逛起来。今年北方闹饥荒，镇子上来了不少讨饭的人。他们个个蓬头垢面，手里拿着一个烂了角的瓷碗，蹲在墙角处，嘴里喃喃自语：给点吃的吧，给条活路吧……他们的对面，是一家茶馆，里面高声喧哗着，在议论着当今皇上的种种不是。细细听去，有说国运不济的，当今皇上无能，取消府试，害得我等书生报国无门；有说世道不好的，官匪勾结，人人自危民不聊生；有说大清气数已尽的，改朝换代必不可少，国难当头，天下百姓苦不堪言。总之一句话，以后肯定是没百姓的好日子了！刘安邦深有同感，像自己这样的书生，以后都举不了状元啦，还能有什么好的活路？别说光宗耀祖飞黄腾达了，就是想在乡间过清静安稳日子都难！茶馆隔壁是一家窑子，虽说世道艰难，但这里的生意依然红火，两个打扮得花枝招展的姑娘不停地朝刘安邦挥手。看着那两张鲜艳滴血的红唇，刘安邦有些蠢蠢欲动，脚步刚要迈过去，眼角瞟见一个熟悉的身影，在其左右晃荡。他侧脸一看，正是水儿。戏班子在搭台，她闲着没事，也出来逛。刘安邦判断不了水儿是一直跟着自己，还是偶然看见了他。正犹豫不决，抬眼看见一家卖脂粉的商铺，他朝水儿招招手。水儿装作没看见，站在原地不动。刘安邦没办法，自己走进去，买了一盒上等胭脂，回来看到水儿还在原地。他心中暗喜，把胭脂塞到她的手里，水儿扭扭捏捏不要。刘安邦坚持，她看看四周，接下了，藏到了贴身的口袋里。

刘安邦听到水儿肚子叽叽咕咕响了两声，他问水儿：饿了吧？咱们去吃碗大馄饨？听说这个镇子上的千里香大馄饨最有名!水儿有些犹豫不决。刘安邦不由分说拉起她的葱白胳膊，小跑着去了不远的一家馄饨店。

馄饨店里吃客不少，两个人在靠近门口的地方找了张桌子，坐下来。店小二是个见多识广的人，看刘安邦这身打扮就知道来了位有钱的爷，麻利地用袖子抹了一下桌子，笑嘻嘻问道：两位客官要点什么？刘安邦看看水儿，说时间紧，着急唱戏呢，就来两碗上等馄饨吧。小二点点头，高声说好嘞！另外再给您来一盘子上等驴肉如何？不过这玩意儿火有点大……刘安邦最喜欢吃驴肉，连声说，来一盘，来一盘！水儿看看他，红了脸。从水儿刚才的样子，刘安邦基本上判断出她是喜欢上自己了，都说唱戏的胆大，果然！水儿不是一般女子。这年月，一般女子也不会明目张胆地跟着陌生男子吃饭逛街。想到这里，刘安邦心里反倒有点儿忐忑不安。

老祖刘成仁只有刘安邦这一个儿子，一向对其要求严格，为了能让儿子当秀才举状元，从不敢让他分心。刘成仁辛辛苦苦置下一份偌大的家产，别的无所求，就想让儿子能光宗耀祖。现在朝廷不举状元了，这会儿想光耀门庭也光耀不了了。刘安邦心里暗想，自己在这个节骨眼上再带个唱戏的女子回去，老爹会不会大发雷霆？但反过来一想，既然状元已经举不成了，那干脆就寻个媳妇吧。爹不是早说过了嘛：不孝有三，无后为大！能带个媳妇回家，对他也是一种安慰。

正这样想着，店小二端来两大碗热气腾腾的馄饨，外加一大盘子刚出锅的喷香驴肉。刘安邦招呼水儿吃。水儿也不客气，小口小口吃起来。半碗馄饨还没吃完，猛听得一声锣响。水儿说要开戏了，俺得赶紧回去！

刘安邦说吃完再去不迟。水儿有些为难，说俺先过去补妆，你慢慢吃，吃完了去看俺唱戏！刘安邦点点头，吃完这盘驴肉就去！水儿涨红着脸，去了。

听着戏班子那边鼓点声渐密，刘安邦抹抹嘴唇，打了两声饱嗝，与店小二结了账，不慌不忙起身，向着那热闹处走去。平时镇子上难得看戏，这会儿戏台子周围站满了人，黑压压一片。刘安邦左转右转，没找到合适的位置。远远地看到水儿在朝自己挥手，指指戏台前侧。刘安邦顺着她指的方向挤过去，看到在人群的最前边放了几张凳子。几个有头有脸的长袍马褂坐在那里，正嘁嘁喳喳说着什么。刘安邦看看边上还空着一个位子，瞅瞅水儿，水儿点点头。刘安邦便在凳子上坐了下来。旁边的长袍马褂看了看他，神情都有些异样。刘安邦对他们笑笑，也不多理会，安心看戏。

锣声又起，万老板登台。只见他双手抱拳，朗声说道：诸位父老，诸位乡亲，俺万家戏班今日来到古镇宝地，没啥见面礼，先给大家奉上一台大戏。希望诸位有钱的捧个钱场，没钱的捧个人场，有不到之处还望多多包涵。下面，正式开戏！万老板这边一退场，水儿和熊老三就在密集的锣鼓声中登场，只见水儿一副青衣打扮，扮相甚为俊美。今天要唱的是《白蛇传》第一折戏《双蛇斗》，是用京剧、昆曲同台合演的“风搅雪”演法。青雄白雌，熊老三扮青蛇，水儿扮白蛇。青蛇要与白蛇成婚，白蛇不允，双蛇斗法，最后白蛇战胜青蛇，青蛇甘愿化为侍女，姐妹相称，而后下山。在这出戏里，水儿青衣唱腔独特，直让刘安邦看得目瞪口呆，他在心里越发喜欢水儿了。

就这样，刘安邦一连跟着戏班子在古镇看了三天大戏。在这三天里，他不但和水儿的情感与日俱增，和戏班子的其他人也混得很熟。他们在台上唱戏的时候，刘安邦还时不时地能在后台帮上点忙。这天晚上唱完戏，刘安邦正欲陪着水儿回住处，老万叫住了他，说了句：刘秀才，咱们走一走！刘安邦看看水儿，水儿不知道老万要对他说什么，面无表情地点点头。

古镇旁边是一条小河，月朗星稀，河水泛着白光，像一面镜子般明晃晃闪亮亮，细细闻去，整个河面散发着一股淡淡的腥气。万老板背着手踱着步子走在前面，刘安邦拢着手在后面慢慢跟着。他揣摩不透老万究竟要对自己说什么，有些紧张，额头竟然有细密的汗珠渗出来。走了一会儿，离镇街渐远，四周一片静寂。老万停下来，等刘安邦靠近。他长长地叹了口气，对刘安邦说：你既然是一个读书人，当知道门当户对之说。刘安邦点点头，旋即又摇摇头。老万又说：俺们都是唱戏出身，说白了就是戏子，古来戏子都命运多舛，水儿她和你不般配呢……不等老万说完，刘安邦就急急地说道：般配、般配，唱戏没啥不好，俺也想跟着你老人家唱戏呢！老万笑笑：唱戏可没那么简单，你说般配，你村上的人可不说般配！再说了，俺早就把水儿许配给了熊老三了……听到最后一句话，刘安邦傻了，他在心里说：怪不得熊老三这几天看自己的眼神不对劲，像是结下了深仇大恨似的！他结结巴巴地说了句：但水儿喜欢的是俺……老万又重重地叹了口气，没说什么。往回走的时候，老万说了句：你们还是散了吧……

回到住处，刘安邦心情低落，在屋子里边踱步边叹气。正郁闷着，忽听门外有轻轻脚步声传来，接着听到有人敲门。他开了门，只见水儿泪眼汪汪地站在门外。刘安邦一阵冲动，一把将水儿拉进了屋，水儿嘴里不停地说着：俺要跟你走，俺要跟你走……刘安邦抱着她在床上翻滚起来。

第二天一大早，戏班子整装待发，要到下一个镇子去唱戏。左等右等，不见水儿下来。老万差遣熊老三去房间看看，已经人去房空。再看看刘安邦的房间，也没了人影。熊老三气得直跺脚。老万听了，直摇头叹息：想不到龟儿子胆子这么大！竟然拐走了俺闺女！这年月，秀才也干土匪的事儿！他看了一眼垂头丧气的熊老三，恨恨地说：你莫急，咱们一个镇子一个镇子找，看他们能跑到哪儿去？

此时，刘安邦和水儿正急急地走在回麻庄的路上，两个人边走边不时地回头看，生怕老万带着戏班子追了来。两个人直跑得满头大汗，气喘吁吁，终于到了离麻庄不远的西集古镇。刘安邦对娇喘不已的水儿说：到这儿就不怕他们追来了！这里到麻庄还不到五里地，咱们歇会儿再走吧。水儿看看前面，拿衣袖抹了抹头上的汗珠，说咱们还是继续走吧，到家里就安生了！刘安邦嘿嘿笑了两声：你别怕，咱们慢慢走，这就算是到了咱家的地盘了。水儿愣了一下，刘安邦问水儿：你知道马鞍山上有个山大王叫刘成才吗？水儿点点头：听说过，官兵都怕他三分！刘安邦得意地点点头：刘成才是俺二叔！亲二叔！水儿闻听此言惊得目瞪口呆，愣了半天嘟囔了句：怪不得你胆子那么大！原来……你二叔怎么就当了山大王？刘安邦笑笑：为了一个女人，他也是没办法，到家给你细细说。

正是收地瓜的时节，田地里到处都是人。大家都在吭哧吭哧弯腰刨地瓜，一开始没人注意到刘安邦和水儿。一直等他俩到了村口，有个人突然咋呼了一句：那不是咱村的大秀才吗？这么快就赶考回来了？咦，后面咋还跟着一个女人哩？莫不是中了举人，朝廷的赏赐？大家一个接一个直起腰来，大眼瞪小眼地看着两个人一前一后走进了村子。刘安邦加快了脚步，故意和水儿拉开了一点距离。水儿脸红红的，低着头，急急地迈着碎步。

老祖刘成仁正蹲在院子里剥玉米。今年玉米大丰收，满院子堆得到处都是。像剥玉米这样的活儿本来都是下人们干的，但刘成仁是个勤劳人，养成了干农活的习惯，能自己干点就自己干点。玉米刚刚晒过，金黄金黄的，散发出一股甜丝丝的气味。刘安邦在门口喊了声：爹，俺回来了！说完，对水儿说：这是咱爹！水儿羞羞答答道了个万福。刘成仁闻声抬眼看到儿子和水儿，愣了半天，说了句：考得咋样？刘安邦赶紧答道：朝廷不举状元了，没考成！刘成仁大吃一惊：不举状元了？那不就亡国了吗？！看得出来，他很伤心，自己辛辛苦苦一辈子，置办这么个大家业，一心供养儿子读书，本以为能考个功名，光宗耀祖，哪知道到头来却是竹篮打水一场空。他看看躲在刘安邦身后的水儿，心里似乎明白了什么，也不多问，只说了句：进屋再说话吧。等水儿进了屋，刘成仁问刘安邦：这女子到底是咋回事儿？刘安邦也不瞒他，一五一十地说了。刘成仁听得目瞪口呆，愣了半天才说了句：你把人家闺女拐来了，那人家早晚还不得找了来！再说她可是戏班子的台柱子，这么一来，戏班子岂不是要垮了吗？刘安邦沉默了一会儿，说：事到如今，也管不了那么多了！爹你赶紧给俺们完婚，等完了婚，他们找来也没办法！刘成仁没说话。他其实是不太赞成儿子娶一个戏班子出身的女子，虽说人长得俊俏，但毕竟还是个戏子嘛。但儿大不由爹，他确实也该婚配了。本想等他有了功名，找个门当户对的大家闺秀，现在既然举不成状元了，这个希望也就没了。见老爹不表态，刘安邦有些急，说道：俺和水儿已经生米煮成了熟饭……看他着急的样子，刘成仁有些哭笑不得，叹了口气说：置办婚礼可是大事，要准备准备呢，俺担心的是他们追了来……刘安邦说：怕什么，到时候可以让二叔下山嘛！刘成仁说了句：成才那个熊东西，都好几年没回麻庄了！刘安邦说：你派人给他捎个信，俺大婚，他能不来吗？刘成仁想了想，点了点头。

夜长梦多，事不宜迟。在刘安邦的催促下，刘成仁当天就去找了村里懂风水的裴瞎子，择了个黄道吉日，把大婚的日子定在了三天以后。这边日子敲定，那边立即通知家族大小人等，为婚事做好各种准备。

在麻庄，娶媳妇是大事，更是喜事。按照祖上的规矩，婚配最重要的就是席地，流水大席办得好，主家就特别有面子。若是在席地上出了岔子，那是很丢人的事情，不知道要被人在背后嘀咕多久。更何况，刘家在麻庄是大户，更是丢不起这个人。为了办好席地，刘成仁请来了方圆百里最好的张家厨子，让主厨的人开了最丰盛的菜单。这边拿了菜单，那边就差人去了西集古镇，采购各种食材。厨屋搭在了院子西南角，架了两口大锅炉，摆了四张大案子，焦炭买了六麻袋，锅碗洗了十大盆。厨屋旁边就是大棚，拉大棚的时候，刘成仁特地让几个年轻后生多拉了几十米，覆盖了整个院子。大棚底下摆了五十张桌子，老刘家在麻庄是树大根深，不算别门别院，来吃大席的人就得有上百口子，按照一天两顿席来算，流水席至少得转四圈，这可真够厨屋忙活的。

一切就绪，只等开门迎亲。搁往常，麻庄办喜事一般不请响器，但考虑到刘安邦是老祖刘成仁这一支的独根独苗，为了热闹，还是请来了远近闻名的崔家唢呐，以之助兴。吉时到，唢呐起，咿咿呀呀中，刘家大院顿时热闹起来了。刘安邦注意到老爹刘成仁脸色不太好。他一定是担心戏班子来闹事，而二叔此时还迟迟未露面；还可能是因为听到一些不好的议论，村里人看不上唱戏的水儿，说老刘家这么大的势力，咋娶了个戏子嘛！

刘安邦和水儿被众人推搡着站到了当院的香案前，正准备拜天地，忽听门外传来一声呵斥：没有俺老万的同意，看谁敢娶俺闺女！众人闻言大吃一惊，纷纷回头看去。只见万老板和熊老三一干人等怀抱短刀长矛，气势汹汹地进了院子，和刘安邦等人怒目相向。刘安邦心说，完了，担心什么来什么，戏班子砸场子来了！正不知如何应付之时，水儿一把挑下头上的红帘子，扑通一声跪倒在万老板面前，哭着说：爹，女儿不孝，你就成全女儿吧！俺和刘安邦是真心相爱！万老板面无表情。满脸怒气的熊老三吼道：你嫁给他，俺咋办？你爹可是早就把你许配给俺了！刘安邦见熊老三说这话，早气得不行，他虽是一介书生，但毕竟血气方刚，随手抄起一把大抓钩子，朝熊老三喊道：水儿愿意嫁谁就是谁！刘家众后生见状，也都义愤填膺起来，个个摩拳擦掌。万老板看这阵势，对着老祖刘成仁说了句：素闻麻庄老刘家世代仁义，今天不能做下如此不仁不义之事吧！一句话，把大家给呛住了

僵持间，猛听到大门外一阵马蹄声响，接着一个彪形大汉闯了进来，只见他满脸络腮胡须，浓眉大眼，粗壮的腰间斜挎着一把自制火枪。看到他，刘安邦心中暗喜，大声喊道：二叔，你下山来了！二叔斜着眼看了看万老板和熊老三，朗声说道：今天是俺侄儿刘安邦大喜的日子，俺看谁敢捣乱！万老板和熊老三被二叔的阵势吓住了，两个人互相看看，无可奈何地摇摇头，转身欲走。二叔伸手拦住他俩：既然来了，就在村里唱上三天大戏吧，也算是给俺侄儿大婚增添点喜庆！万老板傻眼了。刘成仁看不过去，拉住万老板，说了句：亲家，坐下喝两盅喜酒再唱不迟！万老板看看众人，再看看水儿，只好点了点头。

水儿就这样嫁给了刘安邦，成了祖奶。

据说，那天的宴席很丰盛，八凉、八热、八素、八荤，还重了八个大菜。张家厨子也争气，那菜的味道直到现在还被老人们经常念叨着。

之二：戏子

关于刘安庆娶媳妇这个事儿，真是小孩没娘，说来话长。用麻庄人的话说，在刘安庆身上发生的那些事儿，都有点玄乎。这话得从二十年前说起。

二十年前，老秀才托人给刘安庆说了个媳妇。女子是邻村小王庄人，生得很是标志。她嫁过来那天，下大雨。人都说老秀才精明了一辈子，偏偏在这个事儿上没算计好日子。嫁娶逢大雨，虽不是什么大事儿，但总归

是有些不吉利。按照麻庄的风俗，新媳妇嫁过来，第一夜都要闹洞房。闹洞房一般都是小孩子的事儿，大人不掺和。偶尔也会有年纪大一点的晚辈跟着凑热闹，向新媳妇讨点好吃好喝，沾点儿喜气啥的。

这天晚上，酒席一散，闹洞房的后生们就迫不及待地钻进了洞房，削尖了脑袋往新娘身上扎，讨要糖果子。鲁南苏北嫁娶的风俗讲究多，拿闹洞房来说，主要是为了驱邪避灾，小孩子们在洞房里嬉戏说笑，用笑声驱走邪鬼。因此新媳妇是不能阻止的，只能任由小孩子们闹。小孩子们闹洞房时，一般都要向新媳妇讨要糖果子，新媳妇不能立即就给，一要就给就没有意思了，失去了“闹”洞房的意义。但新媳妇也不能一直不给，如果一直不给，闹洞房的人就可以放任地闹下去，甚至会越过男女授受不亲的界限，占一点新娘的小便宜。总归，在闹洞房这件事上，新娘和闹洞房的人都要把握一个度，不能没趣味，也不能越了界。为此，新娘要有足够的忍耐力，也要有足够的心智，把糖果子等什物藏得好一点，像狡兔三窟那样，把带来的吃物等分散开，藏在不同的柜子里。

此时，新房里很是热闹。只见新媳妇手里紧紧攥着柜子的钥匙，满面娇羞地看着眼前闹洞房的孩子们，不言语，也不开柜子，任由小孩子们嫂娘嫂娘地叫着。三个年纪大一点的本家晚辈吃饱喝足之后也溜进了洞房，带着几分醉意看着新妇。新妇看见他们，赶紧低下了头。小孩子们闹得愈来愈起劲，新媳妇便不再和他们多纠缠，对他们说道：你们都退后一步。边说边做出要开柜子的动作。孩子们眼见大功告成，都很兴奋，一个个摩拳擦掌，等着柜子打开就抢糖果子。这个是最考验新媳妇功力的时刻，柜子只能开一条很小的缝隙，不然，里面的东西会被孩子们一抢而光。但她又不能太莽撞，以免给人落下小气之嫌。新媳妇麻利地打开了一条缝，以迅雷不及掩耳之势从柜子里拿出了几包糖果子，扔给了孩子们。但这些显然太少，孩子们不满足，他们还是闹腾。这时，刚进来的那三个本家晚辈也跟着起哄：新娘子咋恁小气？小孩子要几包糖果子都这么不痛快，那俺们要的东西就更不给了！说着，三个人开始往前挤，把新媳妇围了起来。有一个显然喝醉了酒，在新娘子身上动手动脚。其他两个人看着新娘没啥激烈反应，也跟着动起手来。新媳妇希望刘安庆能进来解围，无奈刘安庆此时已被人灌得酩酊大醉，不省人事。被三个后生摸来摸去，新媳妇脸色涨得通红，不时抬手乱打一通。不承想三个人越摸越来劲，干脆将新娘子摁倒在床上，乱亲一气。新妇人不知道哪来的力气，一下子挣脱开来，怒视着三个后生，转身对屋里的小孩子们说：你们拿到了糖果子，还不赶紧走！小孩子们被新娘子的阵势吓住了，都纷纷往外跑。屋子里顿时安静下来，只剩下三个胆大妄为的年轻后生。新媳妇眼睛盯着他们，不慌不忙地说了句：你们三个，还想摸吗？三个人你看看我我看看你，一起偷笑起来，边笑边把手伸向新娘子的胸部。新媳妇一动不动，直勾勾地看着他们。三个人谁都没注意她的脸，只管抬手去摸，只听见她哼了一声：你们看看我是谁！三个人抬眼看去，顿时吓得屁滚尿流，当场晕倒在地。

有一个偷偷躲在洞房墙角的孩子说，他当时看到了一张无比吓人的鬼脸。

这个说法很快就传遍了麻庄，有人开始猜测新媳妇是女鬼附体。前一段时间，有一个戏班子路过麻庄，其中一个女戏子唱戏时突然得了一种怪病，死在了麻庄南场上临时搭建的戏台上。这个女戏子是戏班子的台柱子，长得甚是好看。她在台上唱穆桂英挂帅，扮相十分俊美，几乎迷倒了麻庄所有的年轻后生。她的死，让他们都唏嘘不已。戏班子四海为家，只好把女戏子就地掩埋。因为女子是外人，不能光明正大地埋在麻庄坟场，就在坟场的边角挖了一个小小的墓穴，把女戏子草草地掩埋了。戏班子离开麻庄没多久，有人说经常在夜半听到坟场里面传来女子的哭声，那哭声悲悲切切，甚是凄凉。还有人说曾经在鸡叫之前，在南场上看到过一个穿着戏衣的女子，在原来搭建过戏台子的地方挥舞着长袖，咿咿呀呀地唱着什么。有人不信，半夜偷偷起来看，果然如此。这个事有些蹊跷，也让麻庄的年轻后生愈加心神不宁。他们中的好多人像是中了邪，天天夜半时分去南场，看那个女戏子唱戏。这个事引起了老秀才的注意，他不声不响卜了三天卦，带着几个老人一连在土地庙上了三天的香，嘴里念念有词：

土地爷呀你听清，

麻庄来了新人丁。

孤魂野鬼归你管，

早早收去得安宁！

念叨完，老秀才磕了仨头，俯身作出倾听土地爷说话的样子。过了半天，他对几个老人说：土地爷说了，女戏子要唱戏，得在坟墓里给她搭个戏台子，不然她还会到南场去唱！几个老人听了，赶紧安排年轻后生们做了。

戏台子搭好之后，女戏子再也没在麻庄南场出现过。

有人猜测刘安庆新娶的媳妇会不会就是那个女戏子？老秀才带着人给她在坟墓里搭了戏台，她要报恩？

但看新媳妇平时的表现和麻庄人并无不同，而且她嫁过来没多久，就有了身孕。麻庄人对她的猜测也就渐渐少了。

后来，刘安庆和村里后生说起新媳妇，说她以前跟一个四川人学过变脸，没事时就在家里变来变去，逗孩子刘国香玩。大家这才彻底放下心来：新媳妇是人，不是鬼。

新媳妇生下女娃不久，老秀才突然得了一场暴病，没多久就走了。接着，新媳妇也在麻庄消失了，刘安庆差人到处寻找，最终也没有找到。活不见人死不见尸，这让麻庄人议论了很久。这天日中时分，先前和老秀才去过土地庙的老人带着刘安庆来到了女戏子的坟前，围着坟堆转了一圈又一圈，最终指指坟顶上的一个大窟窿说了句：你赶紧去地里拔一把大葱，种在坟头上，然后再到土地庙南墙上铲下一把土，把这个大窟窿堵上！不能让她来去自由！刘安庆惊了一身的冷汗，赶紧按照老人的吩咐做了。老人叮嘱他，做这事的时候只能自己来，其他人任谁都不能沾边，不然必遭报复。

刘安庆拔完葱铲完土，急匆匆来到坟堆时，日头正在自己头顶，如利刃般的太阳光直直地插进那个窟窿。再看那个窟窿，正往外冒出一股股青烟。刘安庆赶紧把从土地庙铲来的土填进了窟窿，当他在上面种下大葱时，感觉有一股气力一直在往上推，试图阻止他。他咬紧牙关，培完了最后一锹土。此时，他仿佛听到一声叹息，伴着一个细细的带着哭腔的声音：你好狠心哪……

老人叮嘱刘安庆，你最近头顶有阴气盘旋，这两天多往人稠的地方走一走，人稠的地方阳气重。正好，西集逢四月八会，方圆百里的人都要来西集赶集，正是一年中人最稠的时候。这天一大早，刘安庆就去了西集。西集逢集平时一般都在三六九，每年有两次大会，即四月八会和十一月会。这两次大会都是在农闲时间，既是父老乡亲庆祝收成的好时机，也是亲戚朋友团聚的好日子。麻庄所在的苏北鲁南地区，闺女出嫁基本上都在方圆百里之内，她们一般都会趁着这个时机回娘家看看。如果老人还在，那是回娘家走亲戚；如果老人已经过世，那就备些纸钱去上坟。总而言之一句话，逢会期间，是西集周边最热闹的时候。

刘安庆漫无目的地在西集逛了一整天，就着两碗丸子汤喝了大半斤兰陵大曲，吃了一大盘子水煎包，看了一场柳琴戏，听了几场说书人的大鼓，给丫头刘国香扎了两束头花，不知不觉天就上了黑影。看着集市上的人渐渐稀少，醉醺醺的刘安庆一步三摇地回了麻庄。

上了黑影以后，从西集回麻庄的大路上几乎没有什么人了。带着几分醉意，刘安庆走过了一片苇塘。这片苇塘长在大路和小龙河的中间地带，足有上百亩的样子。苇塘不远处有几棵歪脖子柳树，遍体嶙峋，甚是粗壮。据说，这几棵歪脖子柳树已在这里生长了不少年头，光在这里上吊死去的女人就不下几十个了。柳树往西就是麻庄的坟场，往北就是小龙河，往南就是通往麻庄的大路。刘安庆在大路上走着走着，不知怎么突然转向了苇塘边的一条小径。穿过苇塘，来到稍高处的歪脖子柳树底下，面无表情地抬头看了半天，折了几根柳条，编成了一条结实的绳子，往柳树上一挂，打了一个死结，踩着一块石头，把头伸了进去。当他想蹬开脚下的石头时，绳子突然断了，摔了个嘴啃泥。他表情漠然地起身，看看柳树，叹了口气，继续往小龙河的方向走。他一直走，不顾脚脖子没了水，一点一点往深处去。眼看水已经没了腰，又到了肩膀，他还没有要停下来的意思。此时，一个上坟的老人到河边洗手，看到了他，拼命地在那里喊。撕心裂肺的喊声终于惊醒了刘安庆，此时水已经没到了他的脖子。他拼命转身，回头往岸上走。无奈水的阻力太大，好像有一股力量在拼命把他往回拉。此时他已经完全清醒过来，迈开步子，双手拼命划水，终于摆脱了那股阻力，回到了岸边，一屁股坐在了一块大石头上，惊魂未定地在那里喘息。

经此一劫，刘安庆开始变得神神道道起来。一个人在家时，他常常站在院子里对着天空大声说话，一会儿说：你来了，来了就到屋里坐！一会儿说：要走了，走了再回来！自此以后，麻庄人都说刘安庆能通鬼神，有个什么灾啊难啊，都到他这里来，找找原因问问办法。刘安庆从此既是麻庄的私塾先生，也是麻庄的风水师。

现在，刘安庆的女娃刘国香也长大了，她长得和死去的女戏子一样俊秀，像是一个模子刻出来的。

之三：手艺

二老祖刘成才上马鞍山那年，是在清光绪二十二年。我不知道人高马大的刘成才为何要上马鞍山，毕竟落草为寇不是多么光彩的事儿。用老祖刘成仁的话说，刘成才别的不行，当土匪在麻庄算是头一个。村里老人都说，别看刘成才人长得挺凶，但他手巧着呢！如果不上马鞍山，他肯定会是个好木匠。

二老祖刘成才上山是因为一个女人。

对于木匠这个手艺活儿，其实刘成才也没正儿八经地学过多少。他只是跟在村里的老木匠王二麻子的腚后面转悠了几天，亲眼看着他做了几副高脚柜子和矮脚板凳，就无师自通地学会了用斧子、刨子、凿子等工具。他尤其对墨斗和木勒子感兴趣，没事就拿着这两样东西到处划划量量。王二麻子看他着迷的样子，就对他说：成才，你要是不嫌木匠这活下贱，你就跟着俺做个帮手吧。木匠好歹也是一门手艺，有了这门手艺儿，俺保证你以后饿不死！刘成才眨巴眨巴眼，说了句：俺倒是愿意跟你学，可就怕俺家里人不同意！王二麻子叹了口气，可也是，你们老刘家日子过得殷实，一心求取功名，哪会看得上俺这门下贱手艺！刘成才悻悻地离开了王二麻子。过不几天，他又转回来了，对王二麻子说：几天不摸这些刨子、凿子什么的，俺手心儿就痒得紧，咋办？要不，俺就偷着跟你学手艺吧。就这样，刘成才成了木匠王二麻子的学徒。

世上没有不透风的墙。刘成才跟着王二麻子学手艺这事儿还是被家里人知道了，一开始当然是要抵制。老刘家在麻庄世代耕读，笃信“忠厚传家远，诗书继世长”的古训，以老刘家殷实的家底和在麻庄的地位，岂能容忍子孙后代成为一个匠人？但抵制归抵制，刘成才生性是个倔人，他认准的事儿，九头牛都拉不回来。慢慢地，大家也就默许了他。

光绪二十五年仲夏，麻庄大地主老韩家的二婆娘死了。天气太热，死人不能久放。地主老韩赶紧差人喊了王二麻子，让他尽快给二婆娘打一副上等棺材。工期紧，王二麻子让刘成才跟着自己打下手。刘成才有些犹豫。老韩家和老刘家一直不和，两个大地主一个村东一个村西，各有自己的地盘。二十年前，为了争一处水源，两家打得头破血流，闹出了人命。现在老韩家死了人，老刘家高兴还来不及呢，咋能去帮忙打棺材？但王二麻子不这么看，他说死人为大，打棺材是给自己积阴德的事儿，不关什么仇不仇恨不恨；再说了，冤家宜解不宜结，你跟着俺去老韩家，那不是给你们两家带来一个解开世仇的机会吗？刘成才摇摇头，仇恨太大，一时解不开。不过，他最后还是跟着王二麻子去老韩家打棺材了，他知道老刘家的人不会去那里，自己去帮忙也不会被家里人撞见。

老韩家在麻庄算是第二大户，手底下有上百亩良田，几十个佃户，村西的天下基本上就是老韩家的了。此时，他家里人来人往，好不热闹。万般事小，死者为大，地主老韩死了婆娘，不少人都来哭一嗓子，借此机会走动走动，疏通疏通关系。麻庄所在的苏北鲁南，地处齐鲁腹地，所谓礼仪之邦，特别注重人情礼节的往来。所以，凡是能和老韩家扯上半毛钱关系的人几乎都来了，到灵堂烧一刀纸，有泪没泪都得哭一嗓子，然后再和老韩照个面，了事。少了一条胳膊的老韩垂着空荡荡的袖子，照例对着每个人说一句：明天到家里来喝丧汤！

王二麻子把干活的地儿选在地主大院的西北角，那儿有一块空地，还有一棵老槐树，可以遮阳。这地儿什么都好，就是离茅房太近，今天人多，茅房不时散发出一股难闻的气味。木料是早就准备好了的，上等松柏，这种料不太好解，解开后晾得也慢。地主老韩要求明天封棺，时间太紧。王二麻子寻思着得赶紧出活，急得不行。刘成才却是一副悠然自得的样子，一会儿看看灵堂那边的热闹，一会抬头看天，嘴里嘟囔着：看这天热的！老槐树上落了一只新蝉，此时正“热了热了热了”地叫个不停。刘成才听得心烦，找了一根竹竿想把这个鼓噪的家伙赶走。无奈老槐树太高，树叶太密，根本够不着，他试着蹦了两下，还是够不着。刚要再蹦，王二麻子在那里呵斥他：你瞎蹦啥呢？快过来拉锯！

在所有的木匠活计里面，刘成才最讨厌的就是拉大锯。别看拉锯时只是一来一往，这里面的学问可大着哩：拉锯时动作不能太大，太大了锯条容易折弯走偏；当然力气也不能太小，太小了锯条送不出去。拉锯时最重要的就是要心平气和，保持匀速。无奈刘成才本来就是个急性子，拉起锯来总是按捺不住，每次和王二麻子一起拉锯解木板，他总少不了要挨熊。这次，他又把锯拉偏了好几次，王二麻子忍了又忍，终于忍不住，嘴里不停地嘟囔道：拉锯是木匠的基本功，你连基本功都过不了关，还想当个好木匠！门儿都没有！但基本功不过关的刘成才又的确是个好木匠，经他手做的椅子凳子桌子箱子柜子，一个个都是木榫严丝合缝，结实耐用不说，表面还都是光滑油亮，找不到半点毛病。他雕琢的小物件表面润滑，手感舒服，像一个个艺术品。不难看出，他的长处在于精细。

其实，王二麻子不知道，刘成才更加了得的功夫是看人。他屁股坐在地上拉锯，眼睛却始终没有离开在灵堂那边晃动的人影。他一直在注意着那边的动静，他要看看地主老韩家的势力到底有多大，究竟有哪些人来他家吊丧。在头几年的麻庄，老刘家和老韩家的势力一直旗鼓相当，没分出个子丑寅卯。但最近这几年，老韩家的势力似乎有些微壮大，他家的土地又扩大了几十亩，佃户又增加了好几家。地主老韩是个谨小慎微的人，矮矮胖胖的，一团和气，见谁都是客客气气。中国人说和气发财，精于算计的老韩对佃户的态度要比老刘家和善，所收的租子一降再降，把村里的人心都渐渐拢了去。在村东村西势不两立的格局下，村西的势力在不知不觉中壮大起来了。

看着老韩家人来人往，听着日渐鼎沸的说话声，刘成才的心里很不是个味儿。他注意到，与院子里的热闹比较，灵堂里似乎过于安静，没有人说话，也没有什么哭声。想来也是，老韩一共娶了四房女人，现在二房死了，其他三房高兴都来不及，哪还会哭？但她们连样子都不装了么？这世道，真是！刘成才见过老韩的二婆娘，是个圆脸圆身子圆屁股的女人，生得一副福相。可这福相的女人命却不长，才三十岁多一点，就飞赴西天瑶池了，留下一个未出阁的小闺女红荷。刘成才没怎么见过老韩的这个小闺女，只在心里想：未出阁就没了娘，这闺女的命可真是够苦的！

拉了半天锯，木板解得差不多了，下一步就是光面。这活儿王二麻子在行，刘成才只能打下手。他闲得无聊，对王二麻子说，俺去一趟茅房。嘴上说是去茅房，腿却直奔灵堂去了。走了没几步，王二麻子叫住他，指着茅房的方向说，你不是去茅房吗？茅房在那边，你去灵堂干什么？刘成才没办法，只好掉头。人多，茅房里一片臭气烘烘。刘成才捂着鼻子尿完尿，提着腰带往外走。边走边想：咋没见老韩的小闺女出来上茅房？这么大半天，她就不尿尿吗？这样想着，迎面看见一个身影，正袅袅娜娜地走过来。只见她一身重孝，眼睛红肿，额前飘着一绺黑丝，紧紧地黏在鼻尖上。那鼻子透着些许光亮，白白的，薄薄的，滚动着一粒汗珠，晶莹剔透。

刘成才看得眼都直了，他半张着嘴巴，眼睛随着红荷的身影挪动。她的个子很高，屁股圆润，虽然裹着孝服，还是能够看出两片饱胀和滚圆来。直到红荷进了茅房，刘成才的眼睛还没收回来。他就那么呆呆地站在那里，全然没有听见王二麻子在一声一声地喊：成才，成才，成才！

一个人过来碰了一下刘成才的胳膊，他愤然地打了一下那人的手，吼道，你碰俺干什么？那人说了句：你师傅叫你呢！刘成才看看王二麻子，恶狠狠地说了句：他不是俺师傅！刘成才又看了一眼茅房，悻悻地回到了老槐树底下。王二麻子朝他嘟囔：她都进了茅房了，你还站在太阳底下！真是个憨子！被王二麻子看穿了自己的小把戏，刘成才有些脸红，结结巴巴地说，你老了，不懂！王二麻子笑笑：看中了就让家里央人说媒嘛，你们两个在麻庄也算是门当户对。刘成才摇摇头：俺们两家的世仇有多深，你又不是不知道！

红荷从茅房出来了，她知道刘成才在看她，路过老槐树时，始终低着头。刘成才很失望地看着她走过去。没曾料到，红荷突然又转回身，走回来，羞羞答答地对刘成才说了句：你们给俺娘打棺材要打得厚一点！刘成才一时间紧张得说不出话来，王二麻子赶紧说了句：放心，放心！红荷愁怨地看了刘成才一眼，走了。王二麻子对还在呆愣着的刘成才说：还不赶紧干活！人家红荷那话可是专门对你说的！听到王二麻子这样说，刘成才又紧张又兴奋，干起活来多了不少力气。现在，他终于知道自己是为谁做活了。

太阳即将落山，西天边抹了一撇嫣红。老韩家的鼎沸声渐小，偌大的院子霎时显得有些空旷。刘成才看看灵堂，问王二麻子：咱们得干到几时？王二麻子苦笑了一下，说明天下午就放炮开门，你说我们要干到几时？今儿个无论如何得把棺木打好漆好！刘成才点点头：你的意思是咱得干个通宵了！

正处于血气方刚的年纪，刘成才不怕熬夜。更何况，他心里装着红荷，干起活来更是得劲。这一夜，只听得地主老韩家的大院噼里啪啦声不断，黎明时分，这响声终于停下来了，一副黑漆漆亮闪闪的棺木打好了。少了一条胳膊的老韩站在棺木面前，左看看右看看，前瞅瞅，后瞅瞅，用唯一的一只手拍了拍棺木的前头，抖着嗓子说道：红荷他娘，俺这也算是对得起你了！看来，老韩对棺木很满意，王二麻子和刘成才开始收拾东西，准备回家睡觉。老韩说你们等一下，俺让红荷也过来看看，她中意了你们再走不迟。说完他去叫红荷了。刘成才没想到这个地主老韩这么在意红荷，他看看王二麻子，王二麻子撇撇嘴。红荷过来了，揉着眼睛，看样子也是一宿没睡。她绕着棺木转了一圈，对着老韩点点头，又看了一眼刘成才，眼里充满了感激。王二麻子对老韩说，棺木刚漆好，需要晾上两个时辰。老韩边点头边从腰间掏出几块碎银，放到王二麻子手里。这时，刘成才说了句，俺的那份不要了！算是俺给红荷帮忙了。王二麻子有些心疼地又从手里拿出一半碎银子，还给了老韩。老韩有些意外，看了看刘成才，又看看红荷，刘成才和红荷的脸都红红的。

立夏之后，天亮得越来越早。麻庄的人勤劳，一大早就都起来了。男人该下地的下地，不下地的就背起粪叉子到村头大路上拾粪。女人们则早早地去了村北的小龙河，趁着这一会儿的工夫把一家人的脏衣服洗了；忙完了这些还得去菜地里摘菜，准备做清早的饭。此时，麻庄村子中间的大路上到处都是人。王二麻子和刘成才手拿肩扛着各种木匠工具，从老韩家走出来，引起许多人的侧目。很明显，他们奇怪的不是王二麻子，而是刘成才。老刘家的人居然进了老韩家的大院，而且还去做了活！人多眼杂，刘成才不大抬头，只顾走路。王二麻子不停地在那里数落他：你以为你是谁？给你银子你还不要！装什么大方！刘成才听得烦了，吼了句：你嘟囔来嘟囔去，还不是为了那点钱？那本就是俺该得的，俺不要，碍你啥事了？王二麻子恨恨地说：你是给俺打下手的，收不收钱收多少钱，俺说了算！刘成才鼻子里哼了一声：那你咋还把钱退回去了！王二麻子有些懊恼地说了句：你当着地主老韩的面说不要那钱，俺哪敢得罪他！再说了，你以为你不要钱红荷就能记着你的好了？就算红荷能记着，那地主老韩也不会记着！一句话戳到了刘成才的心窝子，他不言语了。回到家，倒头睡了去。

在麻庄，屁大的消息都能像打雷一样，很快就传开来。刘成才还没睡醒呢，他给地主老韩家帮忙打棺材的事儿就被刘成仁知道了。爹娘走后，长兄为父，家里大小事都是刘成仁做主。他一听说自己的兄弟去了世仇老韩家，气就不打一处来。他气呼呼地来到后院，一下子掀开了正在熟睡中的刘成才的被子，吼道：你咋去地主老韩家了？刘成才睡得正香呢，刚梦到了和红荷的好事，就被刘成仁叫醒来，有些懊恼，说了句：俺就是去了，咋了？刘成仁进一步质问他：听说你还给他那刚死去的婆娘打了棺木？刘成才坐起来：打了！他自知理亏，声音不像刚才那么高了。刘成仁气得一甩被子，指着他的额头说：你忘了咱爹是怎么死的了？要不是地主老韩，咱爹哪能那么早就走了？你这个少脑子熊，也不好好想想，你这不是给咱们老刘家丢脸吗？刘成才不言语了，老爹临死那一幕浮现在他眼前。

在刘成才看来，老爹死得有些亏。那年大旱，小龙河的水眼看就要干了。为了保住冬小麦苗，麻庄的两个大地主开始争抢小龙河仅有的水源。那是个阴天，冷风飕飕，老爹在地头碰到了老韩，两个人话不投机，就动起了手，两个人在那里推来搡去，像打太极拳一样，也没看出怎么激烈来。老韩毕竟年轻些，一把将老爹推倒在地，头刚好磕在地上一块石头上，顿时血流如注，老韩吓得跑开了。等老刘家的人赶到时，老爹已经咽了气。老韩打死了人，老刘家的人哪能饶他。刘成仁和刘成才弟兄两个各拿着一把大闸刀，气势汹汹地堵住了老韩家的大门。老韩家大门紧闭，刘成才在门外大喊：老韩你这个龟孙子赶紧出来，今天不杀了你俺们对不起死去的爹！喊了半天，没人应声。刘成才挥起闸刀砍门，砍了没几下，门开了，老韩一脸苦相站在那里，他身后站着几个婆娘和闺女。老韩虽然娶了几房婆娘，但没有一个给他生下男孩，清一色丫头片子。面对老刘家的凶神恶煞般地讨伐，他没啥办法。看着老韩一副豁出去的样子，刘成才有些犹豫不决。一闸刀砍了他，当然过瘾，但老爹已是人死不能复生；不砍他，心有不甘。就在刘成才发愣的一瞬间，一直没吭气的刘成仁挥起了闸刀，一刀砍下了老韩整条胳膊。只见一团血雾四处喷洒开来，老韩痛得大叫一声俺滴娘耶，昏死了过去。围观的人群都吓得目瞪口呆，他们不敢相信一向不言不语略显柔弱的刘成仁也会砍人。刘成仁对老韩说：你打死了俺爹，本该以命偿命，现在饶你不死，卸下一条胳膊祭奠俺爹！他说完，弯腰捡起还在地上不停动弹的那条断胳膊，扬长而去。老韩家的人这才敢围过来，抬起老韩就往西集大药房奔。

老韩家和老刘家由此结下了仇恨。

如此深仇大恨一时哪能化解开？

然而刘成才却喜欢上了老韩的闺女！

这不是自找难堪吗？

想到这里，刘成才翻来覆去不安心。被大哥刘成仁一通训斥，根本睡不着了。他干脆起身，到外面去溜达溜达。出了村子向南，走不了多远，就可以看到马鞍山了。正是绿意盎然的时节，马鞍山上一片葱绿，高大的松树把山顶覆盖得严严实实，密不透风。刘成才听说马鞍山北面不远的抱犊崮拉起了一支响马队伍，揭竿而起的都是附近活不下去的穷人。这支队伍不断发展壮大，马鞍山也成了他们的地盘，不时地有响马在山上出没。

麻庄所在的苏北鲁南，自古就是山匪横生之地，这里的人性格粗犷，脾气暴躁，太平军那会儿，方圆几百里就属这个地方站出来的人最多。后来的义和团，最早的起事地儿也是在这里。不知是不是因为这些，苏北鲁南有了“穷山恶水”之恶喻，这里的人也常被辱骂为“泼妇刁民”。

不知不觉，刘成才已经走到了马鞍山半山腰。他大汗淋漓地站在一块大石头上，用手搭了个凉棚，向山脚下的麻庄望去。此时的麻庄，一片静谧安详景象。以麻庄的中轴线为界，分布着两片广袤田地，分别是老刘家和老韩家世代苦心经营之处。这么多年，为了这些田产，两家结下了多少深仇大恨？刘成才暗自揣测，老韩或许还没告诉红荷当年刘家弟兄砍下他一条胳膊的事儿，不然红荷不会对自己说出那样的话。问题是，自己咋就喜欢上红荷了呢？麻庄那么多黄花闺女，他喜欢哪一个不行，非得选红荷？想来想去，刘成才也没想出个所以然来。喜欢就是喜欢，哪有什么理由呢。可是，喜欢容易娶来难哪。两家这么大的仇恨，也不怨大哥刘成仁反对。但刘成仁毕竟是自己大哥，老爹不在了，长兄为父，好歹他也得为自己兄弟成家立业着想。最难的是老韩那边。对付他，一定得用点非常手段。

一晃眼的工夫，半年时间过去了，刘成才还是没想出个啥法子来。这期间他好几次到村西溜达，都没看到过红荷。二婆娘死后，红荷和以前一样，基本上还是大门不出二门不迈。这也是麻庄祖上传下来的规矩，爹娘没了，儿女要守孝三年。但心急火燎的刘成才可等不了三年。半年没见着红荷，刘成才眼睛红得跟家兔子似的，见谁都是恶狠狠凶巴巴的样子。王二麻子每次看见他，都在那里唉声叹气。最近刘成才干活也老走神，有一次锯木头，竟然把手掌锯掉了半块皮！王二麻子终于看不下去了，趁干活间隙，给刘成才出主意说：既然两家都反对，你要么就此放弃，要么就把生米煮成熟饭。刘成才眨巴眨巴眼睛：咋个煮法？王二麻子笑笑：你个瓜娃子，咋个煮法你自己知道！刘成才还是眨巴眨巴眼：俺真不知道。王二麻子没办法了，只好把话挑明了说：你把她给睡了！睡了她就是你的了！刘成才依旧眨巴眨巴眼睛：红荷不出来，俺见都见不着，咋个睡？王二麻子还是笑：她不出来，你就去找她嘛，这有啥难的？墙再高那也只是堵墙么！刘成才终于听明白了，他一拍大腿：俺今天夜里就去找她！

时近深秋，天气转凉。入夜，麻庄一片寂静。刘成才轻手轻脚来到了韩家大院，从小就会几脚功夫的他麻利地翻过高大的院墙，摸到了后院的卧房。卧房好几间，他不知道红荷住在哪。正躲在暗处发愁，忽然听到吱呀一声门响，一个娇弱的身影快速从屋里出来，向茅房走去。刘成才睁大眼睛，从袅娜的身影判断，那正是红荷。他在心里默念：老天爷助我！一会儿，红荷从茅房出来，四下里看看，提着裤腰带开了门。刘成才紧随其身后，没等红荷反应过来，吱溜进了屋，抬手捂住了红荷的嘴。红荷一阵慌张，挣扎不停。刘成才在她耳边小声说道：俺是刘成才！红荷停止挣扎，刘成才慢慢拿开了手。红荷转过身来，指着刘成才说：你胆子恁大！深更半夜敢到俺家里来！刘成才喘着粗气笑：俺想你想得厉害，受不了！话没说完，刘成才一把抱住了红荷的腰，把她放到了床上。红荷边拿手打他边喘息着说：俺还在守孝呢！刘成才哪管得了这些，三下五除二脱掉了红荷本就不多的衣物。红荷一开始还挣扎，慢慢地就抱住了他，配合着完了好事。从红荷身上翻下来，刘成才说了句：煮成熟饭了！红荷一听这话羞红了脸，扭住他的耳朵嗔怪道：原来你就是想煮成熟饭！刘成才嘿嘿笑：不煮成熟饭我怕你爹不答应你嫁给俺！红荷脸色暗淡：就是煮成熟饭他也不见得能答应！刘成才一骨碌坐起来：为啥？红荷嘤嘤哭起来：你知道俺娘是咋死的吗？刘成才摇摇头。红荷继续说：是被三婆娘毒死的！她嫉妒俺娘受爹的宠，一直和俺娘过不去，就给俺娘的碗里下了毒药！俺估摸她早晚也会毒死俺。那天见到你，俺就喜欢上了，想让你带俺走。无奈俺爹和三婆娘都不让俺出门，不然，早就去找你了！刘成才这下全都明白了，他拉起红荷：咱现在就走！红荷一愣：去哪儿？刘成才咬咬牙：你别管，反正你跟着俺，俺不会让你受苦！

这天夜里，刘成才和红荷一起消失了。

一年以后，村里有人说，好像在马鞍山上看见过他们，两个人手里都捏着一把大刀，走在去抱犊崮的路上。

那以后，刘成才再也没有在麻庄露过面。直到刘安邦娶水儿那天，他才悄悄下过一次山。

之四：硬命

在刘成仁那里，为老刘家接续香火一直是他的头等大事。

刘成仁曾先后娶过三房女人。

前两房女人都是过门不到三年，就莫名其妙地死掉了，据说得的都是同一种病，一种无法医治的女人病。两房女人都没有留下子嗣，刘成仁心有不甘，想请麻庄的媒婆给张罗张罗再娶一房新女人。

媒婆姓赵，排行老二，人称赵二。赵二年龄不大，二十出头，眉眼清秀，有一点儿男人相，一看就知道是一个旺夫的女人。

早些年，据说刘成仁救过赵二的命，还据说为了救她，刘成仁还砸死了一个人。

大约十年前，不知哪个村的傻子流窜到麻庄。他个头很高，有一双很大的手，胳膊上长满了汗毛，像头野兽一样，浑身上下都长满了力气。傻子来了就不再走了，没事就袖着手在村头溜达来溜达去。饿了，就到各家各户去讨饭；冷了，就钻到南场的麦秸垛里。他就这样在麻庄村口从冬天晃荡到了夏天。

那年夏天天出奇地热，麻庄的男人女人都喜欢去小龙河“下河”。这天一上黑影，赵二也去“下河”。她从小就喜欢独来独往，“下河”也是如此。她专拣僻静的地方去，哪儿人少往哪儿钻。谁让她打小就胆子大，天不怕地不怕呢？村东苇塘子与小龙河连接处最安静，这儿也是赵二最常来的地方。

正是吃晚饭的时候，小龙河看不到什么人。赵二心中暗喜，看来今天能洗个清净澡了！她三下两下退了裤衩背心，哼着自编的小调儿下了水，慢悠悠地洗了头发，搓了身子。等她上了岸，忽然发现自己的大裤衩背心都没了。一开始她以为自己记错了地方，就往苇塘子方向找了找，还是没有。她有点儿心慌了，寻思着莫不是碰到河鬼了？不可能啊，老人说河鬼都是女人变的，专拣男的吓唬。她仔细瞅瞅四周，一片死寂。她想会不会是有人拿走了衣服？如果真有人，他一定躲在苇塘里！想到这里，她立即退回到水里。

果然，一个黑影慢慢从苇塘里走出来，手里高高举着一根粗大的苇子，上面挑着的正是赵二的裤头和背心。赵二气得眼睛发绿，呵斥道：你是谁？干吗偷俺的衣服？那个黑影不说话，只是不停地晃动着手里的苇子。僵持了一会儿，赵二意识到，这样下去不是个办法，没有衣服她上不了岸回不了家。正不知道怎么办呢，她突然看到那个黑影把苇子插到了苇塘边，自己消失了。等了半晌，没见什么动静。赵二看着挂在苇子上的裤头背心，一咬牙就从水里出来了，一步一步往岸边走。眼看着她的手就要碰到苇子上的衣服了，胳膊却被一双大手箍住了。没等赵二反应过来，那双大手一下子把她摁倒在地，嘴里啊啊啊叫着压住了赵二的身子。赵二使出吃奶的劲头反抗，无奈自己的力气太小，根本拗不过那个男人。赵二拼命喊了一声“救命啊”，没喊完嘴巴就被大手捂住了。她的鼻子嘴巴都被大手捂得严严实实，赵二挣扎了一会儿，一口气没喘上来，憋了过去。

醒来的时候，赵二发现自己的衣服已经穿好了。身旁坐在一个男人，正呼呼直喘。赵二一个巴掌抡了上去，那个人躲闪不及，“啊”的一声，边用手捂脸边说道：不是我，不是我，我是刘成仁，欺负你的是那个傻子！他已经被我砸死了！赵二愣住了，看看眼前的男人，的确是刘成仁。再看看身旁不远处，一个满脑袋血糊糊的人正一动不动地躺在那里。赵二慌了，语无伦次地问刘成仁：你真把他打死了吗？刘成仁点点头，死了，我刚才路过这里，听到你呼救，就跑过来，一石头就把他砸死了！愣了一下，他又说：我也不是成心要砸死他，只是救你心切，再晚一点点，死的可能就是你了！赵二冷静下来，对刘成仁说：趁着现在没人来洗澡，咱们赶紧把他埋了吧！两个人合力把傻子的尸体拉到了苇塘最深处，徒手挖了个大坑，埋下了傻子。

从那以后，刘成仁再也没有去过村东的苇塘。

十六岁那年，赵二遇到一个从抱犊崮尼姑庵下来的仙姑，经她点化，赵二有了通鬼神的灵性。除了给人说媒，还会看相、治病，一看一个准。慢慢地，村里就有了一个说法，说赵家老二有往来神界的本领，是个仙姑。每逢村里的小娃或老人得了莫名的病症，就请赵二赵仙姑来家里跳大神。经她一通群魔乱舞，大多数病还真就好了。刘成仁这次托她说媒，也有去去邪气的意思，请她给说个能给老刘家传宗接代的女人。

为表诚意，这天，刘成仁亲自带着一盒礼金来到了土地庙。自打成了村里的媒婆和神婆之后，赵二就一个人住进了这座位于麻庄东南角的庙宇。

她的爹娘早逝，只有一个终身未娶的兄长。为避人言，她很早就搬出了老宅，在土地庙另立了门户。赵家在麻庄是单门独户，这是一个奇怪的家族。早年要饭流浪到麻庄，被刘成仁的老祖收留，在麻庄落下了脚。然而，落脚不久，赵二的爹娘就先后暴病身亡，留下兄妹二人相依为命。赵二的兄长赵一人高马大长得一表人才，却终身未娶。赵二给村里说了很多媒，却始终未能给自己的大哥说一个女人，你说这怪不怪？更怪的是，赵二自己也是至今未嫁，二十多岁了，还是黄花大闺女。正当年的赵家兄妹一个未娶，一个未嫁，这在麻庄也算是一个奇葩。或许正是因为这个缘故，当赵二住进了土地庙时，麻庄人都未加阻拦。这事儿换作麻庄其他任何一个人都是不可能的。土地庙是供奉土地老爷的地方，谁都不能住到那里。但赵二作为一个未出阁的女人，你又让她住到哪儿？好在她也算是麻庄的一个通神之物，和土地爷住在一起，也勉强说得过去。

人间三月天，正是草长莺飞时节。不知是因为天气开始回暖，还是手里拿着的礼盒太沉，刘成仁走到土地庙时，额头已经微微出汗。在鲁南苏北，差不多每个村庄的东南角都有一座土地庙。方圆百里，唯有麻庄的土地庙最大。别的村庄土地庙最多一间庙宇，麻庄的土地庙是一溜四间大殿。这个格局是麻庄两个大地主老刘家和老韩家共同商定的，一家负责两间，各自负责出资建造。四间大殿建成，青砖黛瓦，好不威风。其中两间供奉土地庙，另外两间留作两大家族的祠堂。赵二所住的，正是供奉土地爷的那两间。

土地庙门开着，刘成仁左看看右看看，不见赵二的人影。他只好把礼盒放在土地庙的门槛上，自己去了隔壁的刘家祠堂。祠堂里供奉着列祖列宗，刘成仁挨个儿上了香，边上香边念叨：祖宗保佑，祖宗保佑，保佑老刘家香火旺盛！保佑老刘家子嗣不断！正念叨着，听到土地庙那边有了动静，他走出祠堂，看到赵二一袭白衣，正端详着那礼盒，脸上漾着浅浅的笑容。刘成仁心中掠过一丝暖意，他暗想：以前咋没注意到赵二如此标致？不知是不是因为从未出阁的缘故，虽说赵二已年过二十，但她看上去却还是如同年方二八的小姑娘，柔嫩无比。赵二转身看到正在发愣的刘成仁，笑容突然凝固了，愣了半天说了句：你终于还是来了！罢罢罢，你先给土地爷磕三个响头！看着赵二一脸严肃，刘成仁不敢怠慢，“扑通”一声跪下来，冲着土地爷的神像嘭嘭嘭磕了仨头。磕完了头，再回身看看赵二，只见她眼含泪花，嘴里念念有词：是福不是祸，是祸躲不过！孽障孽障啊，该来的总要来，该去的还未去！念叨了半天，她在刘成仁身旁跪下来，也给土地爷磕了仨头。

两个人起身，赵二说了句：咱们孤男寡女的，屋里说话多有不便，还是到老槐树底下去吧。说着，两个人来到树下。这棵枝叶繁茂的老槐树遮天蔽日，在这里长了少说也有三百年了。当初给土地庙选址时，正是看中了这棵百年大树。老槐树的种子是麻庄老人从山西洪洞迁移过来时带来的，是麻庄人根系之所在。至今，在麻庄还流传着这样一首歌谣：问我祖先何处来，山西洪洞大槐树。祖先故里叫什么，大槐树下老鸹窝。这一点，也是以老槐树为中心建造土地庙的原因。人说大树底下好乘凉，土地爷也不例外。此时，老槐树上聚集了成百上千只鸟儿，正叽叽喳喳叫个不停。两人隔着老槐树站定，赵二对刘成仁说：俺就知道你会来！你是个硬命，命里克妇，多好的女人嫁给你都会命丧黄泉！刘成仁惊得一头汗水，问道：仙姑可有法子？俺可以不娶新妇，但老刘家不能断了香火啊！还求仙姑给指点指点。赵二看了看刘成仁，又抬头看了看天，翻了翻白眼，指了指土地庙说：幸亏你们老刘家修了土地庙，积下了德，土地爷对你们老刘家慈悲怜悯，莫急，你还会有一个女人！刘成仁一听大喜：还请仙姑费心说合！赵二笑笑：你对新妇有何要求？刘成仁回答：没有别的要求，只求能为刘家传宗接代！赵二脸色微红：你且回家，做好准备，两月后的今日，黄道吉时，新妇自会到你家。对赵二的话，刘成仁将信将疑，但看着她一脸严肃的表情，却又容不得他不信。

自那以后的一段时间，刘成仁就再也没有在麻庄见过赵二。刘喜旺家的小娃得了癔症，喜旺家的往土地庙跑了足有十八趟，也没找着赵二。听到这个消息，刘成仁心里犯嘀咕：这个赵二跑哪儿去了？难不成为说媒这事儿她已经出了麻庄？这样寻思着，他装作进祠堂的样子也悄悄去了两趟土地庙，只见庙门紧闭，不见赵二的身影。刘成仁又高兴又担心，高兴的是赵二出村一定是去说媒了；担心的是她这么些天不回村，会不会是出了什么问题？刘成仁背着手在土地庙旁边的田埂上走来走去，边走边沉思。

四月，是鲁南苏北节气最好的时候。天气不冷不热，身上的衣物也在减少，干起活来轻省畅快。田野里到处都是人，乡亲们都在给冬小麦除草。从开春到现在，已经降了两场雨，真是天公作美，预示着今年又是风调雨顺。老祖宗给麻庄选了一块风水宝地，这么多年，麻庄人都是靠天吃饭，也没怎么饿着。说起来也是刘成仁经营有方，不但修缮了沟渠，天旱时可引来小龙河水灌溉农田，他还逐年减少了佃户的租子，大大调动了他们种田的积极性。这两年，老韩家在这方面做得不如以前好，租子未减一分一厘，遇到不好的年节，佃户们都是咬紧牙关，节俭度日。两个大地主，各自得到了应得的好处，老刘家收获了更多的民心，麻庄人都念叨刘家积善成德；老韩家收获了更多的粮食，他家院子里的粮仓逐年增高，早已经是满满当当。

现在刘成仁走在哪里，乡亲们见了都是客客气气。虽说他才三十出头，但乡亲们敬他仁义，每次见他都会恭恭敬敬立在原地打一声招呼。见了地主老韩，则唯恐避之不及，老远就跑开。如今刘成仁娶了两房女人都没留下个娃，乡亲们也都替他着急，都盼着老天爷开眼，让他娶个能生养的女人。

在田间转悠了半天，刘成仁背着手往家转。大中午的，太阳挺烫。刘成仁从头上拿下瓜皮小帽，在耳旁扇了两下，嘟囔了一句：这天咋说热就热起来了！迎面走来村里的私塾先生刘安庆，他和刘成仁是未出五服的本家，虽说年龄比刘成仁大得多，但按辈分该喊刘成仁叔。他老爹早年在村里开了间私塾，老爹死了后他就子承父业，接着当起了私塾先生。刘安庆在私塾里教书之余，闲时研究卦象，颇有些心得。他老远看到刘成仁，叫了声成仁叔，溜达呢？刘成仁点点头，看了看刘安庆。刘安庆似乎有话要说，但又犹犹豫豫，露出不决的神色。刘成仁说：安庆有啥话就说嘛，你我都是本家。刘安庆这才往四周看看，小声说：俺这几天夜观天象，咱麻庄要出大事了！刘成仁闻言一愣：要出啥大事？刘安庆摇摇头：这俺还没看出来，但俺可以肯定是好事，咱庄上头最近祥云不断，紫气盘旋，俺看定会有大事喜事。刘成仁抬头看天，也没看出啥祥云紫气，说了句：安庆你好好教你的私塾，别整天没事瞎琢磨。刘安庆张了张嘴，没发出声来。刘成仁背着手走了。进入五月，麻庄的天气骤然热了起来。一团团的热浪聚拢来，随着风在村子里横冲直撞。这热浪灼得人心烦躁，让麻庄人无心侍奉土地，都纷纷躲在了浓密的树荫之下，东扯葫芦西扯瓢，有一句没一句地说着今年的年景与收成。麦子进入最后的生长期，再有大半个月就该收割了，那可是一场大恶战。收麦是最熬人、最累人的活计，这时节太阳毒，天气热，人在密不透风的麦田里弯腰挥镰割麦，连喘气都费劲。但割麦再苦再累，麻庄人都心甘情愿。那可是辛苦了一年的收成！收了这一季麦子，才能交上租子，才能吃上白面，这一年才能过得安稳。趁着麦收前短暂的农闲时刻，麻庄的乡亲都在暗暗地攒足劲儿，为打好麦收这场硬仗做准备。

此时，刘成仁也在做着准备。他要准备着收租子，还要准备着娶新妇。

眼看离赵二所约定的日子越来越近了，刘成仁的心里越来越忐忑不安：赵二能寻得到合适的女人吗？自己的命硬，要找个命更硬的肯定不容易吧？这两个月，赵二一直没在村里露过面，可见这次说媒之不易。她这是到哪里去了呢？

不仅刘成仁念叨赵二，麻庄好多人都在念叨她。说来也是奇怪，一个人每天在你跟前晃悠，你不觉得她咋样；要是有一天她突然消失了，你就时常想着她的好来了。你看赵二这个人吧，平时一个人住在土地庙，除了看病驱邪，麻庄人不大和她打交道，也没几个人念叨她。但她毕竟是麻庄的一个传奇人物，无法被麻庄人忽略。

念叨着念叨着，麻庄人开始磨镰刀了；念叨着念叨着，麻庄人开始下地割麦了；念叨着念叨着，刘成仁开始在祠堂边上收租子了。

这天，赵二终于回来了。只见她一脸憔悴，头发散了，衣服也脏兮兮的，像是走了很远的路，受了很多的苦。在离土地庙不远的麦场上看到赵二披头散发的刹那间，刘成仁呆住了，排队交租子的麻庄乡亲也都呆住了。他们不知道赵二这是怎么了，也不知道赵二为何走了这么久？更奇怪的是，赵二回来后便一头扎进了土地庙，整整睡了两天两夜。等她再出来的时候，已是容光焕发，穿戴得整整齐齐，整个人宛若一朵刚出水的芙蓉，天然去雕饰，国色本天成。看到赵二的人都瞪大了眼睛：赵二看上去咋像个新嫁娘？不，她比新嫁娘还要好看！以前赵二在村里从来都不大打扮自己，风里来雨里去，像一个男人一样。现在的她，真是美若天仙！

在大家的目瞪口呆中，赵二走出了土地庙，走进了刘家大院。

刘家大院是一处老宅。前后三进院子，一律青砖黛瓦。院子里榆树和槐树各有三棵，皆为百年古树，枝繁叶茂，遮天蔽日。除了几百亩田地，这是祖上留给刘成仁和刘成才兄弟两个的又一财产。按照祖上的规矩，老大刘成仁住后院，老二刘成才住在前院。那时刘成才还没有上马鞍山当土匪，正百无聊赖地在前院的大槐树底下捯饬心爱的凿子等木工器具，听见大门吱呀一声，抬眼望去，一个仙女飘然而至。他揉揉眼睛，定睛看去，一时间竟然没有认出女人是谁？他手握凿子，站了起来，再次揉揉眼睛，好像认出来女人正是赵二。他显然被赵二的反常装扮给唬住了，张大了嘴，想问赵二有啥事没？赵二看到他，满面娇羞地问：你哥呢？刘成才结结巴巴地说：一早……就出……去了。赵二看看后院，娇滴滴地说，等他回来你告诉他：准备迎娶新妇！刘成才点点头，心说真是神了，这个赵二果真给俺哥说了个命硬的女人？

赵二转身欲走，迎面撞见刘成仁，他刚才正在收了租子，听人说一个女人进了刘家大院，赶紧跑回来了。赵二看到刘成仁，羞得满面通红，半晌说不出话来。刘成仁也被眼前美若天仙的赵二惊呆了，一时间也是没有应声。在槐树底下的刘成才说了句：哥，她要你准备迎娶新妇！说完，他就拿着凿子去找木匠王二麻子做活了。刘成仁这才反应过来，说了句：赵二，你真找到了？赵二点点头，俺走了方圆百里，没找着比你命更硬的女人。有一个合适，但不愿意嫁到麻庄。俺到抱犊崮尼姑庵拜见师父，师父掐指一算，说让俺自己嫁过来，还说这是天意，不可违逆！听了这话，刘成仁先是呆若木鸡，再看看眼前如花样的赵二，他喃喃自语道：这是真的吗？这是真的吗？念叨了好几遍，他头脑清醒过来，问赵二：你真愿意嫁给俺？赵二低下了头：谁让俺命硬呢？俺说了这么多媒，没想到到头来把自己也说出去了！愣了一下，赵二又说：只是俺年纪不小了，不知你嫌弃不嫌弃？刘成仁忙不迭地直点头：不嫌弃，不嫌弃！嫁过来你有啥条件没？赵二笑笑：俺不要求大办什么宴席，只求你给土地爷重塑金身！他老人家收留俺那么多年，俺感激不尽！刘成仁点点头：这没问题，你不说俺也要给土地爷塑个金身！你嫁过来给俺们老刘家传宗接代，土地爷就是俺们的大恩人！

三天以后，刘成仁把赵二从土地庙接到了刘家大院。遵照赵二的吩咐，也没请什么响器，只在大院里摆了几桌酒席，请来了家族里的近门亲戚，简简单单地办了个迎娶的仪式。对这门婚事，大家都是心知肚明，表面上乐呵着祝福着，内里却都在犯着嘀咕：这个赵二，会不会也像前两房女人那样，嫁过来未及生育就……这样的念头，挡也挡不住，说又说不出，只好烂在心里头。别说亲朋好友，就是刘成才，对此也是忧心忡忡。为此，他在带领工匠给土地爷塑身时，特别虔诚，特别认真，还悄悄地为大哥大嫂许了愿。他心里明白，自己做这些归根结底是为了老刘家的香火。

不知是因为赵二的命硬，还是因为有土地爷保佑，赵二嫁过来没多久，就有了身孕。怀胎十月，一朝分娩，是个大胖小子。

赵二给老刘家续上了香火，刘成仁欣喜若狂。他绞尽脑汁给孩子起了个名，叫刘安邦。

生下刘安邦以后，赵二仍旧保持着夏天下河的习惯。她不是每天都去，但时间几乎都是固定的。一开始，刘成仁没太在意她选择的时间点。后来慢慢发现，赵二去小龙河下河的时间正是她被自己救下的日子，她总是在这天傍晚的时候去那片苇塘。

刘安邦五岁这一年夏天，刘成仁悄悄跟着赵二去了小龙河，他想看看赵二到底在做什么。他看到赵二还是像往常一样，脱衣服、下河、洗澡。洗完澡却并不穿衣服，而是径自走向了苇塘深处。在一片苇丛特别茂盛的土堆旁，她躺了下来，安静地闭上了眼睛。躺了足足有半个钟头，她才起身，走出苇塘，重新去小龙河里洗了澡。

看到这些，刘成仁心凉了半截。他这才知道，原来赵二心里全都明白着呢。

民间传说三则

土　匪

二祖爷是在村东苇塘里给八路军毙了的。

当时的毙法很省事。二祖爷被八路军抓起来以后，八路军就让二祖爷挖坑。本来八路军要求的标准是能放下一个死人就行，二祖爷一开始没弄明白这个坑是干什么用的，挺卖力。后来一想反正不是给自己挖，挖了不到一半就算了。八路军问你怎么不挖了。二祖爷说我不挖了。八路军说那你站好，站在坑边上，往前点，别动啊。说完就绕到二祖爷身后砰砰放了两枪。二祖爷就这样给毙了。二祖爷临死的时候只说了一句话：奶奶的，浅了。就一头栽进去了。

后来那地方进了洪水，成河道了。

二祖爷是叫日本人给毁的。二祖爷的一生让三爷来总结那就是大风大浪都过来了，到头来栽在了小阴沟里。

二祖爷手里的几十杆枪主要在山上活动，很少下山来。但那次打日本人例外。日本人是在黄昏进村的。当时二祖爷正在山头拉一摊老屎。很硬。痛得二祖爷满头大汗。这时就听见山下有人喊：日本人进村了。二祖爷一激灵，这干燥的粪便便一股脑都下来了。二祖爷提上裤子就往山寨里奔。

日本人派来的是一支小分队，几十号人，想探探路，顺便想抢点东西。他们做梦也没想到山上还有土匪，更没想到土匪会在半夜里袭击他们。所以这仗打得很不精彩。几十号人三下五除二就让二祖爷给解决了。二祖爷掂着盒子炮在屋子里找日本的小队长，找了半天没找到，却在床下发现了一件女人的内衣。掀开棉被一看，一个赤身裸体的日本女人正抖成一团，蜷着身子坐在那里，惊恐地望着二祖爷。二祖爷已经举起的盒子炮在关键时刻还是放了下来。

土匪毕竟是土匪。

后来二祖爷回忆这段往事说了句很经典的话：那女人白得跟粉条似的。

女人被二祖爷带回了山寨。不久以后，二祖爷才知道他犯了一个原则性的错误，没有保持一个土匪的清醒头脑。

说起来二祖爷是很同情这个日本女人的。日本女人口口声声说自己是随军妇。她说她不知道接了多少个男人，一天要接十几个，日本老板管得很严。每接一个收两毛钱。每个部队轮流放假，放假的日本兵才能来。从每天下午两点钟开始，先是来小兵，四五点钟的时候来小官，到晚上来大官，大官很随便，还可以住下来。他们像畜生似的弄一顿就走。这些话二祖爷都信了。

后来二祖爷才知道，这个日本女人根本不是什么随军妇。

她是个日本特务。

几个月以后，八路军进驻了村子。

八路军说要收编二祖爷的队伍。山上的人很是惊慌。二祖爷说我刘老二拉队伍一不抢二不偷，替乡亲们打日本鬼子，他八路军又怎么样。

土匪的觉悟低，看不透形势。人都这样，难免聪明一世糊涂一时。

更糟糕的事还在后头。

八路军首长为表示诚意要单枪匹马上山来说服二祖爷。这一点二祖爷也倒是早有防备，他摆好了一桌酒席，静候八路军首长的大驾光临。可就在那个威武的八路军首长刚要迈进屋子时，那个日本女人忽然从旁边蹿出来冲首长开了两枪。枪法真准。那个首长一下子就毙命了。二祖爷惊得呆若木鸡一般。手下的几十号人也愣在那里，半天没反应过来。还是二祖爷见多识广，他迅速拔出盒子炮结果了那个日本女人。

日本女人是死了，可这祸却闯大了。八路军队伍开上山来的时候，二祖爷命令手下的兄弟们不要轻举妄动。结果他老人家就给八路军抓起来了。

审问二祖爷的是一个四十岁左右脸上长满胡子的高个子男人，他大概也是个首长。

你知道你杀死的是谁吗？

不知道，人不是我杀的，是日本人干的。

山上为什么有日本人？

准确地说是日本女人。

你还干过什么？

没干过。我拉队伍是打日本鬼子的。

王老憨那头骡子不是你手下的人偷的？

不是。那是他儿子牵来的。他要入伙。

赵寡妇那两只羊是怎么回事？

不知道。

你杀死了何营长。

不是我杀的，是日本娘们杀的。

日本娘们手里拿的是盒子炮，何营长中了三枪，致命的是一颗步枪子弹。

那不可能，当时只响了两枪。我亲耳听到的。

枪毙。你得枪毙。

大胡子显然有点儿不耐烦：拉出去毙了。

二祖爷说我冤枉。但二祖爷还是给毙了。这事容不得商量。二祖爷直到临死也没弄明白那一颗步枪子弹是从哪里来的。

三爷说那枪不是人开的。是鬼。

汉　奸

日头真毒。

三爷说这话时正行走在公元一九四五年某月某日从镇子通往村子里的那条大道上。一团明晃晃的火球悬在惨白色的天空，恶狠狠地抚慰着惨白色的大地。路上连条狗都没有。三爷记得他跟日本人逃出村子的时候还看到过一条狗。母狗。一条小花母狗。像一只狐狸。

三爷忽然有了尿意。天热，容易产尿。正好前边有棵老槐树，三爷掏出家伙就朝槐树那儿奔。这泡尿撒在了一个具有转折意义的伟大时刻。就在三爷进行扫尾工作的时候，有一个人从前边跑过来，蒙头蒙脑地奔向三爷。三爷刚提上裤腰带，地主韩四就到了。韩四看见了三爷愣怔了半天没说出话来。三爷说韩四你干吗去，急急慌慌的。韩四嘴哆嗦了半天蹦出俩字：撒尿。三爷说那你撒吧。说完三爷就走了。

到村口的时候，一个端着盒子炮的八路军小战士迎面跑来。看见三爷就问，看没看见地主韩四。三爷说在前面撒尿呢。小战士跑开了。

三爷没走两步，小战士又跑回来。他问三爷你不是汉奸刘三吗。三爷说是呀。小战士说你不是跟日本人跑了吗怎么又跑回来了。三爷笑笑说能跑哪儿去，到处都是八路。小战士说那你跟我走吧。让狗日的韩四跑吧，看他能跑哪儿去。跑了和尚还跑了庙？

八路军队部就驻在韩四院子里。三爷挺纳闷八路军为什么不换个地方。日本人刚来的时候也驻在这里。院子不算很大，也就几十平方米。院子中间有一棵枣树，拴了一匹枣红色的马。北面有五间正房，西面是三间厢房。三爷估摸首长得住正房，日本人就这样，正房宽敞。于是他就向正房走去。院里有几个八路军战士有点惊异地看着三爷。三爷朝他们咧了咧嘴笑了一下。走到正屋的时候三爷才发现里面全都是犯人。转过身想告诉小战士他要见首长，战士没等他张口就一脚把他踹进了屋。三爷说我要见首长。小战士说首长不在，你安静点成不？

汉奸刘三被抓回来的消息让村子里的人激动不已。那些小脚老太还有几个年轻媳妇姑娘们摇摇摆摆都去了地主大院。她们看见三爷就来气，不过一想到等待三爷的那个结果她们也就释然了：哼，看你刘三还横不横！不知道哪一个小声嘀咕了一句：可惜了，才三十出头的汉子，他怎么自己回来了？这话让年轻媳妇们听了都有些脸烫。三爷高高的个子，不失魁梧，看上去不像汉奸的样子。他怎么就做了汉奸呢？刘三不就是给日本人当了几天翻译，替日本鬼子打死了几条狗吗，再说也没见过他杀人呀。但八路军说他是汉奸他就是汉奸了。杀过两个日本人的村妇女支前队的队长史奶奶的思路到这里就断了。三爷救过她的小命。这事说起来还得从早些年夏天那场洪水说起。

那一年老天爷像是憋足了劲似的，一口气往村子里倒了三天三夜的尿汁子。结果山洪就在第三天夜里下来了。史奶奶被洪水冲到村西头的桥底下，正碰上三爷领着几个日本人往村西大坝上逃命。三爷刚把史奶奶抱上来，这洪水就到了脚跟了。史奶奶穿着裤衩背心抱着三爷不放。

史奶奶大概是在洪水退后的第二天才走出三爷那间小屋的。她那时穿着三爷的裤褂和三爷一前一后走在村里的大路上。

这事直到现在村里有几个老人还记得清楚。他们说当时史奶奶好像还很害羞的样子。史奶奶那时可是村里的一朵金花，这之后她当上妇女支前队队长还杀死过两个日本人，后来还抓过两个地主，那可是个了不起的女英雄。可怎么那时候就被洪水冲走了呢，不然也轮不到三爷去抱她呢。可事就这么巧，未出阁的史奶奶就让三爷给抱了，还抱回了家。你说气不气人。老人们说这话时还都笑着。

枪毙三爷的地点选在了村东头的苇塘里。那里自从日本人开进村来以后就成了屠宰场。村里的那十几条狗就是在那里给杀死的。这是日本人进村以来唯一的功绩。在这里毙人也不是第一次，不久以前，在这里还毙过一个土匪。现在这里垛着成堆成堆的苇子，没有人敢动。那里有一股血腥味，时常向上泛着黑气。日本人开进村那天，有人看见苇塘里升起一大团黑气，直冲云霄，从天而降的那一团白气和它纠缠在一起，像两条龙打架似的上下翻滚。它们形成的飓风席卷了大半个村子。李寡妇的儿子就是在那场风里丧生的。苇塘是村里人的禁区。老人们说那里煞气重。这次枪毙三爷，八路军选在那里是极有眼力的。

好像是为了扩大影响，在这之前八路军还做了宣传。本来三爷作为本镇本村唯一的一个汉奸应该开一个宣判大会的，考虑到三爷的劣迹不是很多，就算了。但他是本镇本村有史以来第一个汉奸是一个确凿无疑的事实。枪毙他也算是罪有应得了。

那天天晴得很好。

似乎谁也不愿在这样的天气里看枪毙人的。但事实上那天到苇塘去的人特别多，可以说是一个万人空巷的大集会。即使在战争年代这也是盛况空前。全村的人差不多都到齐了，把本来就不算太大的苇塘围了个里三层外三层密不透风。到这里看毙人倒不是主要目的，主要的是想看看毙人的人。那年代毙人的人是很威风的。三爷给日本人毙死村里那十几只狗的样子就很威风，更别说是毙人了。

三爷被两个小战士押着过来了，人群里自动闪开一条道，那阵势真是齐整。那时三爷忽然觉得应该喊点什么，他喊了一嗓子：老子……可惜没喊完就让八路军战士给打回去了。不准喊。他们说。三爷心里说看样子自己得不明不白地走了，对不住各位看热闹的众乡亲了。不准喊，有啥办法。其实三爷早料到了，没料到的是后面两件事。一是没想到枪毙自己的竟然是史奶奶。当史奶奶拿着盒子炮走向三爷时，三爷一个劲地倒吸冷气。乡亲们也都是很吃惊的样子，都伸长了脖子张大了嘴巴。

史奶奶镇静地端起了盒子炮，这时另一件出乎意料的事发生了，一条不要脸的公狗追着一条母狗从人群里冲出来在苇塘里转开了。不一会儿两条狗就连在了一起，这情景让乡亲们哭笑不得。这时只听见砰砰两声枪响，站着的仍然是三爷，倒下的是那两条不要脸的狗。人群里发出一声好。史奶奶的枪法确实不错。

这时三爷笑了（他竟然笑了）。这让乡亲们很纳闷。按说要死的人他怎么还笑得出来？可三爷那时就笑了。笑了的三爷说：开枪吧，史队长。

第三声枪响的时候，乡亲们看见三爷打了个趔趄，又站住了。他右腿上穿了窟窿。汩汩地往外冒着血水。苇塘里静极了。出奇地静。乡亲们期待着史奶奶的第四枪，但这一枪乡亲们没有等到。乡亲们看见史奶奶扔掉了盒子炮跪在了八路军首长面前。

三爷捡回了一条小命。这富有传奇性的一幕让村里的人把玩了半个世纪。乡亲们都说三爷命大。三爷对此好像也并不否认。

疯　　子

葬四爷那天，天阴得厉害，潮湿的空气压得人透不过气来。但在出殡的那天里，始终没有下雨，直到四爷入土第二天，大雨才下了三天三夜。这就是那年的大水灾。

洪水在早晨进了村。几个年迈的老人和刘二婶家的两头猪给洪水冲走了。四爷的新坟也被冲掉了一大半。漆了黑漆的棺木露出来了。人们都说这是老天爷给四爷送行来了，说这话时大家的脸上有一种凄惶的神色。洪水退了以后，大伯又给四爷添了新土，重新葬了。

四爷是个疯子。

这事得从日本人说起。

四爷从祖爷的山寨往村里赶时正好经过地主韩四家的大院。他那时肚子有点饿，就走了进去。反正又不怕的，二祖爷是土匪，谁不惧他？四爷壮着胆走进地主韩四的大院，看见锅台上有一碗泡馍，就狼吞虎咽地吃起来。韩四家有一条母狗，见人就咬。那时它正在打瞌睡，直到四爷都吃完了它才叫起来，这就把睡在屋里的二丫给弄醒了。二丫是地主韩四的闺女。她气势汹汹地冲出来，边跑边喊：刘四你怎么偷俺家东西。四爷见是二丫，努了个笑脸说饿了，饿了，找点吃的行不？二丫说找吃的上你家吃去干吗溜到俺家来，俺爹又不在你给我出去。四爷见她不客气他说话也冲起来：怎么了，我就吃你家的了，你怎么着吧！二丫气得直翻白眼说，刘四别仗着你二爸爸有几杆枪你就欺负人。四爷说放屁二丫你放屁，我仗谁了？二丫憋红了脸不说话。

四爷吃完了馍迈开腿刚要走出二丫家大门的时候，忽然听见有人喊鬼子进村了！快跑啊！鬼子进村了。四爷吓得一激灵。转过身问二丫你听见了吗？鬼子进村了。二丫吓得面如土色，问四爷那咋办啊。四爷说你家后院不是有个地窖吗？快钻进去。四爷拽着二丫往后院跑。

刚跑到后院就听见日本人进了前院，喳啦喳啦直叫唤。四爷打开地窖将二丫推下去便想往回跑。二丫在地窖里喊刘四你也下来吧，俺一个人害怕。这时，日本人已经往后院里来了。四爷利索地一拧身跳进了地窖，盖上了石板。地窖一片漆黑。

地窖是上窄下宽的那种。里面堆了一堆干草，有一桶凉水和一大堆地瓜。四爷蹲在二丫身旁听着上面的动静。一会儿说，坏了，二丫，日本人像是要在你家住下了，他们好像在倒腾什么东西。二丫吓得不敢说话。过了半天才问那咋办啊？四爷说咋办，等着吧，日本人什么时候走咱们什么时候出去，反正这里面有吃的，饿不着。过了一会儿又说要是二爸爸下山来打狗日的就好了。二丫还在那里抖着身子。四爷说你冷是不？二丫不吭声。四爷就过来抱住二丫。十九岁的二丫那时已发育得结结实实。用三爷（他做过汉奸）现在的话说，二丫那时已经是该凸的凸该凹的凹了，可巧就让四儿占上了。那口气很有点庆幸的样子。

二祖爷把日本人赶出村子是在七天之后。在这七天里四爷和二丫吃着地瓜喝着凉水倒也没饿着。二祖爷那时找四爷没找着，骂骂咧咧地上山去了。地主韩四等日本人走后也转了回来，他看着被日本人糟蹋过的院子痛心不已。待了半天才想起二丫，赶忙到后院找，找了半天不见二丫的影子。韩四想会不会躲在地窖里了。扒开地窖一看，韩四差点没晕过去。他隐隐约约看见一片白花花的东西，愣了半天才反应过来那是人的屁股。睡迷糊的二丫听见上面有动静就叫醒四爷，他已经在地窖里没白没黑地睡了几天了。先是在草垛上，后来就睡在二丫身上了。

四爷给二丫弄醒翻过身朝上看了看，就看见了韩四那变了形的老脸。吓得他一骨碌爬起来说二丫，快穿衣服你爹回来了。二丫早吓得筛糠似的。这时听见韩四在上面喊：二丫二丫，你这个不要脸的骚货给我滚上来。忽然一块石头砸下来了，正好砸在了四爷的天灵盖上。四爷倒下了。二丫猪号似的声音响了半个村子。

四爷被抬出地窖时已经昏死过去。二丫抱着四爷哭得跟泪人似的。老刘家的人也赶来了，抱起四爷就往医院跑。

三天以后二祖爷带了二十几条枪下山来了。他身后站着四爷。四爷的头上已经扎满了纱布。样子很恐怖。地主韩四早惊得魂不附体，躲在屋子里不敢出来。二祖爷让手下的人将大院围起来，找了桶煤油，浇在地主韩四的屋墙上。浇完了二祖爷说给我点火。这时二丫从屋里跑出来跪在二祖爷脚下说二爸爸饶了他吧，他是气糊涂了啊。二丫见二祖爷硬生生的脸上没有任何表情，就过来求四爷。二祖爷说你求他也没有用，他呆了三天了。不烧了你爹我对不起四儿。

奇迹总是在关键时刻出现。二祖爷话音未落，一直被认为成了傻子的四爷忽然从牙缝里蹦出三个字：饶了他。二祖爷愣了半天没啥反应。二丫站起来抱着四爷说你好了吗？你好了是吗？

当地主韩四抖抖索索爬出屋子时，二祖爷还是开了一枪，打在了韩四的右腿上。韩四痛得龇牙咧嘴地骂了句：老刘家的人弄我闺女，还开枪打人，没了王法了。二祖爷笑着说是没了王法了，你要命还是要闺女？二丫一听这话赶紧给二祖爷跪下给他磕了仨头说，二爸爸从今以后俺就是老刘家的媳妇了，我伺候你儿子一辈子。

韩四的小命捡回去了。

四爷和二丫也就是我后来的四奶奶的婚事办得极为隆重。老刘家在村子里摆了八十桌酒席，宴请十里乡亲。据说为了这八十桌酒席二祖爷抢了日本人的一个小分队，不知是传闻还是确有其事。总之是四爷娶了二丫。那天夜里半个村子都听到了二丫欢快的叫声。村子里的人据此判断，四爷其实是不疯的。

“这小子挺会装！”二祖爷对韩四说，“是不，亲家？”韩四哼了一声。

二祖爷大笑。

市井两题

神　　偷

镇是小镇，苏北地区特有的那种说不上繁华但又不是太落寞的镇子。这样的镇子和外界沟通不多，但也是附近村落的“经济中心”，有钱的大户都住在这个小镇的八条巷里。在小镇最南头，有一座深宅大院，几十年前建的一溜旧式大瓦房耸立在大院周围，格局有点儿像北京的四合院。院落里栽了两排老槐树，有一个小花圃，花圃旁边有方小池塘，池塘里面有一座假山，这样有山有水的院落当然就有几分灵秀了。院落的主人深居简出，也很少和镇上的人打交道。我在镇上生活了十几年，也只很有限地见过他几次。镇上的人谁也不知道他的名字，都叫他八爷。八爷有一个女人，我们叫她八奶。大家都说八奶长得水灵，年轻的时候是方圆百里数一数二的大美人。这个八奶我前几年见过一次，虽然已经上了年纪，身上仍旧有一股逼人的媚气。八爷和八奶膝下无儿无女，两个人在小镇上过着清闲优雅的生活。

很小的时候大人们就教导我，不要到八爷那个院落周围去玩。一开始我不知道怎么回事，因为年纪小，只管听。随着年龄的增大，我们的好奇心越来越强。终于有一天，八爷的神秘面纱被我们揭开了。

原来八爷不是本地人，是年景不好的时候从大上海流落到小镇来的，那时候小镇还没有现在这样的规模，只是一个小村子。八爷一来到小村，就神神秘秘地围着村子转，转了几天，在村子正南方圈了几亩地，说就是这儿了。后来他在那里盖了现在的那一溜大瓦房。八爷平时不大劳动，只有半亩薄田，但他生活却自在优裕。镇上的人都不知道他靠什么活命，直到有一天，有人发现他是一个贼，才醒悟过来八爷原来就是“扒爷”的意思。后来，大家就慢慢知道了关于八爷的一些传说。

八爷天生会偷。他在大上海的时候就是很有名气的神偷，他一般不偷其他东西，只偷钱，而且只偷有钱人的钱。八爷偷钱还有一个与众不同的地方，就是他只拿一半的钱，而且一定要把剩下的钱和钱包还给人家。这样的功夫据说让大上海的小偷们深为钦佩，依照八爷的说法，这年头能把钱偷到手不算什么本事，有本事的是要把钱包再神不知鬼不觉地放回被偷者的衣兜。有几个不服气的哥们儿，也循此法炮制，结果都走了手儿，差点儿被警察投进监狱。此后再也没有人敢和八爷较劲了。久而久之，大上海的人只要发现只丢了一半钱并且钱包还在，就知道是八爷光顾过了，只好自认倒霉。在认倒霉的同时还有一点点庆幸，毕竟是碰到了八爷，如果碰到别的小偷不但钱会被全部卷走而且钱包也会不翼而飞。要不怎么说上海人小气呢，他可以不在乎丢了多少钱，但很在乎他的钱包。

几年后，全国开展打击偷盗犯罪，上海整顿治安力度最大，赶走了一大批“手工劳动者”。八爷也离开了上海，他离开上海的原因主要不是怕严打，他主要想找个清静的地方歇歇，手头上已经有了大把的钱，他也不想太贪了。于是他就一直往北走，来到了小镇，觉得这地儿环境不错，养人，离上海不远，万一有一天手痒痒了去上海也方便。

八爷到镇上来的时候不过三十岁的年纪，还没有婚配。他一个年轻人来到镇上，不几天就起了一溜儿大瓦房，着实让镇上人感觉不爽。这个人是干什么的，怎么这么财大气粗？打听来打听去，也没问出个一二三。镇上的老保长听说这件事时也很不服气，这个毛头小伙子盖的房子怎么敢比过我一个堂堂大保长？很有些钱财的保长当时住的房子也不过是五间大瓦房，没有八爷这样的气魄。老保长觉得咽不下这口气，就放出话来，说要干预干预八爷。那时候大家都不晓得八爷的身份，谁能想到他就是大上海那个神偷？如果知道，恐怕连老保长也不轻易惹他啊。八爷听到保长放出的话，就下决心露两手发发威。本来他是不想在小镇露相的，他原只想把“活动范围”局限在上海，现在迫于压力，也只好吃吃“窝边草”了。

这一吃不要紧，把八奶吃到手了。

八爷光顾老保长家的时候恰好保长老两口不在家，只有丫头在。老保长膝下无子，只有这一个宝贝闺女。八爷故意选在大中午来示威，本意是想让老保长知道知道神偷的厉害。没想到老两口不在家，只有一个大闺女在闺房睡午觉。他在老保长的五间大瓦房转悠了半天，把老保长的钱财全翻了出来，一件件摆在保长的客厅。要说保长的家底的确厚实，八爷足足摆弄了大半个时辰。弄完了刚要走，却听见保长的丫头起身如厕的声音，他躲在门后观察了一下那个女人，长得还真水灵，虽然个子不高，但腰是腰腚是腚的，比上海那些打扮妖艳的女人还要耐看。八爷看得有些动心，他想既然要警告保长，索性就给他一点儿厉害颜色看看，让他知道我八爷的本事到底有多大。保长丫头如完厕又回床睡去，八爷蹑手蹑脚走过去，看了半天，禁不住春心摇荡。但八爷到底是八爷，他深知自己只能偷钱不能偷人，不然就失去了他自己的原则。他只是想捉弄一下保长闺女，借此让保长开开眼界。他麻利地把丫头衣服解开，露出了粉红色的小肚兜，丫头那饱满的两座小山峰差点儿让八爷动了淫念，但八爷还是喘着粗气转身走了。

八爷刚走，保长就回来了。他看到摆满了钱财的客厅，出了一身冷汗，他知道家里遭贼了。赶紧检查，一样东西也没少。老保长纳闷起来。这时，忽然听到丫头一声尖叫，她披头散发跑出来，指着自己的胸口结结巴巴说不出话来。保长仿佛一下子明白了什么，大叫一声：他奶奶的！这个王八蛋！他以为八爷把丫头怎么着了呢，后来听丫头哭着诉说只是让那个贼神不知鬼不觉地看了胸脯，别的没干什么。保长才消了消气，后来一想不对啊，自己的闺女让人在睡梦中给脱了衣服，这丢人不是丢到黄河去了吗？他跺跺脚想去找八爷理论理论，被丫头娘俩死活拦住不放。保长媳妇说，那个贼这么厉害，你哪是他的对手？丫头也不哭了，说让他看就看了吧，我们不敢得罪他！保长仰天长叹，悔恨自己放出威胁八爷的话了。

从此，八爷在镇上立下了脚跟，再也没有人敢干预他了。他一个人躲在四合院里，休养生息起来。白天镇上的人很少看见他出来，大家都说他是“夜里飞”，白天不活动。其实八爷夜里也不出来，他在四合院里摆弄花草呢。他自己在院落里种了一些时令蔬菜，自己动手，丰衣足食。

很少出来的八爷这天破例到门口站了一会儿。这天天气好，晴空万里。气宇轩昂的八爷抬头看天，蓝蓝的天空白云飘，一群鸽子拉着响亮的鸽哨飞过。八爷看得久了，脖子有些酸，转了两圈，就看见了一个熟悉的身影，从侧面正向自己靠近。凭直觉他知道这是个女人，心里嘀咕这女人想干什么？他猛地转过身来，看到了已经靠近自己的保长丫头，她手里拿着棍子，杏眼圆睁，和八爷怒目而视。八爷仿佛明白了什么，想起那天在保长家的所作所为，就笑了一下。这一笑把保长丫头笑傻了，她不知所措地说道，你看了人家胸脯，人家怎么还有脸面活？丫头惹人怜爱的样子让八爷笑得更厉害了，说这有什么，大上海的女人还让男人摸呢！丫头见八爷不正经说话，举起手中的棍子，说我在这里等你好几天了，就是想报仇！八爷还是笑，说你爹惹我，我只是吓唬吓唬他，何来报仇之说？至于我脱了你的衣服，那是你睡觉太死，你要是觉得我占了你的便宜，你可以打我。丫头手中的棍子不痛不痒地落在八爷的身上，八爷也不还手，看着她，任她打。丫头打着打着，就扑到八爷怀里了，她哭着说，你娶了我吧，你看了人家，就得娶人家！八爷心说这是哪家的理论？想笑又忍住了，看着伏在怀里的丫头，也是个标志人儿，娶就娶了吧，自己劳碌了这么些年，家业也置办了，正该娶女人的时候。他想到这里抱起丫头就往屋里奔，三下五除二剥光了丫头的衣服，刚要有实质性行动，没想到丫头硬是不肯，说要明媒正娶才行。八爷没办法，只好忍住性子，答应去找保长提亲。

第二天，八爷带着礼品去了老保长家。丫头回去后已经把自己要嫁八爷的想法给保长说了，保长不同意也没办法，再说人家连丫头胸脯都看了，那还能怎么样？何况老保长看到八爷一表人才，相貌堂堂，心里就禁不住有些欢喜，当场就答应了。

丫头说嫁就嫁，吹吹打打后，和八爷入了洞房，成了幸福的八奶。

人说不是一家人不进一家门，过了门的八奶在八爷的调教下，很快就掌握了八爷的一身好本领，成了名副其实的“扒奶”。和八爷不同的是，八奶一般不出手，她不愿意做“扒奶”，也不想让八爷再去做“扒爷”，只想安安稳稳过日子。八爷本来就不想再在江湖上露面，两个人顺理成章地过起了男耕女织的生活。

转眼间到了改革开放的八十年代。改革春风吹满地。一时间，各种各样的款爷如雨后春笋冒了出来，下海的有了钱，下河的也致了富，有点本事的人钱袋子都鼓了起来。此时的八爷身体已不比从前，快五十岁的人了，做什么都没有心气。但看着周围的人随着改革而放开的速度越来越快，小镇上竟然也有了大上海的暗娼。娘的，连身体也放开了，还有什么不能放开？八爷感到自己在以八千里的速度落后，他必须迎头赶上。眼看着自己家底越来越薄，别人家底越来越厚，镇上的小洋楼都起了好几排了。他的手心开始痒痒了，时常对着八奶念叨：十几年没用了，也不知道这手生没生？八奶知道八爷的心思，但更知道复出江湖的危险，一再安慰八爷，说现在挺好，我们又没有孩子，也没有什么大的开销，安稳过下去多好。八奶嫁过来以后肚子始终没见什么动静，八爷也比较想得开，也没怨恨八奶。他听到八奶安慰自己的话，也就作罢。

可是，周围的人致富奔小康的迅猛速度，终于让八爷忍不住了。他知道如果直接告诉八奶自己要复出江湖，八奶肯定不同意，他只好拐弯抹角地做工作，对八奶说想去上海看看，出来十几年了，也不知道上海成啥样了。八奶心里清楚八爷的想法，知道再劝说也无益，索性就让他去了，但有一个条件，得带上她，她想自己看着八爷。

八爷带着八奶来到了大上海。

大上海本来就是醉生梦死繁华地，这十几年的变化更大。八爷一下火车没看别的，先看交通路线图，这一看就吸了一口凉气，口中念念有词：这变化可真大啊。八奶一开始不明白八爷怎么对公交这么感兴趣，等和八爷坐上公交车才醒悟过来：这是八爷从前活动的主要“战场”。果然，一趟车坐下来，八奶发现八爷的裤兜就鼓了起来，她知道八爷开始行动了。

晚上在一个旅馆住下来，八爷把身上的衣服脱了，让八奶翻翻衣兜数数有多少。八奶数了一下，竟有四五千之多！她惊得目瞪口呆。八爷说今天我只拿了一半，我没有破坏从前的规矩。这天夜里，八奶失眠了，她心里很不踏实，她苦口婆心劝说八爷回去。八爷说再等两天，如今在这个道上混的人太多，我一上车就发现好几个，和从前不一样了，以前一趟下来顶现在的好几趟！

第二天，八爷让八奶也试试身手，八奶不干。八爷知道八奶手生，也不勉强。在开往市立医院的一趟公交上，八爷发现了两个乡下人，两个人都是满脸的愁容，其中的一个脸色蜡黄蜡黄的，看样子病得不轻。另一个怀里紧紧抱着一个包袱，八爷一看就知道那里面有不少货。她动员八奶去试，说是个乡下人，来上海看病的，肯定好做。八奶看看那两个可怜人，下不了手。眼看就到医院站台了，八爷终于忍耐不住，跟着那两个人下了车，八奶想拦已经来不及了。

八爷破坏了自己定下的规矩，他偷了不该偷的人。八爷在心里对自己说这是最后一次，做完了这一次他就和八奶回小镇。

这“最后”的一次让八爷收获颇丰，他果然没有看走眼，那两个人身上带了很多钱。得手以后，八爷到车站买了票，坐上了回小镇的火车。就在火车启动的那一瞬间，八爷听到旁边的两个人议论说，刚才在来火车站的路上看到两个乡下人从医院的大楼跳下来摔死了，听说是看病的钱被贼偷了一半，看不成病，绝望自杀了。

这时，八爷突然感觉眼前一黑，他的左胳膊瞬间失去了知觉，动弹不得。八奶刚想去扶他，却发现自己的右胳膊也像冻僵了一样，不听使唤了。

八爷和八奶得了一种怪病，他们走遍了几乎所有的医院，花掉了所有的不义之财，都查不出来任何病因。两个人的胳膊眼看就这样废掉了。八爷痛心地对八奶说，我做了半辈子江洋大盗，偷人钱财无数，也许是老天爷发怒了，看来我们逃不过这一劫了。八奶只是哭。后来她突然醒悟过来，她和八爷是不是被鬼附了身？

回到小镇，八奶设法请了一个远近闻名的道长，给八爷和她驱邪。道长一看见他俩，就大叫了一声，天啊！我从来没有见过这么重的煞气！你们性命难保！八奶听到道长这样一说，登时吓得号啕大哭起来。八爷问道长还有没有办法？道长口中念念有词，忙活了半天，说了一句话，行善积德吧，你们作孽太多。说完扬长而去。

此后，八爷痛改前非，广施善德，救济穷人无数，两个人的胳膊竟渐渐不治而愈了。

鞋　匠

在这座城市的市中心有一家天字号大酒店，这家酒店算不上这座城市最好的那个档次，如果以星级来衡量的话，它只有两颗星。但大酒店很有些名气，天字号打的招牌是特色土菜，这年头有钱人都吃腻了大鱼大肉，都想来一点土的，所以天字号的生意特别好。

本文主人公王小就在这家大酒店旁边擦鞋，因为靠着天字号，他每天的活计也多。他因此对这家酒店特别有感情，虽然他一次也没有进去过，更没有尝过土菜的滋味，但他很感激天字号给他带来的好生意。

王小身世很悲惨，不然他也不会做擦鞋这个被许多城里人看不上的下等活。他十三岁那年父母先后病故，举目无亲的他从小穷山沟流落到这座城市。城市的光怪陆离曾让他找不着东西南北，他想在这座找不着北的城市找一份能糊口的工作，他卖过报纸，在小酒店打过小工。后来发现擦鞋的生意不错，而且成本又低，技术要求也不高，他就擦起了皮鞋。王小干活很卖力，擦皮鞋的技术越来越好。一晃十年的时光就过去了，王小也渐渐有了些积蓄。

有了些积蓄的王小想讨个女人，从小山村里出来的时候他还是个不谙世事的孩子，如今他已经是一个年富力强的小伙子了，身体也有了那方面的需要。几乎所有的城市都不缺少娼妓，王小也碰到过拉客的妓女，他差点儿就去体验生活了。后来想到自己赚钱的辛苦，咬咬牙就算了。王小舍不得让辛辛苦苦赚来的钱一家伙就没了，他想找个正经女人，他知道自己条件不好，他小时候得过小儿麻痹症，背驼腰弯，所以对女人的要求不能太高。即便是低要求，对于王小来说还是有难度。他住的地方是一个棚户区不说，他只有一间低矮的锈迹斑斑的小平房，这样的条件要在城市里讨女人很难。那些和王小一样住在棚户区的人有许多早就放弃了讨女人的想法，他们知道，自己能在这座城市活下去就很不错了。

住在棚户区的人最怕冬天，风大天冷，如碰上雪天，就只有挨冻的份了。小城的冬天来得又似乎特别早，王小记忆中小山沟里的冬天好像没有几天，也许那是因为有爹娘呵护的缘故吧。王小每次在梦中看见爹娘，都哭得一塌糊涂。

冬天的时候，王小出摊的时间比平时要晚得多，那些城里人比他还要怕冷，出来得很晚。擦皮鞋生意最好的时间是春秋季。冬天生意惨淡，聊胜于无。但王小坚持每天出摊，擦一个算一个。

这天风特别大，王小不得不把摊子挪到酒店的拐角处那里避风。没有生意，王小就打起了瞌睡，迷糊中忽然听到砰的一声响，睁开眼睛看去，眼前躺着一个穿着破破烂烂披头散发的人。王小吓了一跳，赶紧靠上去，那个人大睁着眼，看着王小，有气无力地说着饿饿饿……是个女人。王小知道碰到叫花子了，这样的天，她肯定是又饿又冷，才晕倒在地的。王小什么也没说，到旁边烧饼摊上买了两个大烧饼，给女叫花子吃了。她的吃相很吓人，几乎不是在咬，像老虎一样在撕。她饿坏了。

两个烧饼下肚，女人气色看上去好多了。王小让她坐在擦鞋的小马扎上。女人的眼泪一颗一颗往下掉。她告诉王小，自己是从一个小山沟里逃出来的，因为丈夫经常下毒手拿她出气，折磨得受不了了，只好逃出来，一路讨饭讨到这座城市。王小第一次听到这种事情，不知道说什么，只好对女人说，你没被人贩子拐走就算运气好！女人脸红红的，说我这样的，人贩子也看不上。王小就不说话了。他偷偷观察女人，女人脸上虽然抹得脏兮兮的，仍能看出一些清秀的模样。她年龄不大，如果换上得体的衣服，是个中看的女人。

王小问女人下一步打算怎么办？女人摇摇头，小声哭起来。王小抬头看看天，天空很混浊，风越来越大，出入饭店的人越来越少，看样子很难有生意做了。他仿佛下了很大的决心，对女人说，你要是没有地方可去，又信得过我，就跟我走吧。女人认真地看了王小半天，使劲点点头。

王小收拾收拾东西，领着女人回到了棚户区小屋。棚户区住了不少像王小这样的人，有单身收破烂的，也有拖家带口的叫花子。有几个平时要好的穷哥们看到王小今天带了个穿得破破烂烂的女人回来，都有些好奇，站在那里看。有一个和王小打招呼说，千万想好了啊王小。王小似笑非笑地直点头。这话的意思王小明白，大家都是一顿饱一顿饥的，一般都不愿添张嘴吃饭，这是在提醒他呢。王小心里有数，再说他也不知道女人是能留多久，他现在一门心思想帮她。

女人到王小屋里左看看右看看，坐立不安。王小问她怎么了？女人说你让我做点什么吧，我想收拾收拾。王小以为女人要收拾屋子，心里很高兴，都说女人勤快，果然不假。女人见王小不作声，又说了句：家里有热水没？王小这才明白过来，女人是想洗洗。他赶忙出去弄了两瓶热水，回来看见女人正用破床单在屋中间扯帘子。他脸色发烫，放下热水瓶说我出去溜达溜达。刚迈出一只脚，女人叫住了他，说外面怪冷的，你留下吧，我在帘子里边擦洗一下，我知道你是好人，我不怕。女人说完笑了一下。王小就蹲在门口了，边吸烟边支起耳朵捕捉水泼在女人身体上的声音。

女人洗好了，撤下了被单。王小再看女人的时候，有点不敢相信自己的眼睛，这是一个多么美的女人！白白净净的脸蛋，垂到腰部的长发，与刚才那个邋遢的女人简直判若两人。王小不敢看了。女人也有些害羞，自顾自地收拾起屋子来。

王小看看天要黑下来了，掂量掂量口袋中的硬币，到不远处的小吃店里买了一大碗水饺，端到女人跟前。女人看看王小，又看看冒着热气的一大碗水饺，忍不住哭起来。王小说快吃吧，别凉了。女人这才狼吞虎咽起来。吃了一半，又拨给王小。王小又拨给她。她又拨给王小。王小就吃了。

王小屋里就一张床，一床褥子一床被，王小不知道怎么睡。想了半天，就把褥子抽了出来，要打地铺。女人看着他忙碌，脸红红地说，咱们睡一起吧。她的声音很小，但在王小听来，却不啻久旱的天空滚过的春雷。他有些不相信，看着女人。女人说：我相信你。

女人脱去了破烂的衣衫，王小和衣而卧。王小看到了女人有些破烂的红肚兜，心潮起伏。

两个人沉默了半天，各自听着对方的喘息。

女人先开口问王小的身世，王小就把自己的不幸和现在的情况大致说了。女人问他有没有过可心的女人。王小沉默，说没有哪个女人会看上我。王小问女人的情况，女人把白天的话重复了一遍。王小问她还想回山沟里去吗？女人说打死也不回去了，那个男人不是人，是畜生。女人沉默了一会儿，问王小，你看我好不好看？王小说好看。女人听了咯咯笑起来，笑完了又哭，哭完了说，俺本来比现在还要好看，让那个畜生糟蹋得不成样子了，俺的两只耳朵被那个畜生咬残废了！王小不敢相信，心里说没看见女人耳朵有问题啊。女人拉过王小的手，放在自己的耳后，果然，那里只有半个耳朵，先前被头发遮住了，看不到。王小心疼女人的遭遇，想说几句暖心话，又不知道怎么说好，只好沉默。

女人把王小的手从耳后慢慢挪到胸前，声音颤抖地问他：你嫌俺吗？王小说不嫌，你挺好看的。女人就笑，说你要是不嫌俺就替俺把肚兜脱了……

……

王小在那张小床上体验了女人的温柔。

那天，女人身子底下开了好多梅花。

女人告诉王小，自己的名字叫桂花。

女人桂花从此成了王小的女人。后来，女人怀上王小孩子的那些日子，总是忘不了埋怨他：你连人家名字都不问，就把人家弄了，真是的。王小只是傻笑。

有了女人的王小干活更卖力气了。他想尽可能地多挣钱，让桂花吃得胖胖的，好给他生个大胖小子。他比以前出摊更早，回来更晚了。有了女人的王小感觉自己很幸福，他对自己的生活很满意，虽然住的地方太小，但有了女人以后，小屋被桂花收拾得井井有条，也像个家的样子了。王小和桂花合计过，等再多赚点钱，就想办法再盖两间房，那样就宽敞多了。王小打算在孩子出生以前实现他和桂花的这个愿望。

桂花提出要和王小一起出摊擦皮鞋，桂花说两个人赚钱总比一个人多。王小坚决不同意，对桂花说你怀孕了，擦鞋不方便。桂花坚持。王小答应等桂花把孩子生下来。桂花便天天盼望着肚子里的孩子快点长大。

仿佛一夜间就春暖花开了。王小的生意也渐渐开始好起来。王小出摊的时候，桂花就在太阳底下给肚子里的孩子缝制小衣裳。日子就这样水一样地流着，虽然没有什么轰轰烈烈，却也是有滋有味。

王小有两个好朋友，两个人和王小年纪差不多，住的地方离王小不远，平时靠收破烂为生。王小有了女人桂花以后，这两个光棍常常等王小收摊时到家里来坐坐。每次他俩都待上一会儿，在和王小说话的同时细细地盯着桂花身子看。桂花被他们看得不舒服，偷偷对王小说以后别让他俩来了。王小不以为然，说我们从前都是好朋友，不能断交情。桂花见王小固执，也就不再说什么。

事实证明，桂花的警惕是很必要的。王小的粗心终于导致了那场惨剧的发生。那天，王小生意特别好，收摊比平时晚了许多。等他身心疲惫地回到棚户区，看见一群人围在自己的小屋前。他头脑发胀，跑过去一看，差点儿晕过去。只见桂花面色苍白地躺在床上，下身一摊黑褐色的鲜血。王小疯了一样抱着桂花，大声呼喊着：桂花你怎么了，你怎么了桂花？桂花有气无力地睁开眼睛，语无伦次地说我们的孩子……那两个畜生……

王小明白了。他看看周围，眼睛里充满了怒火，却找不到发泄的对象。两个糟蹋桂花的畜生早跑得无影无踪了。

桂花小产后身体异常虚弱。王小痛恨自己一时大意，酿成如此恶果。桂花口口声声说对不起王小，对不起孩子，天天哭得泪人一般。王小安慰桂花不要难过，孩子以后还可以再要，身子骨要紧。桂花问王小，我被两个畜生糟蹋了你会不会嫌弃我？王小摇头说不会，这不怨你，如果有一天再让我看到这两个畜生，我一定会报仇雪恨。两个人抱头痛哭。

从此以后，王小出摊的时候就让桂花跟着，寸步不离。有生意的时候，桂花帮王小递个鞋油什么的，没生意的时候就陪王小说话。这日子也渐渐过得顺溜了。让王小高兴的是，半年以后，桂花又怀上了。

十个月后，孩子降生了。桂花生的时候，王小想去附近诊所叫个医生，桂花不让。孩子顺顺当当生下来了，是个男孩，母子平安。王小别提有多高兴了。

桂花奶水充足，孩子又能吃，长得也快。日子过得飞快，转眼间孩子都会下地走路了。王小给孩子起了个名字叫王小小，桂花说这个名字好，好记。王小小从小就懂事，不闹。孩子给王小带来希望的同时，也加重了生活的担子。王小不得不更加早出晚归，尽管这样，日子还是过得紧紧巴巴。孩子稍为大一点的时候，桂花也背起了擦鞋口袋，背着孩子和王小一起出摊了。

两个人都有了收入，日子好过一点。王小小三岁那年，他们终于实现了盖两间房的愿望，住得也比以前宽敞了。穷人的孩子早当家，王小小五岁的时候，就知道帮着王小和桂花招呼客人，有时候还学着桂花的样子给客人擦鞋。

一家人的日子有了眉目，王小小也到了该上学的年龄了。王小带着孩子走了好几所小学校，都不愿意接收王小小入学。转了好几天，终于在离棚户区很远的地方找到一所打工子弟小学，让孩子上了一年级。为了让王小小和其他孩子一样，能够坐上学校班车，桂花和王小不得不卖力地擦鞋。王小算过，孩子一年坐班车的钱，正好需要他们擦一千双皮鞋。好在孩子体贴父母，从来不乱花一分钱。不上学的时候，王小小就帮着桂花干活，时间久了，孩子的擦鞋功夫竟然有板有眼。两口子看到孩子认真给客人擦鞋的样子，心中总是会泛上阵阵酸楚。

繁华的都市像磁石一样吸引着乡下人，来城里打工的人从四面八方涌向城市，城市的人口一天比一天多。大街上到处都是人潮涌动，王小发现连叫花子都比从前多了几倍。

尽管王小的技术很好，来擦鞋的人却越来越少了。起初王小以为是偶然的原因，后来才知道天字号大酒店新进了一台自动擦鞋机，客人都免费在那里擦了。眼看着这生意越来越淡，两口子一天也擦不上几双鞋，日子变得日益严峻起来。

不久，这座城市几乎所有的公共场所都安放了这种机器。王小睁大了恐惧的眼睛看着大街上行色匆匆的人群，看着他们脚底下穿着锃亮锃亮的皮鞋。擦鞋机在城市里蔓延，再也不需要他这样的擦鞋工了。

正当王小和桂花几乎快要绝望时，生意突然间又好了起来。原来擦鞋的那些顾客又重新坐到了小马扎上，王小听到他们议论说最近的擦鞋机不知道怎么了，说坏就坏了。王小听了这话心里别提多高兴了，尤其是天字号大酒店的擦鞋机也坏掉以后，王小和桂花的生意很快又恢复了以前的红火。

可是好景不长，随着自动擦鞋机的修复，王小的生意又重新黯淡下来。

奇怪的是，过了不久，那些刚修好的擦鞋机又坏了。这样反复了好几次，擦鞋机破坏的问题终于引起了警察的注意。他们在有擦鞋机的地方安装了监视器。

那天，王小和桂花正埋头忙着给客人擦皮鞋，两个警察向他们走过来，询问他俩是不是王小小的父母。

王小和桂花目瞪口呆地看着警察，仿佛明白了什么。

往　　事

都是为了她

我承认我是一个早熟的人，这倒不是说我的身体，主要是我的情感发育，好像比同龄人要早得多。不然，我不会在小学三年级时就对异性萌发了爱情。事实上，到现在我还没有弄明白，自己当初对那个女孩子的感情能不能称为爱情。反正当时对她挺有感觉的，非常牵挂的那种，一有机会就想靠近她。我极力让她处于我的视野范围之内，观察她，看她是否注意到了我，看她是不是对其他的男孩子好。

女孩子的名字叫赵惠娟。我的同班同学。小学三年级的时候她正好坐在我的前面。她喜欢扎着两条羊角辫，说话的时候两只羊角辫一动一动的，老在我眼前晃来晃去。现在想起来赵惠娟长得可能并不漂亮，也许她在我们那个班级里算是美女之列。但我当时就是喜欢她，这没有办法。

她经常和她的同桌说话。可恶的是她的同桌是个男孩，学习成绩跟我一样好，我俩是竞争对手。他叫刘克栋。我曾经以一个漂亮的铅笔盒为诱饵希望刘克栋能和我换一下位置。这家伙很精明，知道我喜欢赵惠娟，说什么也不和我换。由此我推断，这家伙可能也喜欢赵惠娟。

谁让人家赵惠娟长得漂亮呢，漂亮女孩自然有很多人追。我当时这样安慰自己。但我并没有就此罢休。我是一个不轻易放弃的人。每当看到赵惠娟和刘克栋说话，我心里就上火，下决心非得和刘克栋换位置不可。但就是想不出什么好的办法。

我那时候有一个好朋友，叫王飞翔，和我是铁哥们儿。他给我出主意，对我说你可以找我们的班主任刘向东谈谈。

刘向东是我本家大叔，带我们班语文。

在村里小学，语文老师也就是当然的班主任。我想既然是我们本家大叔，给他说说应该没问题的。关键是以什么理由，说我因为喜欢赵惠娟，想和她同桌，这肯定不行。不光不行，他还可能批我一顿，并且把我的恶劣行径告诉我爹，那样的话，我就惨了，屁股肯定要火烧云了。

我问王飞翔有什么好主意没有？

王飞翔看看头顶的天空，皱着眉头半天没说话。

我瞅瞅天，湛蓝湛蓝的。

这是夏天，小学校里绿阴如盖。我和王飞翔就站在离教室不远的一棵梧桐树下，动脑筋想办法。此时，我魂牵梦绕的赵惠娟正在不远处和她的女伴们玩跳皮筋。我听见赵惠娟边跳边唱：你拍一，我拍一……

当天空中划过一架轰隆轰隆的飞机，屁股后面留下一道洁白洁白的白带子时，王飞翔终于说有了，有了，奶奶的，你看我这猪脑子吧，我怎么把这茬给忘了！

我大喜，问他想出什么好主意了？

他没急着说，神秘地笑了一会儿，不紧不慢地说我们必须警告一下刘克栋这家伙，要让他知道你喜欢赵惠娟，让他不要再有非分之想。这才是根本的解决方法，不然，即便是你和他换了位置，也不敢保证赵惠娟就一定会属于你。

我点点头，说是有这个必要。但目前最着急的事情是让他答应和我换位，警告他的事情就留在以后吧。

王飞翔问我，你的眼睛近视吗？

我摇摇头，不知道，我看东西挺清楚的。

王飞翔说，你就说你近视，而且非常厉害。刘克栋不是在你前面吗，你去找班主任，说要和刘克栋换位置，不换就看不清楚黑板。

我半信半疑地说，这样能行吗？如果刘克栋不答应怎么办？然后班主任再让我去配一副眼镜，我不就亏大发了嘛。

王飞翔想了半天，说那我没有别的好办法了，你要是不愿意那就算了，反正是你喜欢赵惠娟，又不是我。

这时，上课铃响了。赵惠娟开始往教室跑。我和王飞翔的讨论只好到此结束，回教室上课去了。当我又一次在课堂上看到赵惠娟和刘克栋亲密谈话的样子时，我下定决心，下课以后一定找班主任谈谈。好不容易熬到下课，我跟王飞翔使了个眼色，他噔噔噔跑出来。我让他和我一起去找刘向东，给我壮壮胆子。

我们俩跑到刘向东办公室，看见班主任正在批改作业。我有点胆怯，毕竟平时不大撒谎，况且这次还是在老师面前说谎话，这不是在老虎面前打盹吗？

王飞翔给我鼓劲儿，说进去呀，他是你本家，没事儿的。

我心一横，硬着头皮进去了。

我平时和班主任单独在一起的机会不多，我不知道该叫他老师还是五叔，干脆就什么也不叫，低着头往他面前一站。

刘向东看见我，一愣，笑着说，怎么了，光明，找我有事儿？

我点点头，看看办公室里的其他两位女老师，她们都低着头，在忙自己的事。我小声对班主任说我想调位子。

调位子？刘向东有点惊讶，问我，为什么呀？

我眼睛近视了，看黑板看不清楚。我小声嘟囔着。

嗯，这样啊，那赶紧让你爹给你配副眼镜啊，不然这样下去对眼睛不好。

我一听坏了，这样的话，我还真的去配副眼镜不成？不行，我得说出来我的要求。我咽了口唾液，镇静了一下，对刘向东说我就是想调位子，不想配眼镜。

那我给你调到最前面怎么样？刘向东笑着说。

我额头上开始冒汗了，结结巴巴地说，也不用太靠前了。

那你想往哪儿调啊？刘向东笑。

我一听很高兴，到底是本家叔。我赶紧抓住这个有利时机，说我想和刘克栋换位置。

刘向东绷紧了脸，说为什么要和他换位？他的位置和你差不多呀，离黑板也近不了哪儿去。我呆住了，憋了半天，不知道该怎么说。

班主任挥了挥手，说这样吧，我把你调到最前面吧，这样不影响你看黑板。

我差不多要哭了，心里开始后悔自己太鲁莽，骂王飞翔出了个馊主意。

上课铃响了，班主任站了起来，拍拍我的头，说走，上课去，我这就给你换位置。

我心里说，这下子完了，不但和刘克栋调不成位置，反而离赵惠娟更远了，而且我其实很讨厌坐到最前面的，不但要常常替老师擦黑板，还有常常被提问的风险。

走出办公室的时候，我看见王飞翔像兔子一样跑到教室去了。

我的位置被调到了前面。

可恶的是，我的这些做法，赵惠娟并不知道，她还以为我想到前面去呢。她怎么会知道这都是为了她！

机会终于来了

其实，到我调位置为止，我对赵惠娟的爱慕之情还没有向她明确表示过。我们俩甚至连小纸条都没有传递过，更不要说情书什么的。我那时对赵惠娟的感情充其量只能说是单恋一枝花，是单相思罢了。

即便是单相思，我也觉得很幸福。

整个小学阶段我的感情注意力差不多都在赵惠娟身上。我是班里的学习委员，收发作业是我的日常工作。每次从办公室拿来作业本，我都是先看看我和赵惠娟的作业，看是否得到了红“甲”。赵惠娟的成绩不是很好，所以得到红“甲”的机会并不多。倒是刘克栋这个家伙，总是和我一样，每次都能得到一个大大的红“甲”。每次考试，不是我第一，就是刘克栋第一。这个家伙不但是我的“情敌”，还是我学习上的对手。

我和赵惠娟一个小组，该我们小组打扫卫生的时候我都是起个大早，我知道赵惠娟也有这个习惯。这样我们至少有一天早上是单独在一起的，我干活就特别卖力。但后来，刘克栋也来得早了，我就失去了和赵惠娟单独在一起的机会。我下决心一定要对刘克栋采取点警告措施。

警告刘克栋的机会终于来了。

这天上午两节课以后，我们趁着课间大休息，在操场上玩“两军对垒”，这个游戏是我们男孩子的专利，其实就是打着玩儿。我们几个人用

“剪刀、石头、布”分成两伙儿，一声吆喝，就对打起来。这次我和王飞翔一个组，而刘克栋恰好分到了对方。我和王飞翔交换了一下眼神，趁着这个难得的机会联手教训教训刘克栋。刘克栋平时不大玩这个游戏，这个家伙长得文文静静的，像个女孩子。这次不知怎么加入了我们“猛男”游戏的行列，也是该他倒霉。

没等发出进攻的信号，我和王飞翔就冲向对方的阵营，我们的目标很明确，就是打刘克栋。我平时就喜欢打打杀杀的，出手很快，加上王飞翔在一边帮忙，刘克栋还没反应过来就被我打了好几拳头。我下手有点狠，因为我想起了他和赵惠娟说笑的样子，新仇旧恨一起凝聚在我的拳头上，铺天盖地地砸到刘克栋的身上。我边打边咋呼，叫你喜欢赵惠娟，叫你喜欢赵惠娟！

刘克栋抱着头蹲到了地上，发出求饶的哭声。

其他的人看到我凶狠的样子，都停了手，在一旁看热闹。第三节课铃声响过，我还没有罢手，趁乱又踢了他一脚。

后果很严重。

刘克栋的鼻子出血了。我不记得自己打过他的鼻子，我估计可能是王飞翔这家伙，他打架喜欢打人家的脸。

看见刘克栋嘴巴上的鼻血，王飞翔有点儿害怕，跑进教室小声问我怎么办？我没想到刘克栋会如此不经打，一时间也不知如何是好。

这节课正好是语文课。

班主任刘向东进来，班长喊了起立，熙熙攘攘的教室迅速安静下来。只剩下刘克栋呜呜的哭声。刘向东看到刘克栋脸上的鼻血，厉声问道：谁干的？我和王飞翔都低下头。

刘向东又大声问了一遍。

刘克栋哽咽着说，是刘光明和王飞翔。

班主任把目光转向我和王飞翔，脸色气得铁青：你们两个，站起来！

我和王飞翔站了起来。

我装作看刘克栋的样子偷偷看了一眼赵惠娟，她正睁大了美丽的大眼睛看着我呢！我先前的恐惧一下子消失得无影无踪。

我充满豪气地对班主任说，是我一个人打的，不关王飞翔的事。

班主任让王飞翔坐下了，我看见王飞翔的脸上对我充满了感激。

班主任厉声说：刘光明你到讲台上来！

我毫不畏惧地走上讲台，我以为班主任要让我罚站，这是他惩罚学生不遵守纪律最严厉的办法。

不就是罚站嘛，无所谓。我在心里说。

这事搁往常，我可能会感到耻辱，但这次我是为了爱情，为了可爱的女孩赵惠娟，我宁愿受罚。

就在我想入非非之际，我听见啪啪两声巨响，然后我的耳朵就只剩下一片忙音了，我的面前到处都是金光闪闪的小星星，我感觉到了脸颊开始一点一点发烫。

我抬起头，看见刘向东手里高举着语文课本，脸上写满了愤怒和仇恨。他的样子让我想起了董存瑞。

刘向东打了我。

而且是用的语文课本。

我脸上火辣辣地疼，但我仍然要做出一副毫不畏惧的样子。

啪啪又是两下。

我知道如果再继续对抗下去，我肯定还会挨打。刘向东仗着是我本家大叔，他敢狠劲打我，他知道我不敢告诉我爹。

我坚强的意志开始有了动摇。

刘光明，你改不改？还打不打人？班主任质问我。

我不说话。

班主任脸色铁青地重复了一遍。

我小声说：不敢了。

刘向东的怒气消得差不多了，让我回到座位上去。

我转过身，恶狠狠地看了刘克栋一眼，低声说，小子，放学的时候等着瞧吧！

这话被班主任听见了，他重新让我走上讲台，问我，刘光明你刚才说什么？

我不吱声。

他又啪啪打了起来，我的脸开始变得麻木。

打了几下，刘向东终于打累了。他叹了口气，说刘光明你不要以为你会打架你就可以随便欺负同学！

我想说我没随便欺负同学，想想又忍住了，两颗眼泪夺眶而出。

说实话我从来没有挨过这样的打，除了刘向东，谁也不敢这么狠地揍我，就连我爹也不会下手这么狠。

这一刻，我对刘向东充满了仇恨。

刘向东大概也觉出了自己有点过火儿，让我回到座位上了。

下课以后，王飞翔过来安慰我，说我很英雄，班主任这么狠地打我我都没害怕。我看看赵惠娟，她和女伴们去玩跳皮筋了。王飞翔看着我失落的样子，说你这样值不值啊，你这样受苦受罪，那小妮子可能还不知道是为了她呢！

我没搭理他。

他又说，刘向东这么狠地打你是不是因为刘克栋也是他本家，而且比你还近一些。

他的话提醒了我。刘克栋确实和班主任的关系比我近，刘向东不会因为这个才这么狠地打我吧。

这天中午放学，刘克栋没敢一个人回家吃饭，他和班主任一起回的家。这小子怕我揍他。

回到家以后，我赶紧先洗了把脸，我怕被我爹看出来我挨了打。那样，他会以为我被人家欺负了，肯定会去找人家大人算账。前几天，我被同学吴艰难不小心推倒了，头上出了一点血。如果换了其他人，我肯定饶不了他。但吴艰难小时候就没了爹，我们都很同情他。况且，他也不是故意的。吴艰难把我送回家时，正好我爹在。他一看见我捂着头，就问是谁打的？吴艰难承认说是他打的。他话音没落，身上就挨了我爹一脚。我爹下了狠劲，一脚把吴艰难踹出去好远。我以为吴艰难会爬不起来，结果他没事人似的站了起来，还向我爹认错。

吃饭的时候，我爹告诉我，听说你向东叔家里出了点事儿，你婶子走娘家的时候被一辆拖拉机撞着了。

我这才明白过来班主任的脾气为什么一下子变得那么坏。

我写了三封情书

在平时我们忙着上课，到了星期六和星期天，我们就要帮大人们干活了。说是干活，其实也是玩儿。我们能帮大人干的无非是打打猪草什么的，这样的活计我们玩着就干完了。四五月的天，正是野草疯长的时节。杂草和齐膝深的小麦掺杂在一起，一眼望去绿油油一片。

我家的那头小花猪特别喜欢吃萋萋草，这种草夹杂在小麦里，不好分辨。为了能让小花猪吃上自己喜欢的食料，同时为了能得到大人的表扬，我撅着屁股到处搜集萋萋草。王飞翔常常和我一起做这个工作，他家里也喂了一头猪，黑黑的，我们叫它老黑。老黑不像我们家小花喜欢挑食，它什么都吃。所以王飞翔常常把自己挖到的萋萋草送给我，以此来笼络我的感情。应该说我们俩的关系很铁，我们之间没有什么秘密，一些见不得人的事情我们都替对方干过。尤其是在我追求赵惠娟期间，这家伙帮了我不少忙。

不过，我也替他干过一些通风报信的工作。一个月前，这家伙喜欢上了我们班的韩桂花，韩桂花和赵惠娟是好朋友。为此，我很支持王飞翔。他还正儿八经地给韩桂花写过情书呢。这封情书是我发作业本的时候顺便交给韩桂花的，我第一次干这种事，有点儿不好意思。我不知道王飞翔给韩桂花写了什么东西，反正韩桂花看完情书以后就吓哭了，哭了老半天，才被赵惠娟劝好。

王飞翔不承认韩桂花是被他的情书吓哭的，他认为韩桂花是因为激动才哭得那么惨。据王飞翔后来交代，那封情书的内容其实就一行字：

韩桂花，我喜欢你。王飞翔。

我估摸这一句话把韩桂花吓得不轻，我们那时候哪敢写这样的情书啊，这事只有王飞翔这样的愣头青才能干出来。这件事的后果很严重，王飞翔不但没能追上韩桂花，还遭到了韩桂花的爹一顿臭骂，说王飞翔是个小流氓！

打猪草的时候，我一般都到村西草场。

倒不是因为那里萋萋草多，而是可以看见赵惠娟。我差不多每个星期六下午都能在村西草场看见赵惠娟，她经常带着她的两个妹妹在那里放羊。

王飞翔知道我的心思，所以一般很配合我的行动。

赵惠娟家的羊真多，我估计她家的羊在村子里是最多的了，清一色的白山羊，大概有三十多只。因为羊多，赵惠娟放羊的时候也闲不着，她和两个妹妹趁羊吃草的工夫，还要打回去三粪叉羊草，留作山羊晚上的饲料。为了讨好赵惠娟，我常常把自己打的猪草送给她。当然送草的工作我不好意思自己做，都是王飞翔替我送。我每次都叮嘱他送的时候千万别忘了告诉赵惠娟是我送的，王飞翔在这一点上做得很好，每次都很圆满地完成任务。

开始的时候，赵惠娟不好意思要我的草，一次两次，三次的时候干脆连客气话都不说了，看见王飞翔抱着一大堆草过来，就吩咐两个妹妹把草接了。我认为给赵惠娟送草是取得她芳心最有效同时也是最经济实惠的方式。既不要花钱，又能让赵惠娟感激，这多好啊。就这样，给赵惠娟送草这项无比光荣的工作，我坚持了整整一个夏天。通过锲而不舍地送草的努力，赵惠娟对我的态度明显有了改变。我感觉她看我的眼神多了几分温柔，而且据王飞翔观察，赵惠娟上课的时候已经不大搭理刘克栋这个家伙了。

我由此推断，赵惠娟的芳心已经非我莫属了。

王飞翔建议我给赵惠娟写封情书。他说我和赵惠娟的爱情到了升华的关键时候了，必须用情书来加加温，不然这个大好局面就不能持久。

但我很犹豫。一方面是我没有王飞翔的勇气，主要的原因是我怕产生适得其反的结果。王飞翔因为情书吓哭韩桂花的教训是深刻的，我不能因为自己的莽撞把辛辛苦苦得来的大好局面给破坏了。可是，我也确实感觉到我和赵惠娟之间的感情应该升华了，至少我应该向她明确表个态。我口口声声说喜欢人家，可到现在还没有让人家知道，这算什么爱情嘛。

我上小学的时候村里还没有通电，照明都是蜡烛或者煤油灯。家里只有一盏煤油灯，为了省油爹还不舍得点，一般晚上早早吃了饭就熄灯睡觉。我想在晚上给赵惠娟写情书，几乎是不可能。我开始想办法解决这个问题。我想的第一个办法是问爹要钱买蜡烛，对他说我晚上要写作业。没想到这个想法一下子就被爹粉碎了，爹说有作业白天写，晚上不能熬夜！他这样说明摆着是心疼钱，不让我花钱买蜡烛。

我想了好几天，终于又想了一个好办法。这个好办法是受到了王飞翔的启发。我在他家里玩，在屋角发现了一个空墨水瓶子，就随手捡起来摆弄。王飞翔看了我半天，说我以前想用这个墨水瓶子做一盏煤油灯来着，但没法解决灯芯的问题，就放弃了。他的话让我眼睛一亮，对啊，我可以自己造一盏煤油灯啊，爹不让我买蜡烛，总得让我用家里的煤油吧。说干就干，为了能有充裕的时间给赵惠娟写情书，我一门心思想搞自制煤油灯的创造发明。我面临的仍然是王飞翔没有解决的问题：用什么东西做灯芯。

琢磨了半天，我先用小纸条试了试，结果一点火小纸条就烧没了。又改用小布条，还是不行。我的小发明被爹发现了，问我搞什么，神神秘秘的。我没敢瞒他，如实交代了。爹呵呵笑起来，说这个问题我可以帮你解决。他从我娘的针线筐里找出来一团废弃的棉花，卷巴卷巴，往上面倒了一滴煤油，说好了，你试试，保管行。我忐忑不安地试了一下，果然，火苗开始的时候有点小，燃烧了一会儿就好了。从此，我有了一盏属于我自己的煤油灯。

用这盏小煤油灯，我一共给赵惠娟写了三封情书。

遗憾的是，这三封情书我没有给赵惠娟送，都小心翼翼地保存在我的一个小木箱子里。直到升入初中的某一天，我无意中从床底翻出这个小木箱，发现里面住了一窝小老鼠，我的那些情书被它们啃了个干干净净！

那些风流韵事

虽然没有向赵惠娟明确表白过，我对她的感情却是一如既往。即便是在五年级的时候，我的心里还是只有她。王飞翔一直以为我喜欢赵惠娟是因为她家里有钱，这个家伙就是这样势利，他就不相信我喜欢赵惠娟纯粹是因为感情。在王飞翔眼里，赵惠娟最大的吸引力就是她家里阔气。其实赵惠娟家里除了那几十只山羊以外，也没有什么别的收入。她家原来是很阔气，她爷爷赵三胖新中国成立前是远近闻名的大财主，有很多亩地。

听村里人讲，赵三胖的地多得连他自己都不知道具体数目。有一个故事，说的就是赵三胖地多的事儿：有一个叫花子到赵三胖家讨饭，赵三胖的婆娘也就是赵惠娟的奶奶姜美人舍不得给一块馍。赵三胖看见了，说给他吧，就算他吃了还不得拉在咱家的地里？！姜美人一听赵三胖这话，就下狠心给了叫花子两个馍。叫花子心里赌一口气，说我一定不把屎拉在你赵三胖的地里！他不停地跑，跑了半天，回头望望，早看不到村庄的影子。这时候终于耐不住，在野地里拉了一泡屎。边拉边想，这下子总算没给赵三胖积一点肥！没想到拉完了一问在田野里劳作的一个老头，老头说这还是赵三胖的地！叫花子气得差点没晕过去。

新中国成立前赵三胖的日子过得很滋润，我现在当然知道了他的滋润是建立在全村老百姓痛苦基础之上的。当时，全村的劳力差不多都是赵三胖的雇工。这真是牛气，赵惠娟的家族史中竟然还有过如此辉煌的时期。新中国成立后，赵三胖的日子就不好过了。当毛主席用他那特有的湖南高音一声宣布：中国人民站起来了！我们这边就开始打土豪，分田地了。

赵三胖的土地被翻身解放的全村贫雇农给分了，不仅分了地，而且还分了赵三胖家的房子等一切可以分的东西。就连姜美人，也差点被村里的几个老光棍给分掉了。这是后话，暂且不提。

赵三胖就是在那时候被批斗得死去活来。他整天被村里的劳苦大众押解着，背后插了块粗制滥造的大木牌子，上面写着“打倒大地主大恶霸赵三胖”字样。字是村里的识字先生写的，一笔一画，标准的颜筋柳骨。

赵三胖在村子周围游行的场面据说很壮观。赵三胖是远近闻名的大地主，家财万贯的同时也是恶贯满盈。来看游行的贫雇农挤得人山人海的，尤其是当姜美人陪着男人游街的时候，来看热闹的人更多。在整个游行批斗的过程中，姜美人是最大的焦点。有好几次，她的上衣领子不知被谁扯开了，两只粉白的大奶子隐约可见，把光棍们馋得垂涎欲滴，斗起赵三胖来更是没了分寸。

这个壮观的游行斗争一直持续到赵三胖在自家的梁头上吊死为止。赵三胖这个人平时很乐观，他的自绝于人民的行为一时间让村里的老百姓迷惑不解。后来，大家看看被砸得稀巴烂的地主大院，也就释然了。姜美人那天哭得死去活来天昏地暗。也许她和赵三胖真的是有些感情，也许她看到了眼前的惨淡景象，想到了以后的艰苦岁月，反正她那天的哭天抢地让村里人看了无不动容。

这也在一定程度上缓解了大家对他们一家的仇恨。

从那以后，姜美人开始了一个人孤苦伶仃带着两个孩子的艰难岁月。

尽管赵惠娟祖上的产业都被贫雇农们分得差不多了，但老宅还是保存了下来。我们党的政策是给出路的政策。

赵三胖自绝于人民以后，村里主持斗土豪分田地的革命队伍从人道主义出发，慷慨地把赵三胖的一座老宅和几亩薄地留给了姜美人母子三人。

大概谁也想不到这座老宅地下竟然到处都是宝贝。王飞翔说他曾经听他爹王大年说过，“文革”结束不久，赵惠娟的爹也就是赵三胖的大儿子赵富贵找他帮忙翻盖老屋。挖地基的时候，挖到十几个麻包，里面包着一捆捆死沉死沉的硬物。打开麻包一看，竟然是一杆杆崭新的步枪！

从赵三胖的堂屋地下挖出好几百条枪，这还了得！当时他们都很紧张，就连赵富贵也不知道这些枪是从哪里弄来的，谁埋下的就更不知道了。那时候姜美人还活着，赵富贵去问她，她想了半天，也没说出个所以然。王大年估摸这几百条枪可能是赵三胖当年偷偷埋下以备不时之需的，后来因为遭遇不测，这几百条枪就成为一个秘密。那次除了挖出枪支，还挖出了好几罐铜钱。

王大年从地底下搬出那些钱罐子时费了好大劲儿，那东西太沉了。打开罐子，里面全是生了锈迹的铜钱。尽管阶级斗争的年代已经过去，但胆小怕事的赵富贵不敢私自把铜钱留下，全部交给了村里新成立的大队部，好歹也算是充公了。

剩下一些散落的铜钱，被赵福贵很随意地扔在了墙角。后来被赵惠娟姐妹发现了，就宝贝似的收了起来。

有一天她和妹妹用这些铜钱做了个毽子，被小伙伴们看到，结果铜钱被伙伴们一抢而空。直到现在，班里哪个女生要做毽子，还找赵惠娟问她有没有铜钱。即便是我们男孩子，也以得到一枚赵惠娟的铜钱兴奋好几天。

因为这些事件，王飞翔曾经挖苦我，说我喜欢赵惠娟是因为他家里有钱。我骂他猪脑子，说赵惠娟家里的铜钱管个屁用！又不是人民币。

王飞翔笑，说不管是什么原因，你喜欢赵惠娟这个问题很严重，她家曾经是地主不说，主要是她奶奶姜美人的名声不好，而且全村的老人差不多都知道她当年那些见不得人的风流韵事，这样的坏名声肯定会影响到赵惠娟。

王飞翔提出的这个问题倒是一个让我感觉比较棘手的麻烦。赵惠娟她奶奶在村子里的名声确实不咋地，有关姜美人当年的那些破事儿我多少也有所耳闻。如果不是因为这个，姜美人后来也不会像赵三胖那样选择上吊自杀这条绝路。

但动脑筋想了几天以后，我弄懂了这样一个道理：赵惠娟虽然是姜美人的孙女，但姜美人是姜美人，赵惠娟是赵惠娟。这个是两码事，我喜欢的是赵惠娟，和她的奶奶是否干过什么不要脸的事情无关。想通了这个道理以后，我心里重新变得踏实起来。对赵惠娟的感情也是日复一日地浓厚。

可就在这时候，我和赵惠娟之间发生了一件很不愉快的事。

村东村西，势不两立

我们村里的人绝大部分人都是姓刘，刘姓在村里是最大的势力，因此村名才被习惯性地叫作刘屯。在刘屯也有一部分杂姓，比如赵惠娟、韩桂花他们，这一部分人大都居住在村西。刘姓的家族都住在村东。不知道从哪一辈开始，村东和村西开始了战斗，据说是因为水源和田地。村东和村西共用一口深井，大旱之年水源就不充足，因此争斗在所难免。

也有人说是因为女人。村西的杂姓汉子偷了村东刘姓的女人，这个在男人们看来十分丢人的丑事，只有诉诸武力才能解恨。于是，战斗就打响了。这个打架的传统如今依然还在，我们小孩子有一句口头语："村东村西，势不两立"。说的就是这个事儿。

我们村东的小伙伴们经常联合起来对付村西的那些家伙，有时候甚至无缘无故就打起架来。这天放学，我和王飞翔一起回家，刚出学校大门，碰到我的本家兄弟刘强和村西的一个男孩子吵架。刘强刚上小学一年级，个子不高，打起架来明显不是那个男孩子的对手。我站在那里听他俩吵了半天，也没闹明白是怎么回事儿。但村西那小子很横，说着说着就对刘强动起手来，他的年龄明显比刘强大，个子又高。别说刘强是我本家弟弟，就是别人，我看了也会打抱不平。何况村西的那个小子说了句很不明智的话：别以为你们村东的人多我就怕你们，我今天就要教训教训你！我一下子来了气，一把拽过那小子，说你再把刚才那句话重复说一遍我听听！村西的家伙大概被我吓住了，嘴哆嗦了半天没说出来。

王飞翔在一旁提醒我，这是在校门口，别让班主任发现了。

我放开那小子，想不到他一离开我的手，就一下子跳到了一边，大声说有本事到河坝去！说完他就跑了。我一听乐了，奶奶的，还有敢给我下战书的人啊。

他说的河坝在村西，是村里“文革”期间村里修起来泄洪蓄水的。

一座大坝飞架南北。大坝底下就是滔滔的河水，十分险要，一般我们较量都喜欢选择那里。想打架，去河坝，三个两个我不怕。这就是我们的口头禅。

我自然要去，既然那小子下了战书，我就不能装狗熊，况且我还是一个喜欢打打杀杀的人。说去就去，我和王飞翔迈开流星大步，雄赳赳气昂昂去了河坝。我的身后跟了刘强等好几个本家，他们都摩拳擦掌跃跃欲试，和我一起浩浩荡荡去打架。

正是蓄水期，河坝下面的深水在阳光下泛着白光，在不会凫水的人看起来还真是有点恐怖。不过，我和王飞翔他们在河坝打架打惯了，一点儿都不害怕。

我们前脚刚到，村西那个小子带着一群人过来了。我一看，好家伙，男男女女的，黑压压一大片。

应该说村西的人还是很团结的，在这一点上比我们村东要强，也可能跟他们男孩子少有关，所以一般打群架女孩子也上。在村西的队伍中，我很惊奇地发现了赵惠娟姐妹，她们也来了！而且看样子她和那小子之间的关系挺近，一副要打抱不平的模样。赵惠娟也看到了我，一开始的气势汹汹转变成了一脸绯红。她问我，为什么欺负我的本家弟弟？

我脸色通红，不知道怎么开口。王飞翔抢着说是你本家弟弟欺负我们村东的小孩，怎么成我们欺负你了？赵惠娟不相信，说从来都是你们村东的人欺负我们，不然，我弟弟不会叫我们来。她的本家弟弟在一旁添油加醋，说就是就是，村东的人就是横！

王飞翔用胳膊碰碰我，让我说话。

我是村东的主力，不能不表个态。问题是赵惠娟加入村西的行列，这下子让我很为难。没等我说话呢，赵惠娟的本家弟弟突然朝站在我旁边的刘强打过来一拳。我一看这小子这么不讲理，火气一下子上来了。左手一用力，把他的手抓住了，右手就打向他的胸脯。因为碍着赵惠娟的面子，所以我这一拳并没有用全力。

没想到赵惠娟看我动起手来，一声尖叫奔向前来，我这一拳正好打在她的胸脯上。我感觉自己的手触到了一个软绵绵的东西，我当时并没有意识到那是赵惠娟的乳房。但赵惠娟显然没有料到我的拳头会落在她的这个部位，只见她脸色通红，气喘吁吁，指着我说：你……你……

赵惠娟跑开了，村西的人也一哄而散。

我目瞪口呆。

王飞翔则高兴得哈哈大笑，说这下子村西的人可丢大了，不但输了这场战斗，而且还被我们的人摸了……

我打断他的话，说你懂什么？我又不是故意的！

王飞翔还是笑，说没关系，反正你喜欢她，她被你摸了才好呢！

赵惠娟生气了。从赵惠娟恼羞成怒的样子可以看出来。

果不其然，在这以后的很长一段时间，她总是不正眼看我。

我没了辙，王飞翔也想不出什么好办法，这事就这么悬着了。

我失去了好朋友

区里要进行一次现场作文大赛，我被学校推荐参加镇里的选拔赛。我的语文成绩一直都很好，每次考试差不多都是满分，尤其是作文，其他同学一般很少能得到老师的表扬，而我的作文，却每次都能被老师当作范文在班上读。这次大赛可以说是给我提供了一个充分展示自己才华的机会。

镇里的选拔比赛就安排在这个星期天。这天天有点阴，语文老师刘向东用自行车带我去镇中心小学。在路过河坝的时候，我远远地看到了早起放羊的赵惠娟，她那天穿着一件粉红色的花衬衫，所以看上去特别显眼。我本来还想利用这个周末，多割一点草，向赵惠娟赔罪。现在是不可能的了。我真想自己能被她看到，可是她离得很远，又背对着我，根本看不清。

到了镇中心小学，刘向东匆匆忙忙把我带到一个大礼堂，全镇参加选拔大赛的学生都汇集到了这里，跟赶大集差不多。我们一个个被编了号，进入各自的考场。这次的作文考试是我们常练习的看图说话，所以很顺利。刘向东在来的路上就告诫我，说这次的作文题目很可能是看图说话，这个是考察小学生作文能力的常用方式。果然就被他猜中了，我心里有准备，所以考试的时候一点儿也不紧张，发挥正常。

我是第一个走出考场的学生。刘向东看见我一副轻松的样子，责怪我说干吗这么早交卷子，还有半小时呢。我高兴地告诉他题目被你猜中了，很简单。刘向东脸色一沉，说正因为简单才不能大意。他让我上了车子，带着我回家了。

时间已是中午时分，我的肚子饿得咕咕直叫唤。到了村西河坝，我巴望着还能看到赵惠娟，却连她的影子都没看到，她可能早回家吃饭了。

两天以后，这次作文考试的成绩出来了。我考得果然不错，全镇第二。第一名是镇中心小学的一个女生，班主任说镇上的所有考试几乎都是中心小学拿第一，他们可能是为了面子。从他的话中我可以揣摩出，他对我的这次表现还是很满意的。

我理所当然地成为去区里进行比赛的种子选手，全镇只有五个名额，我是年龄最小的一个。我们五个由镇中心小学的一个领导带队，坐着大客车去了区里。在区里的比赛很顺利，我拿了全区第五名，是我们镇上历年来的最好成绩。这次比赛给我带来巨大荣誉的同时，也给我增加了巨大的自信心，特别是在追求赵惠娟这一重大问题上，全区作文第五名的成绩确实改善了我和赵惠娟之间的僵硬局面。从那以后，赵惠娟再看到我就没有深恶痛绝的表情了。

天气越来越热，地里的小麦差不多快要成熟了，大片大片的金黄色铺满了整个田野。我们割草也越来越困难，为了割满一粪叉蒿草，不得不在密不透风的麦地里蹲上半天。麦地里弥漫着成熟小麦的气息，让人心里烦躁不安。

我和王飞翔喜欢割完草就跑到河坝，脱光了衣服纵身跳入凉爽的河水中，洗个透身凉。我盼望着在洗澡的时候能被赵惠娟看到，让她看看我英姿飒爽的跳水动作，然后表现出一副崇拜的神情，那可是我做梦都想要的效果。

但是不可能，赵惠娟不可能到河坝来看我们洗澡，她是个女孩，如果她出现在我们面前，肯定会被当作女流氓。

我无论如何也不会想到我会在这个夏天失去我的好朋友王飞翔。

那天下午放学我们七八个人一起去割草，路过河坝的时候有人提议先洗个澡，我们看看天色还早，就一个个都下了水。在水中不知不觉洗了个把钟头，终于意识到天要晚了，急匆匆上来去割草。我太大意了，因为人多，又着急割草，走的时候竟然忘了招呼王飞翔。等我们割完草，我才想起来找王飞翔，哪里有他的影子？我当时还以为他割完草先回家了，也没太在意。回到家，刚放下粪叉，王飞翔的爹王大年就来问我，看到王飞翔没有？

我吃惊地说，王飞翔还没回家吗？

王大年一听这话着急了，说王飞翔没跟你们在一起吗？他一直没回家啊？

我爹听了也很着急，问我：下午你们洗澡了没有？

我说洗了，割草之前就洗了。

王大年哎呀一声大叫，说赶快去河坝看看。

我爹和几个大人都去了河坝，我也跟了去。

天色已经快黑了，河坝上没有一个人。

王大年第一个脱光了衣服，一个猛子扎入水中。我爹他们也脱光衣服，下了水。王飞翔的娘也来了，她脸色吓得苍白，差不多要哭了。

不知道过了多久，突然有人大叫了一声：在这里！王飞翔在这里！我爹他们赶紧游过去，看到一个人头朝下直直地插进泥沙，一动也不动。

王大年当时就吓傻了，他先前的猜测得到了验证，王飞翔死了！他是跳水的时候一头栽进泥沙里憋死的，连挣扎都没来得及就死了。

王飞翔的死把我吓得不轻，同时也难过万分。

如果不是我的疏忽，也许就能及早察觉到王飞翔出了事，那样的话也许就能救活我的好朋友。可是现在，说什么都晚了，我已经失去了一个好朋友、好伙伴。

后来，我爹告诉我说，即便是洗澡的时候就发现了也没有用，因为王飞翔是一头扎进泥沙里面的，一下子就没了气，根本来不及抢救。

但我还是为失去了好朋友而痛苦了好长时间。我和王飞翔从光屁股的时候就在一起玩耍，小时候我们一起偷过村东果园的苹果，一起砸过人家的玻璃；上小学以后我们几乎天天在一起，一起上学，一起放学回家；我们从来没有打过架，从来都是一起对付别人。

夏天是我们小孩子最喜欢的季节，天气暖和玩起来也可以尽兴。有一次我们一起在麦场上玩捉迷藏，那时刚刚收获了小麦，麦场到处堆积着大片大片的麦秸，这正是我们捉迷藏的好道具。随便往任何一个麦秸堆里一躺，就够对方找半天的了。那次我想给王飞翔一个恶作剧，捉迷藏的时候偷偷溜回了家。结果我都吃完晚饭了，他还没有回家。一直到了很晚，他才紧张兮兮地跑到我家，问我爹：刘光明回来了吗？我们在麦场上捉迷藏，不知怎么找不到他了。

我爹一听知道我在闹恶作剧，就笑，指指我屋，对王飞翔说，光明早回来了，你还没吃饭吧。王飞翔知道自己上当了，气哼哼地跑进我屋。我正捂着嘴笑呢！

那是多么美好的时光啊，可是现在，我到哪里去找那些时光呢？

你要讨一个漂亮的官太太

转眼间我们就要升入初中了。我们村小学的教学质量高，根本不用考试，全班一窝端，直接升入镇中学读书。即便如此，仍然有好几个同学没有继续读初中，大多是因为家里境况不好。所幸这里面没有赵惠娟，这样我又可以每天都能看到她了。但好景不长。赵惠娟入学不到一个学期，就向学校提出来退学，原因和其他同学一样，家庭困难，而中学的学费又太高。

我知道赵惠娟把家庭困难作为退学理由根本站不住脚，因为她家根本就不困难。她可能是看着村里的许多女孩子都退学了，想帮着家里做活，不愿让家里人继续供自己上学。

赵惠娟说不来就不来了。我们的新班主任钱景看着班里这么多同学开始退学，心里很着急，特别是有一些学习成绩还不错的学生，不继续读书实在可惜。赵惠娟一连三天没来上课，钱景想去她家家访，并且让我给他带路。为了能够让赵惠娟回到学校，我立即就答应下来。

和班主任钱景一起去赵惠娟家访我很激动，这是我第一次到赵惠娟家里去，其实我早就想去见识见识传说中的地主大院是什么样，苦于没有什么正当理由。现在机会终于来了，我可以以给班主任带路的名义名正言顺地去她家里了。一进赵惠娟家的大门，首先映入眼帘的是一堵巨大的影门墙，这堵墙把院子深处的风景挡住了大半。绕过影壁墙，一个十分宽敞的院子展现在面前。院落四周栽满了枝叶繁茂的翠柏，中间还有一个葡萄架，郁郁葱葱的，上面挂满了一串串淡青色的葡萄，煞是好看。几只母鸡在葡萄架下咯咯叫着啄食，院子最西边是一个大大的羊圈，里面放养着那几十只山羊。这些尽管现在看上去有些零落，但仍可以想见这个院落以前的殷实和富足。

我在院子里喊赵惠娟，屋里面没有人应。愣了一会儿，赵惠娟的娘从锅屋里探出头来，看见我和班主任，有些奇怪地问：你们找赵惠娟有什么事吗？我从她满脸的灰看出来她正在烙煎饼。我大声告诉她，我们的班主任钱老师来家访了。赵惠娟的娘这才拍拍巴掌，不好意思地走过来，边往屋里让我们边说赵惠娟去放羊了，我去喊她。钱景说不用了，我来是想动员赵惠娟同学去上学。赵惠娟的娘说，这事儿我和孩子爹都支持，可是她自己不愿意去，我们也没有办法。钱景听了沉默不语，有些无奈地对我说，那我们去找找赵惠娟吧，听听她的意见。

我们走了，赵惠娟的娘送到大门口，问我：知道赵惠娟在哪里放羊吗？我红着脸说知道。

赵惠娟一个人坐在草地上，遥望西天的一轮红日，在那里遐想。我和班主任都走到她跟前了，她还没有察觉。我走到她前面，她看见我突然出现，有些紧张。我说班主任来家访了。赵惠娟这才反应过来，站起来，拍拍屁股上的尘土，红着脸站在班主任面前，连钱老师好都没说。

钱景问赵惠娟：你真的不想继续上学了？你的成绩不错，将来上大学很有希望，不上学可就可惜了。

赵惠娟沉默不语，眼泪在眼眶里打转。愣了一会儿，赵惠娟看看我，对班主任说，村里的女孩子差不多都不读初中了，学费太贵了，再说就是读完初中，还要读高中、读大学，还是要花很多很多钱。爹说我是女娃，早晚要出嫁，成为人家的人，读书将来用处不大。

赵惠娟咬着嘴唇，不说话了。班主任也沉默下来。三个人沉默了一会儿，班主任叹了口气，说你们村的女孩子退学的这么多，都和这种害人的观念有关啊！

钱景叮嘱赵惠娟再好好想想，拿定主意，争取能够重新上学。

赵惠娟说，谢谢钱老师，我早想好了，不上了。

班主任走了，走的时候还让我劝劝赵惠娟。

我便留了下来。

太阳快要落山了，火红的阳光映照着满天的晚霞，这景色本来是那么宜人。可是现在，我们都高兴不起来。我不知道怎么开口，赵惠娟也一直低着头，沉默。终于，我鼓足了勇气，问她：你真下定决心不上学了？

赵惠娟抬起头，看着我，脸色潮红。

我突然觉得她很美，亭亭玉立的她站在晚霞中，四周是大片大片的草地，这情景是多么美好啊。

赵惠娟看了我老大一会儿，对我说，其实我早就不想上学了，我想帮家里做些活，我还有两个妹妹呢。她态度很坚决，看起来是没有改变主意的可能了。我想告诉她我对她的感情，努力了好几次都没有说出口。

天色渐渐黑下来，我该回家了。赵惠娟也开始驱赶羊群，准备回家。我们一起走到村口，分别的时候，赵惠娟突然叫住了我，说刘光明你成绩那么好，一定要好好上学，将来考上了大学，就可以做大官，就能讨一个漂亮的官太太！她说完就头也不回地走了。

留下我一个人呆呆地愣在那里。

从这次见面开始，我几乎很少有机会再见到赵慧娟。

一天，我听我爹说，她被村里一个在县城做生意的本家介绍到了一家饭店，去做服务员了。等我读完初三考入中师的时候，我又听说赵惠娟出嫁了，嫁给了一个比她大了二十多岁的男人。这个人是个跑长途的外省卡车司机，经常到赵惠娟打工的这家饭店吃饭、住宿。时间长了，喜欢上了年轻漂亮的赵惠娟，就时不时地给她带一些她喜欢的东西，他对赵惠娟说自己很有钱，还拿出存折给她看，赵惠娟看到存折上真有六位数的存款。

终于有一天，这个男人上了赵惠娟的床。这个男人告诉赵惠娟，他已经结过婚了，而且还有一个孩子。但他已经不喜欢那个女人了，想和她离婚，和赵惠娟结婚。赵惠娟这才知道他在欺骗自己，但她已经没有了退路，只好默认了。不久，赵惠娟发现自己怀孕了。她把这个消息告诉了卡车司机。卡车司机很紧张，要赵惠娟把孩子打掉。赵惠娟不同意，让卡车司机赶快办离婚手续，马上和自己结婚，不然就到法院告他强奸。卡车司机没有办法，想尽千方百计费了千辛万苦终于满足了赵慧娟的要求。

赵惠娟结婚五个月，生了一个大胖小子。因为婆家很阔绰，卡车司机又很有钱，赵惠娟时不时地就给娘家寄些钱来，她还给娘家翻盖了三间新瓦房，那是村里最好的房子。

我大学毕业那年，从学校回家的时候，在路上看到赵惠娟，怀里抱着一个孩子，步履蹒跚走在回娘家的风中。我想上前和她搭话，她却加快了脚步，远远地拉开了我和她之间的距离。我想，也许赵惠娟根本就没看见我。

九一年叔叔大病

一九九一年，我十岁。春节刚过，年味儿似乎还很浓地弥漫在周围。

虽然已经到了春天，可春寒料峭，风像没开刃的刀子，打在脸上有疼痛的感觉。我们的小学校还没有开学。农村里的教育比城里慢半拍，城里现在已经坐在温暖的教室里了，而我们却还在到处游荡。

我刚刚和二毛打完架，因为他骂我兔崽子，我说句脏话，他就恼了，和我摔跟头。他摔不过我，被我推倒在地上，啃了一嘴泥，哭着回家告状了。

我得意扬扬地回家。一进大门就感觉气氛不对，我看见爹黑着脸，娘抱着小弟唉声叹气。我怕我爹。悄悄地进了里屋，看躺在床上的小妹妹。

她刚醒，瞪着小眼睛看屋顶。我走过去，摸摸她的脸，她就朝我笑。我捏了一下她的脸蛋，她就大声哭起来。爹朝我吼，说你惹她干什么？娘过来哄小妹，对我说，去你爷爷家吧，你叔病了。

我叠了个煎饼，卷几块爹年三十炸的土豆丸子。爹一直蹲在屋门口，啪嗒啪嗒吸他的旱烟袋。我以为他会朝我吼，每当我卷煎饼出去，他都会呵斥我，说我是猪肚子，那么能吃。小时候他从不训我，自从有了小弟和小妹，他对我的态度就恶劣了。

叔和爷爷两个人住在一间老屋，叔叔快四十岁了，还没有找到女人，我听爹说他年轻的时候谈了一个，差点就成了，后来人家家里人嫌他个子小，吹了。那以后，叔叔就再也没找过女人。

村里有几个好事的老人倒是替他张罗了几个，每次都是在爷爷家吃一顿饭就没了音信，后来连爷爷也没了兴致。两个人在一起时常还折腾点事，爷爷是个急性子，最看不得叔叔慢腾腾做事的样子，爷俩斗嘴是常事。

爷爷就坐在门口。我一直对他屁股底下的那个小马扎耿耿于怀，每当看到爷爷夹着它到村东去晒太阳，我就羡慕得不得了。可我不敢跟他要。估计要了也不会给我。

爷爷看见我，从裤袋里捏出一把熟花生，放到我手里，说吃吧，熟的。我接过来。问他：叔叔呢？

他出去了。

他不是病了吗？

没人病，腰疼。

几个小伙伴在玩钢蛋，叫我。我看有二毛，就没去。

晚上，吃饭的时候，我对爹说，爷爷说叔叔没有生病。爹说你爷爷不知道，他怎么会知道，糊涂了。

我说叔叔得的什么病，娘说是大病，你别闹了，小孩子问也没有用，吃饭吧。娘给我夹了一个土豆片。我心想什么大病，大病还能出去溜达？

但叔叔真的病了。

他的背上长了一个肉瘤，就在脊柱旁边，压迫着一根神经。肉瘤开始的时候不大，也没有引起叔叔的注意，直到那根神经的发作才去了诊所。村里小诊所的王眼镜说可能是肿瘤，也可能是癌。

他的话一下子让叔叔失去了希望。

爹不相信那个红褐色的肉瘤会是癌，他说我们家从来没有人得过这种病，不能是癌。他说这些话的时候哭了，在我和娘面前，两只大手捂着脸呜呜哭起来。

这已经是阳春四月了，天气暖融融的。院子里我栽的月季开得正艳，满院子的香气。

从这时起，叔就倒在了床上。他对一切都失去了兴致。

我是很害怕他的。原因是他整天地板着脸，从来不笑。他还喜欢捏小孩子的耳朵和鸡鸡，几乎所有的小孩见了他都会抱头鼠窜。要不是爷爷，我很少到老屋。

但自从知道他得了病以后，我却有意无意地去了几次，每次都在他床头站一会儿，也不说话。他有时候装作睡着的样子，有时候抬起头看看我，眼睛潮湿地问我怎么不出去和小伙伴去玩？

我只好出去，我从小就听他的话，现在他病了，更是要听。

爷爷这些日子似乎忙碌得很，做各种好吃的菜，还要爹到镇上买羊肉，说要给叔叔包羊肉饺子。

每一次爹都是含着泪走进爷爷的老屋，含着泪默默地按照爷爷的吩咐做一些事。我知道爹心里苦，他没有办法，眼睁睁看着叔受着病痛的折磨。

叔生病的消息在村子里传开来。本家一个在城里工作的大伯知道了，匆匆赶来，他看了看叔的肉瘤，问爹怎么不早去城里治疗，爹说村里的王眼镜说是癌，治也治不好。

大伯就没说话，开着车回到城里，接来一个中年大夫。大伯是区生资公司的经理，有一些医院的朋友。

中年大夫看了看叔的肿瘤，用一个针头扎了扎，愣了半天，对大伯说不是癌，是普通的肿瘤，不过长得不是地方，离脊柱太近，神经太多，做手术不敢说有把握。

大伯点点头，说有一线希望就得看。他把爹叫到门外，问：家里一共有多少钱？爹说不多，几百块。大伯说都带上吧。

大伯对中年大夫说那现在就去手术吧。

爹和几个亲戚抱着一线希望把叔叔抬上了车。去了城里。

叔叔做手术的情形我没有亲见，只听爹说手术很艰难，主刀的医生急得头上直冒汗，手术做完以后，医生松了一口气，拍着爹的肩膀对他说，真是万幸，那个肿瘤离神经太近了。爹感激地直点头。连夜赶回家来，和娘商量着把圈里的那头大白猪卖了，给叔叔做治疗费。

医生说手术虽然成功了，但还要在医院住上一段时间。住院费太贵，爹先前带的几百块钱根本没有用，大伯说可以先用他的钱，可爹不愿意再去麻烦他，他能给叔叔介绍一个好医生，爹已经很感激了。

卖猪的钱并没有撑多少时间。

十天以后，爹的口袋又瘪了。大伯知道家里的难处，便和医生商量，让叔叔住到他的公司里。那里有一间闲房，环境还不错，离医院也不远，换药很方便。医生同意了。

第二天，叔叔便住到了公司里。

这已经是五月底了，天气变得热起来。一直到我放暑假这一段时间，爹一个人照顾住在公司的叔叔。

为了不耽误家里的活儿，他骑着自行车头天晚上从城里往家赶，第二天早上再赶回医院。那些日子，爹明显瘦了许多。

五月的乡村，正是农村忙碌的时节。娘要照看小弟和小妹，地里的活儿想做也做不了多少。

我每天去镇上中心小学上课，每个周末路过镇小卖部都要给小妹捎上一袋奶粉，娘没有奶水，只好让她喝这个。

为了叔叔的病，家里连买一袋奶粉的钱也吃力了。每次娘都是咬着牙往我手里塞上五块钱，说买些廉价的吧，委屈你小妹了。

爹看在眼里，也是唉声叹气，没有什么办法。

我提出来到城里照顾叔叔。爹眼睛一亮，说可以倒是可以，你叔那里也没有什么太多的事情。就是给他打打饭，伺候他起床，你干得了。可是你还要上学。我说可以给学校请假。娘在一旁给小妹喂奶，插话说，不行，等放假吧。

我只好盼望着学校快点放假。

收割小麦的时候，我去了城里，爹回家割麦，天气热起来，公司里的梧桐树上爬满了知了，日夜叫个不停。

公司很大，从大门口进了以后，大约走了十几分钟才到了叔叔的病房。公司里到处都是人，女人们穿着整齐、漂亮的衣服，和村里的姑娘简直就是两个星球的人。

公司里满墙满墙的爬墙虎，像是涂了一层绿色的油漆，青翠欲滴的样子。一间间小格子似的房间，塞满了花花绿绿的男女。

叔叔的病房就在大伯办公室旁边，里面并排放着两张床，叔叔正在打着吊针，我进去的时候，那个中年大夫正在给他换药，大伯背着手站在旁边，和大夫说笑着什么。我怯生生地靠过去，叫了一声大伯，他呵呵笑着，说来了。我嗯了一声，就把脸转向叔叔。

叔叔看了我一眼，笑了一下。可能是生病躺在床上的缘故，他似乎变得白净虚胖起来。中年大夫让他翻过身去，一个凹下去的核桃大的伤口呈现在我面前。

大夫说开始长肉了，只要不感染，再过一个月就可以回家了。

大伯仍旧呵呵笑着。

换完药，大伯把大夫送出去。房间里只剩下我和叔叔两个人，我才开始打量起房间。叔说放假了？我说放假了。他说，家里开始忙了吗？我说该收麦子了。他就不说话了。

一会儿，大伯从另一间房子走进来，我这才发现他的办公室和病房是连在一起的，中间有个小门。他问我同样的话，我只好重复一遍。他说，中午到家里吃饭。就出去了。

我和叔叔没有话说，就看带来的书本。不知不觉到了吃饭的时间，叔却睡着了。我犹豫着怎么去打饭，听见窗外有人喊我的名字。是大伯家的三姐，在叫我去家里吃饭。

我看着熟睡的叔，跑出去，叫了声三姐。她笑了一下，三姐笑起来很好看。她比我大五六岁，大伯没搬到城里来时，她还带我玩过游戏呢。

走出去好远，她突然问我，怎么没拿饭缸？我愣了一下，什么饭缸？她笑笑，说给你叔叔盛饭的饭缸？我恍然大悟，赶紧往回跑。

大伯一家五口人，坐了满满一桌子，添我一双筷子似乎变得特别拥挤起来。我生性腼腆，不习惯人多的场合，很拘束地吃着他们给我夹的各种或油腻或清淡的菜，却什么味道也吃不出来。

第一次在大伯家吃饭，我只混了个半饱。

三姐问我吃饱了没？我挺挺肚子说饱了，很饱。

吃完饭，把叔叔那份带上就走了。从大伯家到公司要穿过一条马路，每次过马路的时候，我都提心吊胆，马路上的车太多了，呼啸着跑来跑去。现在我还会想起拎着饭缸停留马路的样子，那是一种很孤独的无助。

这个夏天因为叔叔变得特别枯燥起来。如果在家里，我这时候肯定和伙伴们在小河里游泳，或者在村东小树林底下打牌。公司里没有小伙伴陪我玩，每天除了给叔叔打饭以外，几乎没有任何事情可做。

带来的几本书也看完了，大部分的时间我躺在床上，或者睡觉或者透过窗户看外面的树和人。

天气太热了，屋里的吊扇呼呼地扇着，那风却很烫。这样的天气很容易犯困，我干脆就睡觉。

中午睡到四点钟，却怎么也睡不着了。想跑出去溜达，公司里人太多，我有些怕他们，不敢出去。

有一次终于鼓起勇气，一个人偷偷溜出去，顺着公司门口的大道往前走，用不了多久，就看见一家影院。

以前听爹说过公司旁边有一家很大的影院，也是我们一个本家在那里当经理，想必就是这一家了。

电影院门口贴满了五颜六色的海报，一张张美女和野兽的图案夸张地竖立在那里。一场电影刚刚结束，人流从影院门口一下子涌了出来。

我远远地看着，愣了一会儿，继续往前走。

一个个小摊摆满了路旁，已经是下午五点钟了。各种各样的小吃散发着诱人的香味，我咽了口吐沫。口袋里有两个一角的硬币，我知道它们什么也做不成。

又往前走了一会儿，天色渐渐暗下来，我心里发慌，开始往回走。经过电影院的时候，听见里面有人广播，电影又要开始了。我心里一动，想起小时候在镇上偷着看电影的事情。

大约三年前，爹带着我去赶镇上的庙会。快回来时，我碰到二毛。两个人商量到影院看电影。爹叮嘱我们几句就一个人回去了。

他留给我一元钱，我没舍得花，和二毛混进了影院，看了一场《少林寺》，可真过瘾。为了这场免费电影，我得意好长一段时间。

看着许多人走进影院，再看看那些花花绿绿的海报，我突然想：也许可以混进去？反正自己的本家在电影院当经理，抓住了也不怕。

这样想着，就尾随一中年男子往影院走，检票的是两个身强力壮的小青年，走到他们面前的时候，我心里发慌。

一个声音说，你的票呢？

我一下子愣在了那里，下意识地指了指前面的中年男人。没想到他说了句：我就一张票，不认识你。他说的倒是实话，我却惨了，满面通红地往外溜。

我听见其中的一个小青年说，谁家的孩子，乡下人吧？我的心里很不好受，眼泪一下子涌了出来，几乎是跑着回到了公司。

回到公司，叔叔看到我一脸沮丧，问我去哪里了，回来这么晚？我说出去溜达了一会儿。他就没有说什么，叮嘱我去大伯家打饭。三姐已经不来叫我了，让我每天下午六点半准时去。

来到公司已经三四天了，我还没有习惯大伯家的环境，除了三姐，几乎不和其他人说话。他们好像也各自有各自的事情，不大搭理我。

夏天天黑得晚，六点多天还大亮着。大伯家来了客人，叔叔的那份菜没有做完，我就坐在大伯门口的台阶上等。大伯家正对着那条公路，我一个人呆呆地看车来车往，脑子里却是在影院被小青年呵斥的情形。

隐隐约约听见有人叫我的名字，转过脸，三姐站在门口，手里拿了个鸡腿，说给你吃吧。我摇摇头说不吃，你吃吧。她笑笑，我吃过了，给你拿的，吃。我还是不吃。她硬塞给我，我满面通红地接了。

这可能是我第一次吃到这样的鸡腿，真香。

除了给叔叔打饭，我还要照顾他的起居。虽然伤口已经开始愈合，可叔叔还不能下床活动，连大小便也必须在床上。

公司里有一个公共厕所，离病房很远，每天晚上我拿着便壶去厕所的时候，心里就有一种神圣感觉，我以为没有什么比为亲人做这样的工作更神圣了。

也许我拿的东西太敏感，有好几次，在路上碰到公司的管理人员，问我：你手里拿的什么？我说，屎。他们就不理我了，远远地躲开。我心里想笑，有恶作剧得逞的愉快。

有一天特别热，电风扇呼呼扇了一夜，我晾了肚子，第二天早上拉稀，不小心沾到裤子，不敢跟叔叔讲。我只带了一条裤子，只好在病房隔壁的仓库里用卫生纸处理。

一个中年女管理人员，不知道我在干什么，匆匆忙忙赶来，以为抓了个小偷，看见我撅着屁股，羞得满面通红，说这个孩子，怎么……她自言自语地嘟囔着走了。

我尴尬地愣在那里，心里怦怦直跳。这件事直到现在我还记忆犹新。

大伯公司里很忙，虽然和他只有一墙之隔，却时常看不到他办公的身影。

这天我百无聊赖地在公司中心花园数那些盛开的鲜艳的小花朵，看见三个人大大咧咧地往公司里闯，一个男的肩头扛着一个摄像机，一个美丽的女孩子手里拿着话筒。他们询问经理在哪里，门卫看样子不敢拦他们，老老实实地指给他们大伯办公的地点。

我很奇怪，难道大伯要上电视了？赶紧跑回去，报告叔叔，叔叔却在睡觉。我跑出来，站在门口，看着三个人走进大伯的办公室。我靠过去，听见大伯浑厚的声音，他边请记者坐边吩咐办公室的女人倒水。

我蹭到大伯办公室门口想看个清楚，却被一个漂亮的阿姨给推了回来，顺手就带上了门。我只好回到了病房里。

晚上，我便听三姐说，大伯上了本城的电视，不过不是什么好事，是因为有人在公司里买了假地膜，向电视台举报。大伯却好像对此很不在乎，依然是一副笑脸。

后来我听叔叔说，那是一个误会，假地膜的责任不在公司，在生产厂家。电视台还专门为此向大伯道了歉。

电影看不成，闲着没事，我就在公司里溜达。平时公司里很忙，人来人往的，一到周末公司就沉静下来。

除了公司仓库以外，我几乎转遍了公司的每一个角落，还看了公司的冰糕厂。那是一个很大很大的厂房，里面冷飕飕的，全是女工在不知疲倦地忙。

有一个非常年轻的穿着红色上衣的女人，看见我，向我招招手，问我是不是想买冰糕，我摸摸口袋里的两个硬币，摇摇头。我知道他们这里都是大雪糕，五角钱一个，我根本买不起。

我走出去，在冰糕厂门口碰到一个小女孩，和我差不多年纪，一手拿着一块大雪糕，有滋有味地吃着。她看见我，噔噔噔跑过来，说，你愿意和我一起玩吗？

我不知道她为什么要和我一起玩，我不认识她啊。就愣在那里。

她自顾自地说她叫云云，也住在公司里，公司里的小孩非常少，没有人陪她玩。她问我上几年级。

我看着她手里的雪糕，不说话。

她愣了一下，说你别走，我就回来。说完她就扎进冰糕厂。我低着头。

一会儿的工夫我看见一双红色的凉鞋停在我面前，说给你一块大雪糕，我妈妈在冰糕厂。

我抬起头，看见那个穿红色上衣的阿姨朝我笑。

我脸上发烫，不好意思吃。小女孩塞给我，说吃吧，你吃呀。我们做好朋友吧。

我看看她，红着脸说我不是城里人，我家在乡下。

她说，那你为什么到这里来？

我说是为了伺候叔叔，他生病了。

她说，那你应该在医院里啊。

我说，我们家穷，住不起医院，就住在公司里，我大伯是这家公司的经理。小女孩不说话了。

那以后的周末，我常常看见这个小女孩，有时候和她在一起，在公司里瞎转。有一次，她指着我的头发说，你该理发了，看你像个小刺猬。

我问她哪里可以理发？她说公司里就有，免费为职工理发。

可是我不是职工啊。

她说你大伯是经理你怕啥？她带着我去了理发处。一个围着白围裙的老大爷坐在屋子里，看书。看见我们进来，笑着问，小朋友，干什么？

小女孩说来理发，她指指我。

老大爷仔细看着我说，不是公司里的人吧，不是公司里的要收费的。

小女孩理直气壮地说，他大伯是公司的经理。

老大爷看看我，是真的？是哪一个经理？

我说是姓刘的那一个。

老大爷说，噢，是刘经理的亲戚，那我就给你理一下吧。

小女孩像是打胜了仗，高兴地坐到了旁边，目不转睛地盯着老大爷给我理发。

叔叔显然发现了我情绪上的变化，除了必要的时间让我留在他的身边以外，大部分时间就让我自己去玩。

过了些日子，他差不多可以下床行走了。公司下班人少的时候，我就搀扶着他到公司大院里转转，他说自己在屋子里待得太久了，闷得要死。

又过了几天，叔叔便尝试着一个人慢慢走动，我和小女孩在一起玩的时候常看见他愣愣地站在公司门口，静静地看车来车往，看川流不息的人群。

叔叔有些想家了。他觉得自己的身体可以回家治疗，有一次，他让我看他的伤口，问我长得怎么样？我看看那刚长齐的鲜红鲜红的肉，说差不多快好了。

于是叔叔在中年大夫换药的时候，问他可不可以回家治疗。

大夫犹豫了一下，说家里条件怎么样？现在天气这么热，卫生状况要求高一些。

叔叔说，我回去住在我哥家里，有人伺候。

大夫就没再说什么，征求大伯的意见。大伯不表态，只说如果想回去，他就安排车，叔叔决定回家了。

第二天是周末，我们早早收拾了东西，主要是一些针药要带回去，其他没有多少东西。上车之前，我到处寻找那个叫作“云云”的小女孩，她却没有遵照我们事先约好的来送我。

我有些失落，默默地坐在叔叔旁边。他平躺在座位上，腰部垫了一块大海绵。车子驶出公司，我不经意地从反光镜看见了她，站在公司门口，不停地朝我挥手。我的眼泪一下子流了出来。

叔叔回来以后，就睡在我的房间。爷爷也接过来了，我们家一下子变得热闹起来。不过，这种情形也只会出现在吃饭的时候，其余的时间爷爷都在外面打牌或者干别的事情，而叔叔能下床以后，也是闲不住，他用了一个星期的时间，为家里垒了一个鸡圈。

叔叔的针药用完以后，大伯带着中年大夫到家里来复诊。那天，我有点事去了一个亲戚家。听爹说，大夫一进大门，就皱起了眉头，他看到院子里有好几片鸡粪。

在对叔叔进行简单的检查以后，中年大夫对大伯说差不多，可以了。大伯点点头。爹想留他们吃顿饭，大伯拒绝了。

大夫临走的时候，嘱咐爹，注意卫生，天太热。

爹知道他是什么意思，脸红红的。他小声说，乡下比不得城里。

后来某一天，我娘又回忆起这件事来，说那天好像还有个小女孩，穿着红色凉鞋的。

我眼睛一亮，说她长得什么样？是不是弯弯的眉毛，眼睛大大的，睫毛很长，说话细声细气的。

娘说差不多吧，她还问我咱们家墙壁上的那些奖状是谁的？我告诉她是你的，她好像认识你。

我愣在那里。

后来，我便和小女孩失去了联系。

种在阳台上的庄稼

王东琢磨着把老爷子从乡下接到城里来。自己大学毕业进城工作都五六年了，在城里买了房，结了婚，也有了孩子，小日子过得有滋有味的。这日子一舒坦，王东就想着让老爷子也跟着享享福。老娘走得早，唯一一个老妹也在去年出嫁了，老家就剩下老爷子一个人，也没个照应，眼瞅着年龄越来越大，万一有个闪失，对不住早走的老娘啊。

有了这个想法，王东和一向标榜贤惠胜似刘慧芳的妻子赵媛媛商量一下，赵媛媛说好啊，老爷子来了，让我也尽尽孝心。妻子这么表态，王东很高兴，他朝赵媛媛竖起大拇指：不愧为中学老师，行为世范，行为世范。赵媛媛笑，少来啊，你，你负责接老人，我负责收拾房间，咱房子小，委屈老爷子和孩子挤一挤。王东说，东子才四岁，和他爷爷熟络熟络，对他成长有好处。

说接就接，头天晚上王东给老爷子挂了个电话，让他准备准备，明儿个一早就开车去老家。老爷子以前来过城里，还是东子刚出生的时候，那次在城里前后待了不到三天，他挂记着家里的庄稼，一早就回去了。那以后他就再也没进过城。老爷子说城里太闹，他住不习惯，还是老家好。这次王东说要接他来城里，而且是长期进城，他出乎意料没提出什么反对意见，只说了句：那能行吧？王东说能行，咋不行？老爷子说，你媳妇有意见没？王东说，她能有什么意见，你老人家来，她很高兴。老爷子在电话里呵呵笑，说我还真想我那小孙子了。

一切都安排停当了，王东冲了个澡，又想起来一件事，拿起电话，联系车。电话打给一个开小车叫李胡的哥们，王东说明天用用你的车，把老爷子接过来。李胡说，好啊，明天我到楼下等你。这边忙活完了，赵媛媛从浴室里冲完澡出来，浑身湿漉漉的，像出水的芙蓉。王东环抱住她的腰，双手抓住俩山包，拥着往床上靠。赵媛媛娇喘着说，头发还湿着呢！……王东说湿着正好，手指变成滑翔机，在赵媛媛柔软的身体上起起落落，不一会儿，赵媛媛就只剩下一片喘息了：明天……要把老爷子……接来……你……今天……是不是……特高兴……哎哟……嗯……嗯……嗯……

第二天一早，王东带车去接老爷子，一路心情阳光灿烂。去老家的路不算太好，颠颠簸簸的。开车的哥们李胡直抱怨，说你看这破路，都说这几年县乡变化大，怎么也不修修路？王东笑笑，不知道这是全国贫困县？这年头，县乡政府也没有余钱呢。李胡大笑，看来还得等你发达了，给家乡父老做点贡献吧。王东不说话，看路边一闪而过的庄稼。

外面是大片大片绿中泛黄黄中泛绿的麦田，现在正是小麦灌浆的时节，拔节上膘的关键时候。以前老家地多，每年夏收秋种老爹都累得不行，去年老妹出嫁以后，他才少种了几亩地，只留下够自个儿吃的半亩水田。老爷子说，他一辈子都没离开过土地，不种点庄稼心里不舒坦，夜里睡不好觉。王东寻思着这次进城，老爷子总算是可以丢下他的地，享享清闲了。

眼前开始出现成片成片的塑料大棚，李胡哼起了《两只蝴蝶》：亲爱的，你慢慢飞，小心前面带刺的玫瑰……他跟我回过几次老家，知道一看到塑料大棚就快到家了。这几年鲁南地区搞大棚蔬菜种植，已经渐成规模，成为远近闻名的菜篮子基地。看到人家都搞，老爷子也曾经跃跃欲试，被王东拦住了，王东说你年纪大了，不要瞎折腾了。村里的老伙计们也都劝他省省，消停消停，都折腾了大半辈子了，折腾到这一把年纪了，算了算了。他就放弃了。

过了一个急转弯，车子进了村口。几个老人正闲坐树下谈古论今，王东让李胡停下车，他撕了包大贡，叔叔大爷地依次打着招呼散过去。老人们都认出了他，唤着小名，说出息了出息了，好好好。他把烟给老人们点上，他们深吸了一口，说嗯，是城里烟，是城里烟。王东笑笑，上了车。李胡拧拧车喇叭，老人们都站了起来。王东感觉眼角发麻。

老爹正站在门口，眼巴巴地看着大路，看到王东的车，脸上划出一道笑容。因为工作太忙，王东一年到头回家不过两三次，算起来又有大半年没见到老爹了。在王东的记忆里，老爹好像永远都穿着那件灰布老头衫。王东在城里给他买过几身衣服，他都说穿不惯，说城里衣服花里胡哨，中看不中用。

家里还是老样子。刚下过雨，屋里有些潮湿，一股老人身上特有的汗腥味弥漫了房间。稍做停留，王东催老爹上车，李胡拿了老爷子事先收拾好的衣物。这边车刚发动，老爷子脸色就变得有些暗淡，他说先别开先别开，我下去看看门锁没？王东说都锁上了，我刚检查过了。他说我再看看我再看看。他下车溜了一圈，在门前站了大半天。王东重新扶他上车时，听到他胸口传来一声轻微的叹息。

到了村口，王东扶着老爹下车给老人们打招呼。老人们说这就回了？王东说回了。他们说把老爷子也接走了？王东说接走了。老人们都夸老爷子有福，养了个出息儿子。老爹呵呵笑，朝他们摆摆手：走了，走了。

老爷子进城第一天，就给王东出了个难题，他坐不惯马桶。他说坐那玩意儿一点儿都拉不出来，还是老家蹲坑好。王东没辙，只好让老爷子每天走上半里路，去小区公厕，那儿都是蹲坑。好在老年人上厕所都有固定的时候，每天早上起床刷完牙洗完脸，准点下楼遛弯，顺道儿就去了厕所。为了让老爷子自己舒坦，也省得赵媛媛每天早起忙活，王东不时往老爹兜里塞点零钱，让他每天早上遛弯回来找个小摊随便喝碗粥吃点早点，爱吃啥就吃啥。老爷子心里当然有数，每天吃完了再捎点回来，给王东他们解决了早餐。他每天起得早，饭买回来王东还没起床呢。

吃完了早饭，老爷子就出去溜达，找人聊天。王东住的小区不大，是个新开发的高档住宅区，买房子的大多是年轻的白领，老人在这里是个稀罕物儿。老爷子在小区转悠了半天，也没找个东拉西扯的伴儿。好不容易看到一个老太太，还带着一个小孙女，他不好意思上前搭话。老爷子干脆就拿了个马扎，蹲在小区门口看大街上的风景。大街上人来车往，比老家的大集还要喧闹。人流匆匆，个个都像去生产队开大会的干部，他们忙什么呢？又不种庄稼！

这日子一晃就过去了好几天。老爷子看风景看腻歪了，就到小区外面溜达。

王东在区政府机关坐班，没多少时间陪他，就怕老爷子闷着了，叮嘱他没事就和小孙子一起看看电视。小孙子喜欢看动画片，老爷子看不耐烦呢，就给王东说电视里没啥好节目，露肩露背的。他自己不看，也不让小孙子看，带着孙子去楼下转悠。转悠来转悠去，东瞅瞅西望望，像是在寻找什么东西。

到了晚上，一家人吃完饭坐下来看电视。老爷子在那里翻日历牌，嘴里说着快春分了，明天就是春分了。

王东一愣，说明天是春分，爹你有啥事？

我没事，老爷子笑了一下，说春分一到，该种时令菜了。

种啥菜？城里又没有地，你老想吃啥菜就说，让媛媛去菜市场给你买。王东说。

菜市场离这儿有多远？

老爷子什么时候对菜市场感兴趣了？王东心里直纳闷。离这儿挺近，出了小区门口再往南走几步就到了。他说。

爷爷，爷爷，我知道菜市场在哪里，明天我带你去！小孙子挥舞着一双小手，憨态可掬。

老爷子很高兴，说，好好好，明天咱爷俩去那里遛弯，真是爷爷的好孙子。

第二天一早，老爷子左等右等，不见孙子起床，就一个人悄悄去了市场。他在市场逛了半天，也不知买了啥东西，一小包一小包的，心肝宝贝似的捂着盖着。一进屋就嘟囔，早知道这么贵，就从家里带来了！王东不在家，赵媛媛忙着伺候小孙子起床吃饭，也没在意老爷子这些奇怪的行为。

从这天开始，老爷子精神有了很大改变，每天一大早就劲头十足地出去了，手里还常拿着个水壶。闹得赵媛媛直纳闷，在王东耳边吹风，说老爷子最近是不是有啥事？你要不要跟着去看看？王东说啥？让我去跟踪老爷子？那成啥体统！放心，老爷子是自己找乐子，我们不用管。赵媛媛听王东这么一说，也就不再挂念这事儿了。

老爷子每天上楼下楼，手里总离不开那个粉红色水壶。赵媛媛每天在厨房做饭，眼瞅着老爷子在楼下花坛后面忙活来忙活去，心说他这是在干什么呢？浇花？有可能。想不到老爷子还喜欢养花。家里阳台上有好几盆牡丹，老爷子喜欢花可以在家里养啊。晚上，赵媛媛把白天看到的情况给王东说了，王东皱起了眉头，没听说老爷子喜欢花啊，在老家他从不养花，嗨，这可真奇了怪了！转念又一想，老爷子肯定是寂寞了，想找个事儿做，这样也好。

这天下午，王东下班回来，刚走进小区。物业管理的小刘叫住他，说王老师，最近你家是不是来了位亲戚？

王东说对啊，是我老爹，才刚接来没几天，你认识了？

小刘说，可不认识了咋的，昨天有好几个人给我们提意见，说看见一个老头儿没事就在花坛后面倒腾什么东西，让我们去看看。我去看了，你说怎么着？见你们家老爷子在花坛里种了一畦辣椒！我的天呢，老爷子可真有创意啊。

王东傻眼了，老爷子忙活来忙活去，每天都抱着一个大喷壶，还以为他要做义务护花人呢，原来是在种菜！他给小刘解释，说老爷子刚来，不知道那是公共绿地，回头我给他说说，那辣椒啊，你该怎么清理就怎么清理。

小刘笑，说行，有你这话我明天就把辣椒给拔了。其实也不是我要管这事儿，要不是有人提出来……

这事该管，该管，小区里面哪能种辣椒！王东面色有些尴尬。

晚上吃饭前，王东把老爷子在花坛种辣椒的事儿给赵媛媛说了，赵媛媛乐了半天。吃晚饭的时候，王东看着老爷子直想笑。老爷子纳闷，说你小子笑啥？王东说没啥，你老人家这些日子是不是有些闷得慌？老爷子说没有啊，我过得很充实啊。赵媛媛扑哧一声笑出声来。老爷子很奇怪，估摸自己种辣椒的事儿可能被发现了。他放下碗，一本正经地说，我那是想给家里弄点新鲜菜！王东说，咱真用不着，市场上的菜都新鲜着呢！老爷子没说话，吃饭。

第二天，种在花坛里的辣椒让小刘给拔了，老爷子倒也没啥太大的反应。这么些日子过去了，大家对他也都熟悉了，都知道他是王东的老爹，庄稼人。老爷子对小区里的人也认得差不多，他看不惯小区里面来来往往勾肩搭背的大姑娘小伙子，没事拿着马扎就带着孙子到小区外头转悠，边转悠边给孙子说话：东子，知道什么叫庄稼吗？东子摇摇头，不知道。老爷子笑笑，说庄稼啊，就是长在地里的我们每天吃的东西。东子大声说，那我知道了，就是大米、番茄、辣椒、鱼、肉……东子一口气说出老多食品。老爷子很高兴，对东子说你说得很好，不过要纠正一下，鱼啊，肉呀，这不是庄稼，它们都不长在地里，像小麦啊，大豆高粱啊，还有玉米啊，水稻啊，这些才是庄稼。东子说，哦，你说庄稼长在地里，那什么是地里？一句话让老爷子愣了半天，这地里就是土地呀，就是……你看，这路两边的花坛里面都是土，成片成片的土就是地。东子似懂非懂地点点头。

老爷子边走边四处瞅，他看到了路两边茂盛的黄杨丛，点点头，又点点头。

这些日子，老爷子又忙起来了，那个粉红色的小水壶又成了他不离身的工具。赵媛媛又紧张起来，看看老爷子，人也不在小区转悠，他不会是把阵地扩大到小区外面了吧。她对王东说老爷子不会是又去哪里种辣椒了吧？王东说不会，他找不到土地到哪里去种？赵媛媛说，这倒也是。

单位派王东去长春出趟远差，要五六天才能回来。临走叮嘱老爷子注意身体，常出去锻炼锻炼。老爷子满口答应，说我知道我知道。晚上和赵媛媛翻天覆地以后，王东又千叮咛万嘱咐一定要照顾好老爷子。赵媛媛咻咻笑，说只要老爷子不再去种辣椒就行！说着一把抓住他软下来的东西。王东打了一下她雪白的屁股，嘿嘿笑。

这天赵媛媛刚下班，听见外面有人敲门，以为是老爷子回来了，喊东子去开门。东子打开门，不是老爷子，是一个戴红袖章穿制服的城管小青年。他问：王东在家吗？

赵媛媛从厨房出来，看见一个陌生人，愣了一下，说王东出差了，你是？

我是城管协管办的，小区外面有个老人在路旁的空地上种了老多花生，我们要给他拔了他不让，愣说那不属于公共用地，我们管不着，老人说他儿子王东就住在这里。我们说不过他，只好请你去一趟。

赵媛媛脑袋大了，她哭笑不得地带着东子立马下楼。小区门口的路边上已经围了一圈人，几个嘴里叼着千层雪的小姑娘在叽叽喳喳议论着什么。一个城管协管人员正和老爷子剑拔弩张地互相对峙着：

你这个必须拔！影响市容！

我就是不拔，我种花生碍着你们什么了！老爷子理直气壮。

东子叫了声爷爷，老爷子看见孙子和赵媛媛，脸色一红，说凭什么不让我种花生？我就是想给孙子弄点新鲜花生嘛！

赵媛媛眼睛一热，扶起蹲在地上拼命护住一畦花生的老爷子，说算了算了，这地儿是公共地方，人家也是执法办事，咱不能为了自个儿妨碍大家啊。老爷子倒也听劝，眼瞅着两个小青年把刚长出苗的花生给拔了。看着老爷子发呆难过的样子，赵媛媛心里也不是个滋味。老爷子回到家就在那里念叨，我碍着谁了，碍着谁了？种点庄稼都不行？

王东出差回来。赵媛媛哭丧着脸说，老爷子这回不种辣椒了，改种花生了！

王东很吃惊，他在哪儿种的？哪有土地啊？

他跑到小区外面黄杨树下开了一小块地，种上了花生，给城管的抓住了，找到家里来。后来给拔了，老爷子很伤心。

王东愣了半天，说老爷子在老家种惯了庄稼，有种植的欲望，想闲也闲不住。

王东找老爷子谈话，拐弯抹角让老爷子不要再种庄稼了，他说城里没地方种那些玩意儿，你老就不要折腾了。

老爷子不爱听他说这话，梗着脖子气哼哼地说：城里怎么了？城里人就不吃粮食了？

一句话把王东给噎住了，我不是那意思，这里和农村不一样……

有什么不一样，你以为你是谁，你是城里人？我告诉你你肚子里农村的屎还没屙净呢！老爷子看样子真有些生气了。

赵媛媛赶紧起来拉了一下王东，说你快到厨房来，帮我剥大蒜。王东垂头丧气地进了厨房，小孙子不晓得大人间的事儿，在那里缠着爷爷讲七仙女下凡的故事。看着可爱的小孙子，老爷子心情又逐渐好了起来。

半个月过去了，天气逐渐热起来。小区里面嗡嗡响，家家户户都开启了空调。老爷子仿佛忘记了种庄稼的事儿。

这天，小区门口来了个卖花盆的小伙子，吆喝着卖花盆卖花盆谁买花盆？老爷子正在楼下乘凉，看着那些花盆发了一会儿呆，突然一拍脑袋，问卖花盆的小伙子，花盆多少钱一个？小伙子见来了生意，堆了满脸笑容，说小一点的八毛，大一点的一块五。老爷子嘿嘿笑，说再便宜一点，把那几个最大的给我留下，我全买了。付完了钱，老爷子吭哧吭哧往楼上搬花盆。王东看着纳闷，但碍于上次的教训，也不好说话，忍着好奇心帮老爷子把五六个大花盆搬到了阳台。

老爷子又开始忙活开了。他吭哧吭哧在楼下空忙活了半天，往花盆里搬满了土，把几个花盆都填满，不厌其烦地翻土、浇水，还动员小孙子和他一起到外面找羊粪。那几天爷俩跑遍了附近的大街小巷，也没找出一点羊粪。老爷子没办法，怂恿小孙子往几个花盆里撒尿，东子觉得很好玩，乐得不得了。

这以后老爷子就很少出门了，见天就跟小孙子蹲在阳台，眼瞅着花盆长出了一棵青苗，过不几天，又长出一棵。有被土压住翻不上来的，老爷子就动手把土块拿掉，有长着长着分叉儿的，他就耐心地清理掉。他像对待孩子一样照料着花盆里的那些东西。小孙子对老爷子的那些花盆很感兴趣，一本正经地帮着老爷子浇水，有时候还要在老爷子的监督下往花盆里撒尿，时间长了，小孙子被老爷子给训练得十分有素：撒尿的时候，老爷子喊停，他就停，再换个盆，老爷子说开闸放水，他就开闸放水。老爷子常常指着小孙子的小鸡鸡表扬他：好小子，出息着呢！以后再给爷爷撒出个重孙子，哈哈哈。

老爷子常蹲在阳台花盆前，给小孙子讲农村的事，讲庄稼的事，他给小孙子讲，每一棵庄稼下面都埋着一个故事，从在土里埋下种子的那天起，故事就开始了，一直到收获的季节，故事才结束。小孙子常常问他，地里为什么会长出庄稼？老爷子说因为土地是女人，她能生儿育女。小孙子似懂非懂，那就像妈妈一样啦。老爷子点头，差不多，差不多。

王东和赵媛媛看老爷子没事就蹲在阳台，以为老爷子种了什么稀罕花草儿。趁老爷子不在家时，偷偷看了几次，也没看出个所以然来。两口子想，不知道老爷子这次又能搞出什么新花样来？只要他不到外面找土地，在家怎么折腾都行，无所谓。

随着时间的推移，花盆里的青苗越长越高，眼看就要高过房顶了，而且每棵都发出了两个天缨。王东终于看明白了，老爷子在花盆里种的是十几株玉米！那玉米秧绿油油的，泛着油光，好大的玉米！

一晃眼的工夫，秋天到了，天气转凉。王东家的阳台变成了一块名副其实的“土地”，上面结满了黄澄澄沉甸甸的大玉米。

老爷子每天都像在老家种地一样，不知疲倦地亲自给玉米浇水施肥，他不让小孙子再往花盆里撒尿了。老爷子对王东说，这小子人不大，尿怪臊，别把玉米给烧着了。老爷子还说，昨晚我做了一个梦，梦见家家户户的阳台上都种满了庄稼，有玉米、大豆、高粱……

听了老爷子的话，王东差点落下泪来。

二　姨

二姨家离我们家很近，准确地说两个村子之间只隔着一条河。河叫龙河，河北面就是二姨所在的村子北河沿，南面就是我们家所在的南河沿。

据说很久很久以前龙河是不存在的，那时龙河还只是一条小溪。南河沿也不叫作南河沿，叫张庄；北河沿叫作刘庄。由于吃水紧张，张庄人和刘庄人每年都会因为用水问题动武，最严重的一次械斗竟然死了上百口子。死人的鲜血把清澈的溪水染红了，乌黑乌黑的腥气整日飘荡在村庄的上空。

这次大械斗的当天夜里，老天爷发疯似的接连下了三天三夜倾盆大雨。雨水引发了山洪，洪水猛兽般漫过村庄，顺着小溪的航道呼啸着向微山湖奔去。洪水散去后，涔涔小溪变成了滔滔大河。村里人记得那天早上天地间笼了一层厚厚的大雾，住在河边的刘傻根说他早晨去蹲茅坑时看见河里游动着一条巨龙，这条龙也被张庄的张八卦看见过。因了这个缘故，这条河便被叫作龙河。

张庄和刘庄从此停止了械斗，村名也慢慢分别改为北河沿、南河沿。我娘和二姨就是在这个时候先后嫁到了这两个村子。

在我六个姨当中，属二姨和我娘的关系最好。在我的印象中，我娘并不是一个特别眷顾娘家的人，她们姐妹七个之间联系很少。我猜二姨之所以和我娘走得紧，完全是两家离得近的缘故。

我娘在七个姐妹中排行老大，所以每年差不多都是二姨主动来看娘。二姨的话不多，即便是和我娘在一起，也不大主动说话。大部分都是我娘问她什么，她就说什么。之后便是沉默。时间长了，我便以为二姨是个沉默寡言的人。

记忆中二姨说话最多的一次是她带表妹到我们家来，表妹刚刚五岁，正是说话比较狂的时候，就喜欢跟大人插话。二姨批评她，讲了一通大道理，把表妹说得一愣一愣的，不一会儿就咧开小嘴大哭起来。

我娘说二姨这个人有城府。她不止一次地对我说，你别看你二姨在人前不大讲话，其实她鬼精着呢！小时候就属她最能，你外爷爷最疼的就是她，碰到家里有什么好吃的连你小姨也争不过她。

从娘的话中，我能听出她对二姨的疼爱。

我娘的身体一直都不好，是肺部的毛病，很难根治。我娘说这个病是从娘胎里带来的。外婆就是因为这个病，五十岁就离开了人世。我爹想方设法地给娘寻医看病。想不到在这个节骨眼上，我娘意外地怀上小弟。她那时候已经三十岁了，在这个年龄生育风险很大，况且娘身体本来就不好。但娘执意要把孩子生下来。

生下弟弟以后，我娘的病明显加重了。为了分担我娘的苦累，二姨来我家的次数比从前频繁起来。她隔几天就来我们家一趟，来到以后就不声不响替娘做活。

鲁南人的主食是煎饼。烙煎饼是鲁南女人在嫁人之前的必修课目。那时候看女人的手巧不巧，就看她烙煎饼的手艺如何。衡量手艺的标准不外乎两个：一看煎饼薄不薄；二尝煎饼香不香。在这方面，我娘比二姨好得多。二姨烙的煎饼很厚，我们吃得并不习惯。但因为娘要照顾小弟，更因为她的身体，娘已经不能给我们烙煎饼了。

二姨已经是两个孩子的母亲，加上姨父长年在外做工，二姨来我家的时候不得不带上表弟表妹。我们小孩子在一起自然热闹，对于大人正在遭受的艰难是一点也不去关心的。

我娘的病在我们几个孩子的嬉笑中一天一天加重，她终于没能熬过一九九七年的冬天。在那个寒冷的日子里，在我和小弟的哭号声中，娘走了。

娘走的时候正是深夜，二姨不在她的身边。第二天二姨得到这个消息时，她一声都没有哭。她的脸上只有两行眼泪。她一直呆呆地看着娘的遗容，嘴里喃喃重复着“姐，我终于没能留住你”的话。

娘走了以后，二姨叮嘱我爹：姐夫你每个月头两天晒好麦子，我还是像往常一样来给你们烙煎饼。

不久，我和小弟便吃惯了二姨烙的厚煎饼。

我能想象出每个月头二姨从南河沿快步穿过那座木桥，匆匆忙忙奔赴我家的情形。二姨那时候喜欢戴一条头巾，每当我领着弟弟在村头等二姨的时候，我都是先看到一条大红大红的头巾飘来，然后才是二姨有些憔悴的身影。

一天，二姨告诉我，二姨夫从上海做工回来了，再也不走了，以后我就不能来北河沿了。你回去告诉你爹，这是你二姨夫的意见。下次你们再想吃二姨烙的煎饼，就让你爹提前晒好麦子，然后你们把麦子挑到南河沿。记住了，孩子。

我点点头，不知道为什么二姨夫回来了二姨就不能来北河沿了。我把二姨的话告诉爹，爹眼里含了泪，自言自语地说：苦了你二姨了。

从那开始，我每个月头的第一天早晨都要早早起来，担着爹晒好的麦子，穿过二姨走了无数次的木桥，来到二姨家。在二姨家一直待到下午，等二姨烙好煎饼，我再担回家。

这期间我常常碰见二姨夫，他是一个不苟言笑的人，成天绷紧着脸。她对二姨的态度也不好，说话摆出一副威风八面的样子。我和表弟、表妹都很害怕他，在他面前总是小心翼翼的，玩也玩不痛快。

二姨夫回来不到三个月，二姨怀孕了。二姨夫又喜又悲。喜的是自己有了第三个孩子，悲的是怕逃不过计划生育的惩罚。

二十世纪八十年代，正是我们国家实施计划生育政策最紧的时期，对于超生行为，一般都要给予很重的罚款惩罚。二姨夫在上海做工挣了几个小钱，但也经不住计划生育的超生罚款。为了安全起见，在计划生育吆喝得比较紧的时候，他把贵重的物品全都搬到了我们家，表弟表妹也住到了我们家里。二姨父和我们家的往来比以前紧密了些，和我爹的关系也越来越融洽。

就在这时候，二姨出事了。

眼看着二姨还有几天就要临产，二姨夫突然找到我爹，哭丧着脸对我爹说，姐夫，我被人戴绿帽子了。

我爹很奇怪，不明白他说这话的意思。爹给二姨夫卷了一支烟，问怎么回事？

二姨夫狠狠吸了一大口烟，恨恨地说他二姨是个浪货，竟然跟我们村支书张子来有一腿！

爹瞪大了眼睛，愣了好大一会儿，摇摇头，说不可能，他二姨不是这种人，你多想了吧？孩子可是你回来以后怀上的，这种事情可不能乱揣测。

二姨夫很快吸完了一根烟，抖抖索索从上衣口袋里掏出一盒大前门，却怎么也抽不出烟来。爹替他抽出一根，给他点上火。二姨夫就哭了。

哭了一会儿，稍微冷静了一点。他吸溜了两下鼻涕，说姐夫，这事儿是真的，不是捕风捉影儿。姓张的那狗日的离我家很远，一般不到家里来。那天，我出门不久，邻居张大头亲眼看见他溜进了院子，他二姨就关紧了屋门。张大头说他们的动静很大，隔着院子就能听见他二姨的呼喊。

我爹听不下去，摇摇头说，说不定是姓张的强迫的呢，你好好问问她二姨。

二姨夫说问过了，她不说，还护着张狗日的，说不怨他。我听她说这话都快疯了！

爹沉吟了半天，对二姨夫说，你出门这么久，他们要是有奸情早就有了，但我看不大可能，她二姨做不出这种丢人的事情来。再说，他们胆子不会这么大吧，你回来了他们还敢？

二姨夫不说话，愣了半天，说我要和她离婚！

爹一听这话有些急，说离什么婚？你有没有什么证据！张大头的话是真是假还不知道呢，你就要和她二姨离婚？

二姨夫沉默了。

我爹送二姨夫回去的时候，告诉他：二姨挺能干的，你出门的时候家里一切全靠她了，哪样也没给你落下，你要多体贴她才对。有些东西你有的时候觉不出珍贵，等失去了就后悔了。

二姨夫点点头，说我会等孩子生下来。

三天后，二姨生下来一个丫头，长得眉清目秀的，很是可爱。二姨给她取了个名字叫平安。

平安长到两岁那年，学会了说话，她说的第一句话是爸爸。

随着时间的流逝，二姨夫好像忘却了自己说过要和二姨离婚的话。从平安叫他爸爸那一刻起，他对二姨的仇恨很快转化为对孩子的疼爱。这个牙牙学语的小丫头，怎么看怎么像二姨，尤其是她那双黑漆漆的大眼睛，简直是二姨的翻版。她的樱桃般微微向上翘着的嘴唇，有点像二姨夫。

二姨夫不再怀疑这个孩子的身份，他相信是自己的种。

不幸的是，平安长到三岁的时候，还没学会走路。二姨很着急，时时刻刻带着孩子练习，平安却怎么也学不会，一离开二姨的手，她就要摔跟头。二姨不灰心，坚持带着孩子练习走路。后来终于发现是孩子的腿有问题，平安的左腿比右腿短了一节。小的时候看不出来，现在给她穿衣服时，明显发现左腿的毛病。

这一刻，二姨对二姨夫发了威。她从来没有对自己的男人发过这么大的火，一向温顺沉默的二姨像一只小母豹，对二姨夫破口大骂。搁往常，二姨夫肯定会打二姨。但现在，他却默不作声，任凭二姨打骂。

后来二姨告诉我，说她怀上平安大约八个月的一天夜里，二姨夫突然从梦中醒来，对她拳打脚踢，有一脚落在肚子上，她痛得大叫，额头冒了一层虚汗。她怀疑正是二姨夫的这一脚，把平安的左腿踢坏了。

我能猜到那天夜里二姨夫梦到了什么。不然，他不会那么狠地对待二姨。

尽管如此，二姨仍然没有放弃对孩子的训练。在平安五岁那年，孩子终于学会了走路，她的步履虽然很丑，但这足以告慰含辛茹苦的二姨。

以后的日子，二姨一直没有停止奔波。她带着平安几乎跑遍了鲁南地区所有的医院，每一次都是满怀着巨大希望，每一次都会落空。医生差不多都重复着那一句话：孩子的腿是先天性的，根本无法医治。

孩子无法医治的结果让二姨悲痛欲绝。那以后，她比以前更加拼命地劳作，承包了村里的几十亩荒地，她要开荒种田。她养了一院子的鸡鸭鹅。她说要给自己的孩子攒足够的钱，她怕自己很老的那一天，没有人能够照顾平安。

随着时间的流逝，我考上了高中，又读完了大学，回到了家乡，成为一名大学老师。再一次到二姨家去的时候，看到平安已经长成一个漂亮的大姑娘。平安已经二十一岁了，她出落得如出水芙蓉，光彩照人。

平安一天比一天美丽，二姨脸上的愁容一天比一天多。女儿大了，却没有人来说媒。看到左邻右舍和平安年纪相仿的姑娘们一个个陆续都嫁了人，做娘的肯定着急自己的女儿。

终于有个媒人来保媒了，是村里的李老太婆。她不是一个专业媒人，以前从没给谁说过媒，这次她找到二姨，拐弯抹角地拉了半天呱，最后才吞吞吐吐地说出了自己的来意。她说平安越来越大了，腿有残疾，这姑娘大了需要有个男人。

二姨含着泪，说是啊，我心里很着急。

李老太婆说离我们不远的后山村有个汉子，人高马大的，就是家里穷点。

二姨说穷点没啥，只要人好就行，咱们家不是也不富裕吗？

李老太婆抿嘴笑笑，说这个汉子哪里都好，就有一个不好，有点傻气，不过不是很严重。

二姨明白了，男方是个半傻子，这个哪成啊，平安腿不好，也不能说给一个傻子啊。李老太婆见二姨在犹豫，站了起来，说你要是不愿意就算了，我本来就没抱多大的希望来，不过觉得男方是我的远房侄子，才跟你提起来。她说完要走。平安从屋里跑出来，泪眼婆娑地看看二姨。

看着平安眼巴巴的眼神儿，二姨知道刚才和李老太婆的谈话她都听到了。二姨叹了口气，对李老太婆说那就先让平安见见人吧。

这年冬天，平安出嫁了。她是哭着离开家门的，临出门的时候，平安抱住二姨恸哭不止，二姨也是眼泪汪汪，但她不能在平安的大喜日子落泪，极力压制着自己的感情。

二姨给平安准备了一大车嫁妆，几床大花被都是她熬夜一针一线缝出来的。平安上了傻子的花车，天就下起了鹅毛大雪。雪花真大，落在花车上簌簌作响。花车顺着小龙河岸边的小路，奔后山去了。

一年以后，平安生下了一个女娃。二姨彻底放下心来，她想女儿终于有了一个家了。

二姨父在十里外的砖厂做工，半夜里领回来一个姑娘。二姨父对二姨说姑娘是四川人，想来这里打工的，砖厂不要，她又没有钱回家，我看着姑娘可怜，所以想让她在家里待几天，找个机会再送走。

二姨看看姑娘，二十七八岁左右，长得挺俊俏。她不知道二姨父说的是真是假，想起来二十年前姨父怀疑自己的往事，忍不住伤心起来，偷偷哭了好几回。

四川姑娘在家里住下了，二姨和她睡一个铺，二姨父睡在地上。三九的严寒，他也不嫌冷，只盖了一层棉被。

二姨观察了几天，没看出二姨父有啥不对劲儿的地方，就渐渐放松了警惕，对四川姑娘的态度也好起来。

十天过去了，姑娘老待在家里也不是个事儿，二姨想让姨父把姑娘送走。二姨父犹豫了半天，拿不定主意。找到我爹，商量这个事儿。

我爹问他：没和姑娘发生什么吧？

二姨父红了脸，说没啥，他二姨看着我，我还能干什么不成？说完他扑哧一声笑了出来，说也不是没有过那念想，带姑娘回家的路上，她主动接近我，拿起我的手往她身上放，我差点就忍不住了。特别是想起来二十年前的那档子事……不过，我们真的没啥，这姑娘心眼好，咱们也不忍心伤害人家，现在就想把她送走。

爹点点头。问二姨父有路费吗？从咱们这儿到四川怕要花不少钱吧？

二姨父沉默，想了半天说，要不给姑娘寻个婆家？

爹说，这倒是一个好主意，就是姑娘人生地不熟的，怕不好找。

几天以后，二姨父还是把姑娘送走了，他给她凑了二百块钱路费。

送姑娘回四川的当天晌午，平安的男人骑着自行车来到二姨家里，一进大门一句话没说就号啕大哭。

他哭得二姨头皮发紧，想肯定是平安出什么事了。果然，男人哭了半天，哽咽着说平安跟别人跑了！

二姨不敢相信自己的耳朵，平安跟人跑了？

平安真的跟人跑了，从这以后她再也没和家里联系过，大概是觉得对不起二姨吧。

鬼子来了

王三和王二弟兄俩抬着一头死猪走在回村的那条大路上。

太阳火辣辣地照着惨白色的大地，路上看不见一个人。王三用手搭了个凉棚，看看天，明晃晃的，像撒了盐。再低下头时眼前就飘起了星花，王三对王二说哥咱歇会儿吧我头有点儿晕。王二说歇会儿吧，狗日的日头真毒！他掏出家伙到路边去撒尿。王三又抬头看天，嘀咕说娘的也不下点雨，看这天旱的！话音刚落忽然一声巨响，王三的耳朵嗡地一下子就听不见声音了。他醒来的时候看见自己身边站满了鬼子，他们看见王三醒来都嗷嗷叫了起来。离王三最近的一个鬼子挑着太阳旗，刺刀上还在滴着血水。王三这才感到大腿剧烈地疼痛，他是让鬼子给刺醒的。王三想起了他哥王二，摇摇晃晃站起来，看见王二刚才撒尿的地方出现了一个大坑，坑边只剩下了一颗血肉模糊的人头。王三低声吼了声哥，就不再言语了。他回头看看鬼子，有二十多个。他的样子一定很吓人，离他不远的鬼子向后退了一步，那个挑旗的很年轻的鬼子端起了枪，王三对他笑了一下，那枪就放下了。

王三带领着鬼子进村的情形是这样的：王三毫无疑问得走在最前面，他后面是两个抬着那头死猪的日本人，再往后是二十一个鬼子。刚才王三很仔细地数了一遍，一共是二十三个鬼子，是全村人口的十分之一，去掉刚才被鬼子炸死的王二，村里的劳力大概还有八十多个，对付日本人是绰绰有余的。

王三想王二要是不死就好了，他以前在镇上赶集打死过两个鬼子，就用的一块石头。那时候他去集上买那头小猪，就是现在鬼子抬着的那头，当然半年前这头猪还没有现在这么壮。这是一头架子猪，王二一看见它便相中了。刚和卖主谈好价钱，就过来两个日本人，要抢这头架子猪。王二急了，他看看身旁没有一个人，他们都吓跑了，就剩下他和那两个鬼子，连卖猪的都跑了。他悄悄捡起一块石头，趁着两个日本人低身抬猪的时候一下一个就砸死了，王二砸死他们的时候没有一点感觉，只觉得石头像是砸在了一块海绵上，陷了一下。王二抱着那头架子猪跑回家，还对王三说没有花钱捡了个便宜货。他刚才要是不被鬼子炸死肯定还会拿石头砸狗日的脑袋。今天要是别出来卖那头架子猪，那头猪也不会热死，王二也就不会让鬼了给炸死了。都是地主大脚逼人太甚，他娘的大脚。

村子很静。因为偏僻，战争的硝烟弥漫得不像别的地方那么浓烈。王三把鬼子领到了地主刘大脚的院子。刘大脚不在家，就大脚婆娘和小地主红孩在屋里打着盹。大脚婆看见进来这么多人吓坏了，她一看见鬼子差点儿晕了过去。王三看见屋里只有她们娘俩，就问大脚呢？红孩说我爹出去了。王三指指院子里的鬼子对大脚婆说鬼子可能要住下了，你可小心点。大脚婆哆嗦着嘴唇说王三你怎么把鬼子领俺家里来了？王三说不是我领他们来，是他们自己走到你们家门口就进来了。大脚婆说好兄弟你快让鬼子走吧，家里就我们娘俩可怎么办啊。王三心里说现在知道害怕了，前两天还逼着我哥还债呢，要不大热天谁会去卖猪啊。王三这样想着没理她出去了。鬼子也没拦他，把那头架子猪留下了。王三一出地主大院就往家跑，告诉他娘和嫂子王二被鬼子炸死了，快收拾收拾往山外跑。他说完又跑到各家各户告诉他们鬼子进村了。消息传得很快，连在地里做活的劳力都知道了。王三又一次路过地主大院的时候，听见里面传来鬼子的划拳声和大脚婆撕心裂肺的尖叫声。王三想鬼子的兽性开始发作了。

村里的人大概跑了有一半，鬼子就开始烧起房子来。他们开始杀人，见一个杀一个，连小孩子和老人都不放过。王三看见老虎媳妇颠着小脚往村外跑，正经过村头小河边时被鬼子发现了，追上去，把她裤子扒下来，在河边上给糟蹋了。她是村里最好看的媳妇，那时候刚生下虎崽。和她一起逃的她妹子吓疯了，跳进了河里，淹死了。村里的老人大都没有逃跑，鬼子杀了好几个上了年纪的老婆婆。逃出去的人大多去了离村子不远的凤凰山，那里在先前筑起了很高的围墙，就是防备鬼子攻击的。

谁也没有想到鬼子会杀到山上来，当王三跑到山顶往山下看的时候，他大吃一惊，鬼子跟在他后面上来了。山上聚集的一百多口人开始慌张起来，孩子们和妇女的哭声响成一片。有人骂王三缺德，把鬼子带上山来。王三急了，他说我怎么会把鬼子引到山里来呢？你们忘记谁给你们报的信了？村长顾胜利气得直骂娘，说都是王三狗日的把鬼子领进了村。王三说你们现在说什么都没有用，咱们得想办法打鬼子。他这么一说大家都不吱声了。这时候已经听到鬼子的吆喝声，顾胜利说有种的就和我一块儿跟鬼子拼命。他数了数跑到山上的劳力，说只要咱们敢打，鬼子就上不来。说完就开始搬石头。山上到处都是石块，顾胜利说咱们拣尖的搬，打他们的狗头和裤裆。王三对顾胜利说咱们得把妇女和孩子放到一边，最好让他们到围墙边上去。顾胜利说你小子蛮有头脑的嘛。王三笑了一下，说再不行动鬼子就冲上来了。顾胜利大声咋呼着让妇女孩子到围墙底下去，别乱动。

鬼子开始打枪了，一颗子弹擦着王三的耳朵飞过，发出嗖嗖的响声，王三吓得直哼哼，一个劲地问顾胜利自己是不是还活着。山上的人没命般往下扔石头，二十多个鬼子被砸得七零八落，有几个在那里嗷嗷直叫唤，杀猪似的。这样持续了很长一段时间，鬼子开始收拾被砸伤的同伙想往山下跑。顾胜利看见鬼子想跑，又来了劲头，大声喊打死狗日的，打死他们，边喊边扔石头。没想到逃走的鬼子又叫唤着往回冲，还往上扔手榴弹，因为围墙很高，手榴弹落在了围墙外面，轰轰轰响声震得耳朵发麻。顾胜利不敢咋呼了。又一个劲往鬼子身上扔石头，又砸倒了几个鬼子。王三也来了劲头，大声喊着：使劲打，鬼子快死光了，使劲砸啊，砸他们的头，砸他们的裤裆。他在那里叫唤着，其他的人也来了劲。躲在围墙底下的孩子也不害怕了，开始给大人们搬运石头。眼看着山下的鬼子越来越少，太阳旗也不见了。天快黑起来的时候，只剩下三四个鬼子终于不再打枪了，扔下了他们的同伙，抗着太阳旗叫唤着跑了。

这场仗打得很漂亮。多少年以后村长顾胜利还以此为骄傲，他说鬼子没什么可怕的，狗日的也是人，不用枪也能把狗日的打死。这些话很有些总结的味道。但为这场仗付出的代价也很惨重，那三个逃走的鬼子第二天又带领着一个中队扫荡了村子，村里又死了好多人，包括十几个被鬼子糟蹋的妇女。

那以后，西暨的伪军“二鬼子”也跟着进驻了村庄。

二鬼子仗着日本人，欺压起中国人来和日本人没有什么两样。因为村子很偏僻，鬼子大部分都驻扎在离村子很远的镇上，所以在村子里活动的差不多都是这些狗腿子们。

在村长顾胜利的带领下，村子自己也成立了保卫队，都是二三十岁的劳力，和二鬼子对抗。那时候，在微山湖一带活动的游击队也和保卫队建立了联系，共同接受驻扎在枣庄的八路军的领导。大部分是日本人在镇上招募的散兵游勇，还有当地的地主土财主们的家丁，都是些狗仗人势的东西。

二鬼子住在地主大脚大院里，老百姓害怕他们胡作非为，都跑到北面去了，那里是保卫队的地方。这样一来村子就被分割成了两块，南面是二鬼子，北面是老百姓。保卫队在南北之间筑起了一道土围子，有一段日子，两边都相安无事。二鬼子有时候在夜里偷袭几次，到北面去抢几只鸡鸭子什么的，保卫队发现了就放冷枪，见天就打死一个狗腿子。王三在那次打鬼子的时候立了功，被村长顾胜利委任为保卫队大队长，腰里别着盒子炮，威风凛凛的，跟土匪似的，他没事就在土围子附近转悠，扔个手榴弹什么的，吓一下狗腿子们。时间长了，就养成个习惯，有时候舍不得扔手榴弹，就扔石头，扔完了就跑，吓得狗腿子一看见王三就跑得老远。

二鬼子的头儿是个独眼龙，右眼让他自己打枪的时候给崩瞎了，看东西都是半边清，老百姓叫他裴瞎子。裴瞎子喜欢女人，和大脚婆不清不白的。自从被日本人糟蹋了以后，大脚婆突然一下子变得放荡起来，整日打扮得花枝招展的，和女妖精差不了多少。二鬼子有几次想突破土围子，去糟蹋老百姓，都给保卫队打回来了。裴三叫唤着要血洗小李庄，又从镇上绑了百十个人，每人发一杆枪，准备和保卫队恶战一场。因为只隔着个土围子，这边的动静保卫队也听出来了。

王三找顾胜利商量着怎么去弄挺机关枪，这样打起来就省力气多了。顾胜利犹豫了半天说只有借了。王三说跟谁借？跟鬼子？顾胜利抬头看天，不说话。王三也往天上瞅，天瓦蓝瓦蓝的，飘着几朵白云，也没看见啥。顾胜利笑笑，他脸上的络腮胡子横着动了动，说跟微山湖游击队借。王三说行，我去？顾胜利说还是我去吧，你去看看二鬼子的动静？看他们现在有多少人。王三说这任务可是够艰巨的。顾胜利笑笑，说可不是。

第二天，天阴沉沉的，要下雨的样子。顾胜利拿了把油纸伞去了微山湖。王三忙着去找老虎媳妇给自己化了装，她以前跟着戏班子演过戏，对于这种小儿科很在行。当年要不是看中老虎的身板和他家的殷实，才不留在小李庄呢。鬼子进村以后，糟蹋了她的身子，正恨得不得了。老虎成天喊着要把日本鬼子碎尸万段，一听说要打二鬼子，早憋足了劲。他现在是保卫队的副队长。

老虎媳妇问王三想化成啥样的。王三说化个卖豆腐的吧。老虎媳妇笑着说那就不用化了，你去找副豆腐挑子，不用化装就挺像的。王三说二鬼子谁不认识我，你不给我化化装那我还不给他们认出来啊。老虎媳妇就对着门口喊，老虎你去看看咱家锅底下是不是还有灰。老虎应承着去了。王三说你让老虎弄灰干什么，我又不是黄花闺女。日本人来的时候，村子里的姑娘们都把自己脸上抹上灰，让自己变得丑起来，怕让鬼子发现给糟蹋了。老虎媳妇一脸不高兴，骂了句狗娘养的日本人，就不说话了。王三这才想起来不该提这事的。

老虎弄来一碗锅灰，老虎媳妇抹了王三半个脸，说你这白细的脸哪像卖豆腐的。王三笑了一会儿，说把老虎头上那个头巾借给我用用。老虎媳妇说对，戴上它就更像了。王三从老虎家走出来直奔邻村的张豆腐家，头天晚上就告诉张豆腐多做两担，保卫队要用。到张豆腐家时，见他正在往下压那石板，张豆腐看见王三进来，扮了个笑脸，说王老弟今天怎么这身打扮啊，跟我卖豆腐似的。王三笑笑，说这豆腐刚压出来？张豆腐说你摸摸，还出水呢，嫩得很。张豆腐老婆从屋里走出来，看见王三的样子笑起来。王三说嫂子笑什么？我这可是有正事啊。说完又对张豆腐说把你那副挑子给我用用，还有你那杆秤。张豆腐愣住了，说你还真去卖豆腐啊。王三说不行吗？张豆腐笑笑，回屋取扁担去了。

王三挑着一担豆腐行走在小李庄的路上，吆喝着：豆腐，鲜豆腐。几个狗腿子一闻到豆腐味都围过来，要抢王三的豆腐挑子。王三说兄弟们别急嘛，我这豆腐太少了，不够弟兄们吃吧。狗腿子说差不多差不多，我们哥几个先尝尝鲜，你要是还有再送两担也行。王三装作可怜的样子说大伙可不能不给钱啊，俺这可是小本生意。狗腿子急了，说少啰嗦，你要是有就再送两担来，我们裴爷是不会亏待你的。王三说我不知道弟兄们能吃多少，两担够不够？狗腿子说你就照着百十来人做就行了，明天一大早送来。说着挑起扁担就奔大脚院子去了。王三跟着他们。狗腿子问他怎么还跟着？王三说你们还没给钱呢。他其实是想看看二鬼子的装备。狗腿子说等明天一块儿给。王三说那你们得把扁担还给俺吧。狗腿子说你等着，过一会儿给你送出来。

狗腿子进去以后，王三往地主大院看了看，也没发现什么重要的情况，除了几杆火枪，就是一箱箱的手榴弹。正看着，裴瞎子从屋子里走出来，王三看见他，也没等狗腿子送出扁担，就溜了。

村长顾胜利从微山湖回来，背着一个麻袋，鼓鼓囊囊的，里面是一挺机关枪和一大堆子弹。他后面还跟着一个老百姓模样的人，那是游击队派来的一个机枪手。他们到小李庄的时候天已经黑下来了，王三他们正计划着怎么袭击二鬼子，顾胜利就到了。大伙围着那挺机关枪嘁嘁喳喳议论起来，王三说有了它，这仗就好打了。队员们还是第一次看见真家伙，都摸着枪舍不得放下。

第二天天还没亮，保卫队就把地主大院围了起来。村子周围都是青纱帐，保卫队的人藏在里面二鬼子根本就看不见。已经入了夏季，天气有点儿热，空气像灌了水的布袋，沉重得要让水撑破了似的。大清早二鬼子开始操练，他们想在今天打保卫队，扛着枪排成两排，从地主大院鱼贯而出。保卫队从微山湖借来的那挺机关枪躲在青纱帐里，正对着大门，就等着二鬼子出来。出来一个打死一个，就像砍高粱一样。有几个想翻墙逃走，被埋伏在墙外的保卫队挑死了。裴瞎子抱着一箱子手榴弹，使劲往青纱帐里扔，炸伤了几个队员，裴瞎子趁乱冲出去跑了。王三从青纱帐里跳出来想去追，被顾胜利拦住了。顾胜利说让狗日的跑吧，让他去给鬼子报信，回来打他们个措手不及。王三退回来。躲在大院里的狗腿子不敢打了，挑着白褂子走出来。大脚和大脚婆也跟在后面，红孩那年十五岁，吓得直打哆嗦。二鬼子就这样被保卫队给灭了。这场仗保卫队只伤了三个队员，应该说是很漂亮的。

最惨的是三天以后那场与鬼子的恶战。

那时已经到了一九四五年，鬼子快要投降的时候，但是在镇上的鬼子依然很猖獗。日本人并没有太重视二鬼子这场败仗，他们那时候已经是腹背受敌，到了穷途末路的境地，无暇顾及了。他们想腾出精力来对付离镇子十里地的八路军。

刘邓大军进驻沂蒙山，派一个先遣队深入枣庄，要经过这个小镇。鬼子得到这个消息，早做了迎击的准备。他们了解到八路军的行进路线，在离镇子五里地的坟场做了埋伏。

先遣队要进驻枣庄的消息传到微山湖，游击队派人和先遣队取得了联系，想联合痛击驻扎在镇上的鬼子。小李庄的保卫队作为后备军去接应先遣队，为此，微山湖又支援了他们两挺机关枪，保卫队的武器装备得到了很大改善。但如果没有八路军主力作战，依靠保卫队是很难和鬼子抗衡的。

王三说起那天的情形直到现在还心有余悸。他说惨啊，真惨，先遣队一个同志都没有逃出来，小李庄的百十条汉子除了我和顾胜利差不多都死了，谁能想到狗日的鬼子会埋伏到坟窟里？

那天出奇地热，保卫队因此耽误了行军的速度，到了镇上才发现鬼子都跑没了。八路军先遣队不了解情况，没看出来从坟地里伸出来的一挺挺机枪，差不多一个连的人还没来得及做出反应就让鬼子打死了。听见了枪声，王三带领着保卫队杀过去，却只看见八路军躺倒在地上的一具具尸体，没看见一个鬼子，等顾胜利发现了坟地里的动静，已经晚了，埋伏在四周坟地里的鬼子开始了大屠杀，百十条汉子像被割倒的麦子一样倒了下去。等微山湖的游击队来到炸平了坟地，保卫队差不多已经全军覆没了。王三伤了一条腿，顾胜利断了一条胳膊，是让鬼子的手榴弹给崩的。活着的还有老虎几个人都带着伤，老虎的腿当场就给炸断了。

消灭了日本人没过多久，国民党从徐州进驻了枣庄，镇子也开始出现了国民党的士兵，耀武扬威地在各个村庄里横行霸道。裴瞎子也摇身一变成了国民党的一个小排长，又在小李庄晃来晃去了。小李庄因为有了八路军安插在村里的一个地下党，村里的人都叫他老宋，领导着王三、顾胜利他们和国民党周旋，倒也没像日本人那会儿受那么多糟蹋。

最苦的是国民党"捂集"，裴瞎子经常带领着几个狗腿子到镇子逢集的时候放冷枪，打伤老百姓。有一次，王三和顾胜利装作老百姓到镇上侦察国民党的情况，被裴瞎子的人发现了，放了一阵冷枪，打死了两个卖煎饼的老百姓。这样的事情是经常发生的。有时候，国民党还往人群里扔炸弹，炸得血肉横飞，惨不忍睹。直到新中国成立后还能在镇上看见那个炸弹坑，有一米多深，前几年被人填平了，盖了一幢商品房，做起生意来了。

小李庄那时候开始土改，斗地主大脚，分地主的土地。老虎就是在那时候犯了错误，贪污了大脚一头牛钱，差一点儿就给枪毙了。

王三记得斗地主那天是个晴天，老宋把全村的人都集中到南场，那里搭了个土台子。那天土台子下面站满了黑压压的人群，小孩子都被大人揽在怀里，不敢乱跑。过了一会儿，大脚和大脚婆被押上来了，红孩跟在大脚后面，没有人押他，他自己跟上去的。台子上还站着另一个地主大卵，他是陪斗的。老宋、顾胜利和王三健步走上土台子，批斗会开始了。老宋讲话，说中央号召农村开展斗地主反右运动，是很英明的，小李庄藏着一个大地主，他就是大脚和大卵，他们不仅剥削农民群众，还帮着日本人打中国人，早就该斗他们了。今天，把大伙叫在这里，就是要大家来揭发大脚他们做的坏事。老宋讲了许多，讲完了，老宋对顾胜利和王三说你们也讲讲？顾胜利摆摆手，那意思是我就不说了。王三站到老宋旁边，很严肃地只说了一句话：乡亲们开始揭发吧。

下面没有什么动静。老宋呵斥大脚他们跪下来，这时老虎媳妇站出来，说大脚曾经让她给红孩烙煎饼，两张鏊子还嫌慢，这不是想累死我吗？红孩小小年纪就敢摸我的奶子，小畜生比他爹还坏！老虎媳妇哭着下去了。王三听到老虎媳妇这样说，气得不得了，走到大脚后面踩了两脚，打了红孩一巴掌。又有人出来揭发大脚婆给鬼子当婊子，说她真不要脸，竟让鬼子上自己的床，比破鞋还破！大脚婆羞得不敢抬头，愣了一会儿她哭着说俺也是没办法，大脚瞪了她一眼，大脚婆就不吱声了。还有人出来说大脚和二地主大卵都不是好东西，霸占上百亩良田，还糟蹋过黄花闺女。

批斗会开了有大半天，最后老宋说先把大脚他们关起来，听候处理。接下来就开始分地主的田地和他们的财产。因为人太多，第一天没分完，老宋就吩咐王三他们看好地主的家产，别让群众一时冲动给抢了。

就是在这天夜里老虎出事了。老虎下半夜开始值岗，他拖着一条断腿蹲在地主的牛棚里，那里拴着六头牛。老虎看见牛就想反正大家也不知道地主大脚家有几头牛，我把它卖给邻村的刘屠户谁也不会发现的，那样我这条断腿也值了。这样想着他就把这事做了。也该老虎倒霉，那天夜里老宋尿急，平时他也没这个毛病，可能是白天斗地主太累了，结果就看见老虎牵了一头牛走过去了。他也没声张，跟着一瘸一拐的老虎出了村子，亲眼看见老虎把牛卖给了刘屠户。

第二天老宋把这事抖搂出来，顾胜利和王三都不敢相信，再看看老虎，蔫了。老宋说党中央毛主席说在打地主当中要打吸血鬼，老虎撞风头上了，恐怕得枪毙。王三吓坏了，说就为一头牛把老虎枪毙了？老宋说关键是这个事，不是说他偷了什么东西。顾胜利说老虎可是打过鬼子立过功的。老宋不吱声了。愣了一会儿，老宋说要不咱就不往上报了，咱把那头牛再牵回来，那也得给老虎一个处分。王三说这还差不多。顾胜利笑笑，说还是老宋周到。

王三后来跟我说这事时还开了个玩笑，说要不是老宋人活泛，老虎的命说不准就让一头牛给卖了，他可是打过鬼子，杀过二鬼子的，也是咱村的英雄啊。

去南方

一

说起来柳元宗也不算什么著名人物，不过是苏北小城一个大学副教授，写过几个小说，没引起什么大的反响，在圈子里混了这么多年，也只混得了一点小名声。倒是他无心插柳的几篇作家作品论，引起了不少文坛大佬的侧目，封他为新锐批评家，文坛新势力。这正是应了那句“东方不亮西方亮”的俗语，立志做小说家的柳元宗一不小心成了写评论的“万金油”。在苏北小城的文学界，像柳元宗这样的人那要算很大的人物了。凡是大小文学活动，都得他露个面，仿佛没有他的捧场，这活动就不够上档次似的。这年月别的领域腐败抓得严实，都不敢明目张胆地吆喝。唯独文学界，还是没人管。躬逢盛事，文学盛会多，柳元宗不但混吃混喝，临末了，还能拿个不大不小的红包，多惬意。

这不，南方小城要成立一个当代文学研究中心，主办方给柳元宗发了一个邀请函，他又可以去凑个热闹了。和往常掐点赴会不一样，这次会议柳元宗特意提前了一整天。原因倒也简单，那个南方小城有一个他的小情人，他想趁此机会和关小盼见个面，重温旧梦。

柳元宗刚刚人到中年，精力依然旺盛。搁以往，他出差前一天晚上，总要和老婆大人过过招，把这几天的火气排掉。为此，他的老婆李十娘也养成了习惯，每逢他要出差的前夜，总是把自己里里外外上上下下收拾个遍，该洗的洗，该擦的擦，该抹的抹，把自己浑身上下弄得香喷喷甜腻腻肉嘟嘟，好让男人深耕细作。可这次，李十娘一反常态，表现得特别"低调"，更不主动。柳元宗暗自纳闷：或许是人到中年？不对啊，人说女人四十如虎狼，李十娘这个年纪正是需求旺盛的时候啊。对方不主动，柳元宗就借坡下驴，装作一时疲惫，转身"酣然入睡"。

柳元宗的呼噜很响，其实根本没睡着。他有自己的小心思。他打算明天一上火车就给关小盼发短信，约她中午在小城吃个饭。他相信关小盼一定知道"吃个饭"的真实内涵。为了方便，柳元宗把吃饭的地点都想好了，就在他下榻的天字号大酒店。

二

柳元宗认识关小盼是在五年前。五年前她研究生还没毕业，跟着柳元宗的师兄杜甫白教授读研三。杜甫白在学校里是一个名角，他饱读诗书，满腹经纶，出口成章，风流倜傥，把文学院的女学生迷倒了一片又一片。因此学校里面就有不少关于他和女学生们的桃色新闻。但这杜甫白有自己的原则，那就是坚决不和自己带的女研究生发生任何不雅的关系。

和其他女生一样，关小盼也喜欢杜甫白，一入学就喜欢上了。作为新时代的莎菲女士，关小盼大胆尝试，主动出击，想方设法地撩拨自己的导师，随时准备为学术献身。但无论关小盼如何卖弄，杜甫白就是不为所动。两年多的死缠烂打宣告无果，"飞蛾扑火，非死不止"的关小盼咬了咬牙，对导师说了句：你要是再拒绝我就去和别人好！他们不比你差多少！杜甫白一愣，继而一笑：除了我，你愿意和谁好就和谁好。

那年夏天柳元宗又出版了一本小说集，在苏北文坛引起了不小的反响。小城难得出一个作家，柳元宗在这所大学里自然是被高看一眼，时不时地也有一些小女生向他投来艳羡的目光，此时的他正所谓满面春风呼风唤雨风光无限。这时，妖娆多姿的关小盼恰到好处地出现了。关小盼早就摸清了柳元宗的行踪，知道他喜欢晚上窝在工作室写作。这天在食堂早早地吃过晚饭，她带着一脸的崇拜来找柳元宗要签名，并自我介绍是杜甫白的研究生，来向师叔请教一些文学问题。师兄的学生来找自己聊文学，柳元宗自然是多了一层亲近感。不知不觉就把教授这层皮扒下了。两个人聊到很晚，关小盼说我请师叔喝杯咖啡吧，听说学校南门刚开了一间西餐厅，有现磨咖啡。柳元宗皱皱眉头说哪能让你请呢，我来请你吧。于是，两个人一前一后去了南门西餐厅。

西餐厅刚开业，人不是很多。这里环境不错，很幽雅也安静，人一进来就不自觉地高大上起来。里面弥漫着浓浓的咖啡香，令人沉醉不已。两个人找了个最靠里的位置，关小盼自己点了一杯卡布奇诺，自作主张给柳元宗要了一杯拿铁。柳元宗笑笑说你怎么知道我喜欢喝拿铁？关小盼歪着头笑了一下，露出一对小虎牙来：我猜你和杜老师口味差不多！柳元宗看看四周，谨慎地查看了一下周边的环境，他要确保不被熟人看到。这大晚上的，和一个花容月貌的女学生单独出来喝咖啡，不好解释啊。

一切都是关小盼掌握着主动权。她挑起话头，柳元宗回答。聊了一会儿，关小盼说咱们怎么像是在答记者问啊？柳元宗笑笑，他此时心里其实有一点儿慌张的，他差不多已经猜出来关小盼要干什么了？他们的话题眼看着离文学越来越远。按理说他是老师，紧张的应该是关小盼，不应该是自己。但他一看到关小盼那张红艳艳的嘴唇，洁白无垠的牙齿，以及两颗似有似无的小虎牙，心里就像揣了一只小兔子，扑腾扑腾跳个不停。关小盼喝咖啡的时候，时不时地露出舌尖，那红润的小舌头，直让柳元宗遐想不已。一杯咖啡下肚，柳元宗来了精神，心里也不那么扑通扑通了。他想，反正关小盼不是自己的学生，她既然敢主动，我为何要退缩？她都研究生快毕业了，不是刚入校的嫩秧子，什么不懂？这个和写小说一样，文责自负嘛。

但柳元宗到底有些顾忌。大约十点钟的时候，柳元宗说太晚了，我该回去了。关小盼笑笑，脸色绯红：柳老师着什么急嘛，我肚子饿了，咱们再吃点点心吧，这里有红酒，咱们喝一点。柳元宗摆摆手，我真得回去了。关小盼故意噘起粉嘟嘟的小嘴，嗲声嗲气地说了句：老师一个人在家不无聊吗？我听说你家师母刚怀上，这些日子正在娘家养胎？柳元宗一愣，看来关小盼确实是有备而来啊！既然被她戳破，那就既来之则安之吧，看看这个胆大包天的女学生到底能要出什么花样。

既然放弃抵抗，沦陷就是早晚的事儿。

柳元宗到现在都不知道那天晚上是谁主动去开的房。他只记得关小盼的身子特别白，腰身特别软，像一块橡皮泥一样，爱怎么捏怎么捏，爱怎么摆怎么摆，在她那里多么高难度的动作都不是个事儿。关小盼和李十娘不一样，李十娘做爱时不喜欢闹腾，也不说话，只闭着眼睛享受。关小盼喜欢听柳元宗说软话、粗话，越软越受用，越粗越爱听。柳元宗说我操。关小盼屁股摇得更欢乐，快活成了小马驹。柳元宗又说我日。关小盼身子一僵，翻起了死鱼一样的白眼。柳元宗又说了句我干。关小盼身子挺了几挺，嘴里喃喃自语：不要停，不要停，不要……颓然倒在了柳元宗的身上。这一仗，打得确实惨烈。关小盼是干柴遇烈火，柳元宗也是久旱逢甘露。

自从李十娘怀上以后，往日小母鸡瞬间变成了大老鹰，柳元宗的手还没碰到想碰的地方呢，就被她一顿乱啄，啄得柳元宗抱头鼠窜落荒而逃。有些日子没碰女人的柳元宗，在关小盼这里彻底缴了枪。

有一就有二，有二就有三，三生万物。柳元宗和关小盼就这样开始了偷偷摸摸的日常生活。在柳元宗这里，关小盼填补了李十娘的缺位，让他的身体得以定期放马归山；在关小盼这里，除了身体上的欢愉之外，她终于兑现了对导师杜甫白的“报复”。当然，她是不会把这个真相告诉柳元宗的。身体是男女合体的最后一道屏障，一旦打开，自然就会融为一体。日久生情，柳元宗和关小盼越来越心有灵犀，一个眼神，一个动作，就能准确摸到对方的脉搏。办公室、学校后山的小树林，河边的躺椅、图书馆一角……都成了他们欢娱之地。

直到关小盼研究生毕业，去了南方小城，李十娘从大老鹰变回小母鸡，柳元宗的生活才慢慢回归日常。临毕业那天晚上，两个人最后一场鏖战偃旗息鼓之后，关小盼说了句让柳元宗大为震惊的话：你比他们强多了。

三

第二天是周末，高铁人出乎意料地少，稀稀拉拉的。利利索索地检票进站，轻轻松松地上了车，车上的人零零散散，都很安静。柳元宗看到几乎每个人都在低头玩手机。也难怪，在这女人一机男人两机（鸡）的年代，不玩手机玩什么？现如今手机就是不可分割的“另一半”，除了不能做爱，几乎啥都能干。别的不说，就说小游戏 APP 吧，应有尽有，喜欢集体协作的打打“王者荣耀”，母性十足的就“养个娃”，实在无聊的就“跳一跳”……这年月，手机是打发时间的最好“玩具”。

柳元宗没玩手机，界面一直停留在和关小盼的短信聊天页。他从一上车就写下了一行字：中午十二点，天字号大酒店。这几个字他斟酌了半天，改了又改，却一直没按下发送键。此时，他的眼睛盯着窗外，看一闪而过的风景，脑袋中却是一片空白。南国刚刚落过一场雪，大地一片银白。田野没了绿色，只有一片平畴，偶尔会鼓出来或大或小的包，那是村庄的坟地。远处有光秃秃的树木，像朝天做祷告的信徒，无助而虔诚。太阳从云层里出来了，透过车窗晃得人眼睛疼。

认识关小盼的那个冬天，苏北小城下了一场特别罕见的大雪。那天晚上，柳元宗正在工作室写一篇小说，忽然听到钥匙在锁孔里转圈的声响。不用说，是关小盼。这个工作室的钥匙只有柳元宗和关小盼有。关小盼一进来，就大呼小叫地说，外面下雪了！很大！柳元宗笑笑，下雪有什么好激动的！说完，又低头写小说了。关小盼偎依过来，“啪”地关上了电脑，从背后用手箍住了柳元宗的脖子，扬起脸，噘起了小嘴，对柳元宗说：你知道我最喜欢在雪天干什么吗？柳元宗摇摇头。关小盼一下子抓住了他裤裆里的玩意儿，说借你这个用用啊！说完，自己吃吃笑起来，边笑边飞快地脱下了裤子。柳元宗说这是工作室，小心被人看到。关小盼不容分说，已经坐上了他的大腿根，随着身体的摇晃，嘴里发出一声低吼。迷乱之中的关小盼哧啦一声拉开了办公桌边的窗帘。柳元宗想制止他，已经来不及了。柳元宗在慌乱中拉灭了灯，并用手捂住了关小盼的嘴巴。关小盼看着窗外的大雪，越来越兴奋，直到抵达终点，身体完全僵硬，才颓然地伏在了柳元宗的肩头。关小盼对柳元宗说，雪天做爱真是一种美好的享受，可是人生能有几个雪天？

或许关小盼说得对，人生能有几个雪天呢？

柳元宗重新点开手机，看着聊天页面，像思考“To be，or not to be：that

is the question”的哈姆雷特一样，在发送键和取消键之间犹豫不决。

柳元宗努力回忆着关小盼妩媚可人的样子。他当然知道她是一个什么样的女人，自比“飞蛾”的她身体自由思想解放，正因为这一点，她才能对中意自己的男人来者不拒。或许，像她这样的天生尤物，本来就不该只属于一个男人？关小盼是一个特别体己的女人，每次做爱，都是由着男人的性子来。几个和她好过的男人，她几乎都为他们打过胎。兴致来了，根本不顾及什么“前七后八”或者什么必要的战备，导致逢战必怀，怀上也不知道是哪个男人的，自己就到医院悄悄打掉了。和这样的女人交往，根本没有多少顾虑。她要的就是放松，只要她愿意，她就任凭男人在自己身体里撒欢。

关小盼毕业之后的这些年，柳元宗再也没见过她。在和李十娘做爱的间隙或者无聊的时候，他有时候也会想起这个女学生。他曾经反思过和关小盼的肉体交往，未尝不会意识到那其实也是一种精神欺骗。他记得关小盼毕业不久，有一次和杜甫白一起吃饭。酒喝到酣处，平时不大沾酒的杜甫白忽然放声大哭。柳元宗不知道何事让他如此伤心？再三安慰，无济于事。哭了一会儿，杜甫白端起酒杯，猛喝了一口，醉醺醺地问柳元宗：师弟，你是不是沦陷在了关小盼的石榴裙下？柳元宗一愣，看来杜甫白早已经知道了自己的小秘密。不等他回答，杜甫白又喝了一口酒，恶狠狠地说道：师弟你不知道，关小盼她喜欢的其实是我，她有一次在我面前把衣服都脱光了，还在我面前自摸呢！我硬是没动碰她的念头！师弟啊，师弟，你咋就沦陷了呢？柳元宗愣怔了半天，觉得自己这个师兄又可气又可笑。他小心翼翼地说了句：她是你的研究生，又不是我的！杜甫白笑笑：你以为我只是因为这一点才没有沦陷吗？师弟你真是 Too young too simple！关小盼那样的女孩，不过是玩玩而已，哪会有什么真感情啊！愣了一下，他又说道：她和你上床那是给我看的！我可怜的师弟啊，她这哪是和你好，她这是明目张胆地玩弄咱师兄弟啊！杜甫白几句话，把柳元宗说傻了。

其实柳元宗也不是没思考过这事儿。他也察觉到关小盼是一个注重肉体感官的人。她对自己的身体百依百顺，几乎完全是跟着皮肤走。她要的是快感，不是什么美感。就像男人能从大碗喝酒大块吃肉一醉方休中得到快活一样，她也能从和男人的交媾中获得感官上的愉悦。柳元宗记得，她每次到达顶点时总是会说这样的话：我还活着！我还活着！对于她来说，活着的意义就是和喜欢的男人交媾，她需要用这个来证明自己还没有活成一具行尸走肉。

社会发展到高铁时代，距离已不是什么大问题。再有两站就到南方小城了，柳元宗手机里的那条短信还没有发送出去。他突然有点儿拿不准自己到底要不要和关小盼见面。他很明白，只要自己发出这条短信，就必然会有一场“恶战”。这一点毋庸置疑，他深信男女之间只要有了第一次，就可以有无数次。男人是一把钥匙，只要打开了女人身上的那把锁，她就是一个对你永远敞开门户的人了。钥匙可以随便配，而锁是不会更换的。

那么，这一次柳元宗到底还要不要再次打开关小盼这把锁呢？

直到高铁到站，柳元宗还是没有按下发送键。他心里想，还是等到了酒店再说吧。

四

会议主办方安排了接站。自从八项规定之后，安排接站的会议已经不多了。反腐败高压态势之下，一切从简，文学会议也不例外。柳元宗观察了一下，好像只有作协和高校的专家还能享受到接站的待遇，一般人员基本上都是自己打车，然后由主办方报销费用。看来这次会议的规格不低，所有人员的一切开支都由主办方来承担不说，与会人员还都得到一笔数目不菲的出场费。

负责接站的是一个小姑娘，典型的南方人，身材娇小，吴侬软语，细声细气，如若苏州评弹。一问，还是个学生。原来这次会议的主办方是地方作协，但协办方却是一所地方高校。小姑娘就是这个学校的研究生。一路上她不大说话，柳元宗问一句她就答一句。几个来回之后，柳元宗也就沉默了。

进入市区，柳元宗感觉南方小城更像个小城的样子。倒不单是这里更小桥流水，更袖珍江南，连这里的空气和苏北小城都不一样。北方的空气是烟，南方的空气是雾；北方的空气油大，南方的空气水多；北方的空气复杂，南方的空气单纯……总之，完全不一样。

天字号大酒店位于市中心，一共三栋楼，都是民国时期的老建筑，白墙灰瓦，雕梁画栋，别有一番风味。这样的调调和江南小城很般配。院内植被繁盛，古木参天，竹林瑟瑟，小桥荷塘，别有洞天，一派古色古香。柳元宗一下车就环顾四周，忍不住为江南小城点赞。小姑娘带他到酒店前台办入住手续。主办方给每个与会者都订了一个单间，这也是作协系统办会的一个不成文的规矩，为了每个人都“行动方便”。

酒店房间很宽敞，有单独的会客间。柳元宗放下行李就打开手机，连上了 Wi-Fi，打开微信，又斟酌了半天。终于叹了口气，想还是算了吧，这么多年没见，说不定关小盼早忘了从前。刚想放下手机，忽然来了一个短信广告：欢迎您来到江南小城！他有些厌烦地滑了一下手机屏幕，不小心碰触了发送键，把那条编好的短信发了出去。

柳元宗立即忐忑不安起来。短信不像微信，短时间内还可以撤回。短信就是嫁出去的闺女泼出去的水，想收也收不回来了。只能静静等待。柳元宗心里想：关小盼收到短信会怎么想呢？她是不顾一切急不可待地奔来酒店呢？还是欲擒故纵欲说还羞呢？又或许她已经沧海变桑田，一切都已清零，而今迈步从头越收拾旧山河？

等了一会儿，手机没什么动静。一连打开三次，还是没有新的信息。柳元宗想不如趁此间隙泡个澡吧，在家里都是洗淋浴，难得能泡一泡。再说洗完澡若是关小盼来了，直接上战场也节省宝贵时间。为了能及时看到信息，柳元宗特意把手机由震动改为了响铃，声音调到了最大。遵照李十娘每次出差都要对他进行的谆谆教导，他仔仔细细地清理了一遍澡盆，放了大半缸热水，脱光衣服吱溜一下滑到缸底。刚进去时水有点儿烫，柳元宗滋滋滋直吸冷气。泡了一会儿，上上下下揉搓了一遍。他忽然想起和关小盼开房洗鸳鸯浴的情形。那次，他们别有创意地在澡盆里玩起了叠罗汉，像两条巨鲸，上下翻滚，你方唱罢我登场，把浴盆里的水洒得满地都是。柳元宗浮想联翩，下体就有了些许反应。正遐想着，旁边的手机忽然嘹亮地响了一下。柳元宗顾不上擦手，湿漉漉地拿起手机，一看，正是关小盼，再看短信内容，他却傻了眼，对方的回复只有三个字：你是谁？

柳元宗呆愣了半天，再三查看了一下自己发送出去的短信，心说莫不是自己发错了人？或者储存错了关小盼的手机号码？正犹豫着，手机来了个电话，显示还是关小盼。柳元宗脑门上出了一层细密的汗珠，他犹豫了半天，终于还是接了，里面传来一个娇艳欲滴的声音：你是哪位啊？为何给我发短信？柳元宗结结巴巴地说：你不是关小盼吗？对方说：什么关小盼？我是杨妃贵！你发错短信了吧？柳元宗说不对啊，以前这个号码就是关小盼的啊？对方说：这个手机号是我昨天刚换的！柳元宗明白了，自己存的是关小盼五年前的号码，她可能换了手机号，这个手机号已经换了主人。

此时的柳元宗，虽然有一点点失落。但得到这样的结果，他反而彻底放松下来了。他心想自己还是安心开会吧。见不到关小盼，这或许就是天意。这样想着他从手机通讯录里找到关小盼，想把这个号码删掉。犹豫了一下，却鬼使神差般改成了杨妃贵。

泡完澡，柳元宗看看天还早，就想出去转转。刚穿好衣服，手机突然又一次响了起来，杨妃贵竟然又给他发来一条短信：我已到宾馆大厅，你在哪个房间？

五

柳元宗傻了。

傻了的柳元宗大脑瞬间就短路了。他手里握着手机就像是拿着一个炸药包，想扔扔不掉，想留不敢留。呆怔了半天，杨妃贵又发来一条：咱们也算是有缘人！清醒过来的柳元宗立马意识到，又一个关小盼来了。

柳元宗又一次陷入了矛盾当中，不知道该怎么办。照理说自己这次来南方小城的目的就是会会旧情人，如今旧情人不见了，一个陌生女人送上门来。他是见还是不见呢？愣怔了半天，柳元宗看看时间，一点刚过，不知这个杨妃贵吃过饭没有。不如把她约在餐厅，到时候见机行事。想到这里，他迅速回了一条短信：咱们酒店餐厅门口见。发完短信，他又仔细地照了照镜子，梳了梳渐趋稀少的头发。出门的一刹那，他忽然想起了关小盼的一句话：人生就像是一场旅行，有时候难免会迷路，迷路是为了遇到一些美好的风景。

那就看看这次又能遇到什么样的风景吧。

餐厅在一楼西侧。去那里要穿过酒店的大厅，柳元宗看到刚刚接站的女生正在指挥会务组的同学搬桌子。看来，大批的参会人员很快就要到了。柳元宗继续朝餐厅走，远远地看到餐厅门口果然站着一个高挑的女孩，这样的天，她竟然还穿着一件旗袍！一条灰黄色的貂皮披肩看上去很扎眼。从背后看，她的体形相当完美。柳元宗忐忑不安地走过去，轻声问道：你是杨妃贵女士吧？我是柳元宗。女孩闻声转过头来，微微一笑：我是杨妃贵，很荣幸认识柳先生。看到她的脸，柳元宗愣了一下：天下事真是无奇不有，这个叫杨妃贵的女孩竟然和关小盼长得如此相像！只不过她个头更高一点，下巴更尖一点，嘴巴更小一点。看到柳元宗在发愣，杨妃贵轻启红唇说了句：柳先生是要和我共进午餐吗？柳元宗回过神来，做了一个请的手势，两个人步入餐厅，找了一个雅座，坐下来。杨妃贵从小包里掏出一盒爱喜 ESSE，很优雅地点上，深吸一口，徐徐吐出。柳元宗看着她略有轻佻的样子，心里说她不会是个鸡吧？弄了半天，自己是在请一个鸡吃饭？这要是传出去了，不让那些同行笑掉大牙才怪！

柳元宗点了牛肉咖喱饭，把菜单推给杨妃贵。她看了一眼，说了句：我午饭吃过了，就来一杯猫屎咖啡吧。柳元宗笑笑，招呼服务生过来，把菜单递给他。

待服务生走远，杨妃贵说了句：柳先生到小城来开会？

柳元宗点点头，一个文学会议。

杨妃贵掐灭了烟：那柳先生是个作家喽？

柳元宗脸色微红：业余写写小说。

杨妃贵眼睛一亮：柳先生喜欢写哪一类小说？不会是网络文学吧？我最近在读一个后宫系列。

柳元宗摇摇头：我写纯文学，偏于乡土题材，你肯定没看过。愣了一下，他问杨妃贵：你做什么职业？还有时间读小说。

杨妃贵笑笑：说了恐怕你不信，我在本地一所国际幼儿园当老师！

柳元宗张大了嘴巴，你是幼－儿－园－老－师！

说实话，这个回答把柳元宗吓住了。他的想象力再丰富，都不会把眼前的这个时髦女郎和幼儿园老师的职业联系起来！这个反差未免也太大了！

我就知道你不相信！杨妃贵故意做出一副嗔怒的样子来。

看到杨妃贵有些不高兴，柳元宗赶紧补救：你一定是一个好老师！

杨妃贵脸色晴转多云，眼睛放光：我告诉你，人家每年还都被评为先进工作者呢！

柳元宗心里说：那你们园长一定是个男的！服务生把牛肉咖喱饭和咖啡端上来了，柳元宗便不再说话。杨妃贵一点一点往咖啡里放糖，看来，她不喜欢喝苦咖啡。

这个女孩活得很真实，也很感性，这一点和关小盼差不多。这是柳元宗对杨妃贵做出的判断。她可能是一个生命的虚无主义者，生活的悲观主义者。生活中这种人很常见，他们表面上风风火火，内心里却是一片空虚。既然如此，那就顺其自然吧。

吃完了饭，柳元宗装作漫不经心的样子，说了句：要不要去我房间坐坐？

杨妃贵粲然一笑：走吧。

六

五年前的一幕又得到重演。不过是女主角从关小盼换成了杨妃贵。与关小盼不同，杨妃贵自备避孕套，柳元宗猜测她是担心自己有病，毕竟不是知根知底的人。杨妃贵使用避孕套的动作很熟练，柳元宗根本没有察觉到。要不是结束后她当作战利品显摆那一团茭白色的液体，他还一直以为双方是在真刀真枪地战斗呢。

杨妃贵和关小盼都喜欢主动，但与关小盼的快刀斩乱麻不一样，杨妃贵的特点是慢工出细活。她一点儿都不着急，一直闭着眼睛，仿佛是在慢慢体味，又仿佛是灵魂出窍。柳元宗不知道她为什么会闭上眼睛。而他自己，却时不时地把她当作了关小盼。他忽然想起了师兄杜甫白那天说过的话：关小盼这样的女孩，不过是想趁着年轻，多抓住一些欢愉罢了。

不知为何，两滴眼泪从柳元宗的脸上慢慢滑落了下来。

在婚礼上跳舞的女孩

大师给我打来电话，说五一节他和小凤要举办婚礼，问我有没有时间。我说五一节学校放假当然有时间。他说那你一定要来啊。我问他其他几个哥们儿都通知了吗？他说我都通知了，你放心吧。就把电话挂了。过了一会儿，大师又打来电话，说提前一天来。我说去那么早干什么？他说让你来你就来吧。我说行。

大师是我高中同学。我在县一中读中学的时候，县一中正乱，我们来自乡下的几个人住在一起，常常受到城里小痞子的欺负。有压迫就有反抗，为了保护自己，我们七个人联合起来成了拜把子兄弟。毕业后，除了我考入大学，他们几个有的参加了工作，有的当了农民。在农村生活的人结婚普遍要早一些，我记得大师比我小两岁，排行老六，现在却是他抢了先。新娘子小凤我见过，人高马大的，一张很秀气的脸，是个典型的农村姑娘，配大师绝对是绰绰有余的。这是我和老大的一致看法。

我给老大打了个传呼，他和我在一座城市。他很快回了电话，问啥事？我说大师结婚的事你知道吧？他说早知道了。我说去的时候叫上我，咱一块儿去。他说行。老大毕业后在家闲了两年，半年前来到我工作的城市，做起了早点生意。发了一些小财，成天咋呼着要买手机，他以为那些拿着手机的人很厉害似的。

从我所在的城市到大师的家差不多有一百里地，坐了两个多小时的车，我和老大累得不行。老大这半年有一点发福，和上学的时候简直判若两人。那时候我们几个都叫他架子猪，现在的他就不是架子猪了。一路上老大的呼机响个不停，是大师。老大说，这家伙急啥？催命似的。

下车后，我们奔老七家去了，老七和大师邻村，也就相隔两里地。田里的小麦长得正旺，返青的麦苗散发着勃勃生机。很长时间没回乡下了，看见长势喜人的麦苗有说不出的亲切感。老七不在家，大门上落着锁。老大说准在大师家了。我们不敢耽误，直奔大师家。老大一路上嘀嘀咕咕，老六怎么让咱们来这么早？明天来也不晚嘛！我笑笑，谁知道，也许是风俗。按照我们老家的惯例，朋友结婚是在当天晚上才到的，也许是大师觉得我们路远，赶不上婚礼。我这样想着，忽然听到一阵音乐声传来，老大说他们这儿的风俗挺奇怪，我怎么听着还有唢呐声啊。我也听到了，我对老大说可能是录音机吧。在我们老家结婚是不请响器班子的，只有办丧事才请唢呐。

到了大师的院子，却看见了响器班子，里面还有两个女的，在那里吹拉弹唱。几个哥们儿都到了，很久不见面了自然要寒暄一番。大师说催了你们好几次，怎么现在才到？老大没理他，问他怎么还请了响器班子？大师说还不是这里的规矩，他们都请的。我看了看响器班子里的两个女孩，很年轻，二十岁左右的年纪，看样子是姐妹俩，都长着一张瓜子脸，很漂亮。大师见我眼睛发直，指着我说别乱来啊，这是我们县有名的崔家喇叭。我问他那两个女孩是不是姐妹俩？他说是，穿红衣服的是姐姐，穿绿衣服的是妹妹。几个哥们儿看着我的人在那里笑。

大师带着我们看了新房，布置得很优雅，这家伙在上学的时候就很会来事。乡下的房子就是宽敞，齐刷刷的一排大瓦房，光洞房就有几十个平方米。吊着天花板，铺着地板砖，不比城里差。老大问都准备好了吗？大师说差不多了，就等你们明天去她那里抬嫁妆了。我说你让我们提前来原来是去新娘子家干活啊！大师笑笑，说这也是我们这里的风俗，都是让仁兄弟抬嫁妆，再说让别人去我也不放心呀。正说着外面有人在张罗吃饭，大师说先去喝点等回头再商量明天的事。

很长时间不在一起，哥几个免不了划拳猜令的，喝得多了些，早把抬嫁妆的事忘到九霄云外了。响器班子一直在那里吹个不停，咿咿呀呀的。一直到晚上院子里还是很热闹。那两个女孩子很卖力。大师说等一会儿人多了她们还要唱歌呢。我瞪大眼睛：真的？老大拍拍我的肩膀：来精神了？你这家伙高中养成的毛病还没改，对女孩还是这么感兴趣啊。我问大师她们会不会跳舞啊？大师说应该会吧，它们都是能歌善舞的。这时候一个很漂亮的女孩子向我们走来，哥几个眼睛都直了。大师介绍说这是我表妹，我的眼睛始终没有离开她的胸脯。她微笑着说你们好。你好。我们齐声说。她咯咯笑起来，院子里不少人朝我们这里望，我看见那个穿绿衣服的女孩子看了我们一眼。

大师建议我们打牌，表妹说好，要打就打够级。老大一听来了瘾，进屋张罗去了。我醉眼蒙眬的看着大师的表妹。大师在我耳边小声说你别乱来啊，这可是我表妹。我问他她叫什么名字？李娟。大师表妹说。我没想到她能听见，尴尬地朝她笑笑。大师指着我说作家，作协的。李娟笑起来，你还会做鞋啊。我脸红起来。哥几个大声笑起来，大师俯在我耳边说乡下女孩子没见识。

我们在洞房里打着牌，两个小女孩走进来，手里端着两根蜡烛，大声喊着让我们让开。我们愣在那里，不知道她们要干什么。一个小女孩对大师说，哥你出去。大师像是想起什么似的急忙走出去。李娟看着我们目瞪口呆的样子笑了，笑完了说这是我们这里的风俗。只见两个小女孩郑重其事地把蜡烛放在床头上，嘴里念念有词：太阳落山红彤彤，两个小姑来点灯，只要拉弓射箭的，不要烧锅捣蒜的。说完很严肃地出去了。

两个女孩看上去不过十几岁的样子，那副一本正经的神态绝对是专业水准。大家重新开起了牌局。我听见外面一阵喧闹，嘹亮的歌声传过来。她们开始唱歌了。

我对老大说给大师点几首歌吧，大家表示同意。我和老大扔下手中的牌去点歌。一院子的人，熙熙攘攘的，像是赶大集似的。我和老大商量一定要点一些难度大的、有喜庆味的。那个穿绿衣服的女孩看见我们，大概猜出了我们的意图，她笑嘻嘻地问两位先生要点什么歌？老大平时也不怎么听音乐，哼唧了半天也没说出个好的。我说就《大花轿》吧。女孩笑着说好，边唱边舞。她舞姿很美。动作不大，看上去却风情万种。唱完了大家热烈鼓掌。我说你再给我们来一个《青藏高原》怎么样？女孩脸红起来。我心里暗暗得意，以为她很为难。她看了我一会儿，弹起了电子琴，竟然唱得很好，观众的掌声更加热烈。老大扔给他们一百元钱，让她们随便唱一手喜庆的。回屋去打牌了。我站在那里，一直听女孩子唱完。她嗓音太好了。

打了一夜牌，第二天便没有精神了。一大早大师叫醒我们，说赶快起来吃早饭去小凤那里抬嫁妆。老大迷迷糊糊地问，车来了？大师说马上就到。哥几个赶紧从沙发上爬起来，随便抹了把脸，整整领带。还没吃完饭，拉嫁妆的车就到了。我们在音乐声中浩浩荡荡向小凤家行进。

从大师家到小凤那里的路很难走，我对哥几个说回来的时候恐怕要麻烦，在乡下这种喜事女方带的嫁妆是很多的。

我们用了两个钟头才到小凤家。小凤一身大红，地地道道的乡下新娘打扮，几个人和她开着玩笑，往车上搬嫁妆。到了十点钟，我们开始往回赶。到大师家的时候已经十二点多了。新人在唢呐声中拜了天地和高堂，送入洞房。喜宴正式开始了。

哥几个喝得很尽兴，大师和小凤到酒桌上敬酒时我们喝得差不多了。我也到了顶点。模模糊糊地听见外面跳起了舞。我站起来，摇摇晃晃地走出去。大师问我要去干什么？我说看两个女孩子跳舞。他说你喝多了，她们不是在跳舞。我说我听见了跳舞的声音。小凤笑起来，说大白天的她们怎么会跳舞，三哥肯定是喝多了。老大也站起来。我说老大你也要看女孩跳舞。老大说，不，我去上厕所。小凤又笑起来。我说你笑什么？她看我一脸严肃，不敢再笑了。大师说老三你喝多了。我说我怎么会喝多呢？你去让那两个女孩跳舞。我大声说。大家跟着附和起来。小凤看看大师，她说要不我给你们跳一个。大家都欢呼起来。小凤舞跳得很好，这个大家都知道。大师很不高兴，对小凤说你今天是新娘，这样成什么样子，不跳。说完拉起小凤的手出去了。

我们一脸茫然。

榆木弹弓

铁蛋十岁那年有了一张榆木弹弓。

为了这张榆木弹弓铁蛋从那棵老榆树上摔下来三次，还偷了一个赤脚医生挂液滴的橡皮管子，为此铁蛋挨了他爹一顿饱揍。就这样铁蛋终于有了自己的榆木弹弓。铁蛋想用这张榆木弹弓去赶羊，他不喜欢用爹给他的牛皮鞭子，自从去年爹让他放羊以来他就开始讨厌那条羊鞭。铁蛋家养了五十只绵羊，是村子里最多的一个。每天都是铁蛋自己把羊群赶到山上。铁蛋个子不高，腿短，羊群跑散了他就撵不上了，于是他就想有一张榆木弹弓多好。

有了弹弓的铁蛋神气得很。他能把那条橡皮管子从胸前拉到背后，一松手，包在弹包里的石块就嗖地飞出去老远。有一次铁蛋用这支榆木弹弓打死了一只在大街上闲逛的母鸡，那只闲庭信步的母鸡很快就在原地跳起了芭蕾舞。还有一次他打死了一只在河里游泳的鸭子，那只正在自得其乐的鸭子中弹以后在水中扑腾了足足有半个钟头。铁蛋的弹弓极准。他说打绵羊的耳朵绝对不会打到绵羊的头上。有一天他发现一只老绵羊不太老实，就拿弹弓瞄准了老绵羊的大奶子，老绵羊痛得蹦起三尺多高。

铁蛋常常把羊群赶到山脚下的小河沟去，因为那里有一片小树林，更为重要的是那里还有许多水鸟。有水鸟可打当然比那些羊奶子过瘾多了。铁蛋在小河边还常常见到那个漂亮的小梅老师，这也是他喜欢把羊群赶到那里的一个原因。

小梅老师在山脚下的小学校里教一年级。刚开始的时候铁蛋并不知道那个有着一双大眼睛的女孩是小梅老师。那天他把羊群赶到小树林以后就到处搜索猎物去了。他看见一只好看的水鸟蹲在一根小树杈上两眼盯着水面。铁蛋迅速拉开了弓，石块带着呼呼的风声飞了过去，水鸟应声落到地上。这时铁蛋突然听到一个女人的尖叫声。原来他打死的水鸟落在了在水边洗衣服的小梅老师头上了。铁蛋昂首挺胸像个英雄似的走过去，看见小梅老师脸苍白苍白的，就笑。他捡起水鸟想溜走，小梅老师叫住他：你叫什么名字？为什么要打水鸟？铁蛋歪歪脑袋，不吱声。小梅老师又大声问：你说你叫什么名字？为什么要打水鸟？铁蛋看着小梅老师很气愤的样子有点儿胆怯，低着头说俺叫铁蛋。小梅老师一听就笑了：你叫铁蛋？说完又笑起来。铁蛋见她羞辱自己，就嗖地把弹弓拉到背后，小梅老师吓得尖声叫起来。铁蛋哼了一声去看羊群了。

小梅老师洗完衣服，走过来看铁蛋放羊。看了一会儿说铁蛋咋不上学。铁蛋不理她，还在生小梅老师的气。小梅老师看着铁蛋噘起嘴巴的样子就笑了。她坐下来：铁蛋告诉我你今年几岁了。铁蛋抬起脑袋斜视着小梅老师：你叫什么名字？干吗要问我几岁了？小梅老师红着脸笑着说人家都叫我小梅老师。铁蛋睁大了眼睛：你是小梅老师？小梅老师说是呀。

铁蛋不言语了。去年秋天春生喊铁蛋上学，铁蛋爹不让铁蛋上。铁蛋梗着脖子说爹你咋不让俺上？我都十岁了，都给你放两年羊了。铁蛋爹说我说不让你上就不让你上。铁蛋哭丧着脸说爹你不让俺上你违法。铁蛋爹说我就是法，小王八羔子我还管不了你了我。铁蛋爹说着抄起一把笤帚。

铁蛋就跑了。后来春生告诉铁蛋说教他们语文的老师叫小梅老师，可俊哩。

今天铁蛋还是第一次看到小梅老师的样子，是俊哩。铁蛋看着小梅老师说，俺爹不让上，他想让俺给他放羊。小梅老师说不让上学咋行，你爹违法哩。铁蛋说俺爹说了他就是法。小梅老师扑哧一声笑了：你爹咋是法哩？铁蛋说俺爹是爹，他说了算，俺说了等于放个屁。小梅老师又笑起来，叹了口气，走了。

学校离小树林不远。铁蛋很少到那里去。他怕小伙伴们看见自己。自从在小树林里见到小梅老师以后他就去了一次。他在学校门口探头探脑的样子引起了那个小学校长的注意。小学校长长得像个猴子，铁蛋听小伙伴们背地里都叫他猴子校长。猴子校长走过来问铁蛋找谁？铁蛋发现猴子校长的牙齿很白，跟小梅老师的牙齿一样白。猴子校长见铁蛋不作声就撵他走。铁蛋那天没有看见小梅老师。

第二天，铁蛋又在小河边看到了小梅老师。铁蛋看见小梅老师红着眼睛，就想让她笑一笑。他找了一个小泥丸，轻轻拉开了弹弓，泥丸擦着小梅老师的耳朵落在不远的水中，激起几个小水泡。小梅老师哎呀一声，回头看见铁蛋就哭了。铁蛋站在那里不知所措。他想小梅老师的胆子怎么这样小呢？

小梅老师嘤嘤的哭声穿过林子飘向遥远的天际。铁蛋红着脸垂着脑袋站在小梅老师面前说，小梅老师铁蛋以后再也不跟你闹着玩了，你不哭行不？俺娘说爱哭不是好孩子。小梅老师含着泪水笑了笑，她搂着铁蛋的小脑袋说不是怪你哩。铁蛋说那你为啥子哭？小梅老师眼睛又红起来。她看着脚边的河水，过了一会儿说铁蛋你看水中有鱼哩。铁蛋顺着小梅老师的手看去，果然看到一条小花鱼在水里游来游去。铁蛋掏出石子拉开弹弓，那条刚才还在水里游来游去的鱼突然翻了翻身子，从水中浮上来了。小梅老师瞪大了眼睛说铁蛋你手这么准呀。铁蛋听到小梅老师的夸奖心里美滋滋的。

从那以后，铁蛋经常在小河边看到小梅老师一个人在那里小声地哭泣。他不知道小梅老师为什么会脸上爬满泪水。

有一天小梅老师说要带铁蛋到学校里去玩，铁蛋很高兴。那天是星期天，学校里没有人，只有小梅老师一个人住在学校里。小梅老师的房间就在办公室的旁边。铁蛋站在门口不敢进。小梅老师说铁蛋你进来呀。铁蛋这才犹犹豫豫地走进来。进来的时候他闻到一点肥皂的香味。屋子里收拾得很干净，墙壁上糊了发光的白纸，屋角放着一张很大的床，用布帘遮了大半。床头有一张课桌，一条桌腿用砖头撑着。小梅老师看见铁蛋发愣的样子就笑了，她说铁蛋你坐下吧。铁蛋不坐，就站着。小梅老师开始忙着做午饭。她弯着腰做饭的样子铁蛋就像在哪里见过似的，铁蛋叫了一声姐姐。小梅老师愣了一下说对哩，我比你大七岁，叫姐对哩。铁蛋就叫小梅老师姐姐了。铁蛋在小梅老师那里吃完饭后，小梅老师拉着他的手说走，我们一块儿去动员你爹让你上学。

铁蛋家里很乱，一院子绵羊。到处都是羊粪。小梅老师皱了皱眉头。铁蛋爹看见铁蛋就虎起脸说小王八羔子跑哪去了？铁蛋回头看看小梅老师说在姐姐那里哩。铁蛋爹看了看小梅老师，咧开嘴笑了笑，露出两排黑牙，算是和小梅老师打了招呼。小梅老师说大叔该让铁蛋上学哩。铁蛋爹看看铁蛋说小王八羔子说我违法哩。小梅老师说大叔是违法哩。铁蛋爹说那就让他上吧。铁蛋高兴地叫了声爹。

铁蛋跟着小梅老师上小学一年级。不同的是小伙伴们见了小梅老师叫老师，铁蛋不叫老师叫姐姐。小梅老师很喜欢铁蛋叫她姐姐。铁蛋常常走进小梅老师的房间，铁蛋就常常看见小梅老师一个人在屋子里哭。有一天，铁蛋看见猴子校长走进小梅老师的房间，过了很长一段时间才出来。铁蛋想猴子校长去干什么呢？就走进去。铁蛋看见小梅老师躺在床上，光着身子在那里哭。铁蛋不知道小梅老师为什么要光着身子，但他知道肯定和那个猴子校长有关系。

这天放学铁蛋没有回家，等着猴子校长骑着车子从学校里出来。铁蛋从衣兜里摸出一个早已准备好的铁丸来，把弹弓从胸前拉到背后，一松手，铁丸呼啸着飞向猴子校长的裤裆。铁蛋远远地看见猴子校长从车子上滚了下来，发出一阵哀鸣。铁蛋那时想起了他打死的那只在水中扑腾的鸭子。

苦 咖 啡

古芬读完博士又回到了本城的这所师范大学，她是从这所大学考到北京的，毕业后本来想留在京城，可是那里太拥挤了，到处都是人。古芬骨子里还是一个特别喜欢安静的女孩子，这个说不上是优点还是缺点的性格让她从小学到研究生毕业，几乎没有交一个要好的朋友。她似乎在骨子里就是一个孤僻的女孩，不喜欢别人冒冒失失地闯进她的世界。

本城的这所师范大学虽然比不上北京的那所高校，但这里宁静，没有大城市的那种闹腾和浮躁。这几年大学都在招兵买马，本城的师范大学也不例外，出台了各种措施来引进高层次的人才。像古芬这种拥有博士学位的单身年轻人，特别受这种学校的欢迎，只要肯来就给五万元安家费和两万元科研启动费，说是科研启动费其实也就是归自己自由支配，加上学校无偿提供两室一厅的房子和当地政府提供的高级人才优惠条件，到这里来还是蛮实惠的。

博士研究生古芬的生活安定下来后，就想把自己的双亲从家乡的小山村接到身边。他们都是老实巴交的农民，一直为自己有一个争气的女儿在那个小山村里活得扬眉吐气。老两口只有这么一个女儿，虽说农村的条件不太好，小时候的古芬还是被他们宝贝得不行。含辛茹苦地把女儿养大成才，如今女儿有心把老两口接到城里，他们当然满心欢喜地来了。女儿都快三十了还没个可心人儿，老人来也是为了照顾女儿。

按说古芬读博士期间应该有一个对象的，那个男孩子也是乡下人，能吃苦，长得还算眉清目秀，和自己是一个导师。两个人在一起上课，搞科研，古芬对他渐渐有了些好感。这在她是不常有的事情，不知道是因为孤僻的性格，还是自己的心高气傲，总之读了二十几年的书，竟然没有碰到一个让自己动心的。现在好不容易碰到一个，不想又被自己的导师招做了女婿，真是倒霉透了。

双亲自然也是着急。不但是他们，就连古芬单位里的同事也不辞辛苦地替她牵线。尽管他们不厌其烦地张罗，古芬自己却不着急，一副好女不愁嫁的样子，一个个都散了。就这样，一晃又过去了两年，直到有一天，古芬下课回家，在公交车上碰到自己的大学同学，人家正带着六岁的儿子去逛商场呢。古芬一下子感觉自己真的是该找个男人嫁了。

古芬开始为自己着急了。

单位的李大姐给她张罗了一个银行职员，搁往常古芬肯定又是心不在焉地应付掉了，可现在她却是认真地准备了大半天，从来不抹口红的她特地去化妆品专柜买了一支美宝莲，衣服也是挑了又挑，最后选中了一身咖啡色套装，这样显得自己职业一些。本来嘛，都已经是三十的人了，说不老却也不再是年轻的时候了。老妈在一边絮絮叨叨地嘀咕，这一次要看好了，心别太高，能有个应景的工作就行，别太在意人家的学历，你都是博士了，这座城市能有几个般配的人让你挑啊。古芬最听不得老妈的唠叨，撂了句：我到时间了，走了啊。她逃似的跑出了家。

这人也真是奇怪，不在意的时候事情反而就轻松地解决了。古芬和银行职员见了面，一看小伙子人还蛮整齐的，就是说话不利索。也是，一个毕业了八年的大学毕业生哪能跟她这个博士生比呢。在她面前，他大概有压力吧。也许这就是古芬愿意和他相处下去的原因。

想不到的是，古芬约会了几次，银行职员突然就不来了。李大姐后来传话说，男孩子说古芬太死板了，以后在一起生活了怕是不太幸福。一句话说得古芬愣了半天：死板？我还没嫌他不活络呢！

那以后，古芬对约会就更加心灰意懒了。

她开始喜欢喝一种苦咖啡。一点糖都不放，大口大口地喝下去，习惯了以后，她感觉那咖啡一点都不苦，而是很甜、很香。她在这时候开始喜欢上网，家里也装了网线，正好学校刚给每一位博士配了一台笔记本电脑，说是给大家搞科研，倒是正好方便了古芬。除了到各种各样的网站看看各种各样的奇闻，她还经常到聊天室里转一转，有时候碰到感兴趣的话题，也跟着聊上几句。渐渐地，这竟然成了她的必修课，每天晚上都要聊到后半夜。

就这样，一个叫作“一蓑烟雨任平生”的人进入了她的视野。这个人很有趣，说起话来滔滔不绝，无理辩三分，像一把锋利无比的刀子，能穿透人的内心。直觉告诉她，这是个男人，并且有着丨分丰富的阅历，弄不好还是个有着坎坷人生经历的中年人。古芬和他聊上以后，就被他吸引住了。

每天晚上无休止地聊天，只会让古芬更加迷恋那浓浓的苦咖啡。她发现，自己已经像吸毒一样迷上了这种苦涩的咖啡。她知道，自己现在已经迷恋上了两样东西，除了咖啡，还有那个网上的男人。

她开始尝试着询问那个男人的职业以及年龄和他的一切。男人开始不愿意告诉她，后来不知道怎么就说了句：你要是想见我，我就到你那座城市去。她问他到自己这座城市需要多长时间，她想以此来推断这个男人离她有多远。男人在笑，他打出一连串的微笑符号，笑完了说大概得两天吧。愣了一会儿，他又说，我在重庆。

古芬又一次领略了这个男人的洞察力。她说你来吧。

男人就来了。

古芬虽然有心理准备，可还是有些难以接受站在面前的这个年轻男孩子。他怎么会如此年轻？那红色的T恤、蓝色的牛仔，衬托着一张生动活泼的脸，简直还是一个孩子嘛。古芬带他去了一家饭店，看着他狼吞虎咽的样子，古芬想这就是那个一蓑烟雨任平生？

吃完饭，他们去了一家咖啡厅，古芬终于有机会证实眼前的这个年轻人是否是自己迷恋的那个男人。她问他的名字，他说你知道。她问他的年龄，他说这是隐私。她问他的家庭，他说他家里还有爸妈，做生意，自己也是一个生意人。她问做什么生意，他说皮货生意……

第一个晚上，古芬把男孩子安顿在学校附近的一家旅馆。她不敢把他带回家，她还没有足够的勇气和信心来面对这个巨大的反差。可她知道自己并不讨厌他，甚至还有那么一点喜欢。她不明白的是，他哪里来的老练？

第二天，她带他游了这座城市所有好看的地方。晚上，在他的房间里聊了一会儿，回家了。

第三天一大早，男孩子给她打电话，说让她马上到他的房间来一下，他说完就把电话挂了。古芬不知道他发生了什么事情，这天早上她正好有课，急忙请了一节课的假，糊里糊涂地来到男孩子的房间。

直到现在，古芬还是认为那是男孩子早就蓄谋好了的。不然他不会强行和她发生了性关系。可是，她不明白的是，为什么自己当时就没有反抗呢？反而还和他同居了好几个月？

男孩在三个月后的一天清晨悄无声息地离开了这座城市，离开了她。直到现在，她都没有弄清楚自己为什么对他没有任何设防，好像这个人和自己无关似的，随他来去自由。可是，那以后，他再也没有来过这座城市，就连网上，也消失了踪影。

古芬又开始了迷恋上网和喝苦咖啡的生活。

十年前的一场风花雪月

志刚和妻子来香都在一家外企做部门经理，两口子的收入不菲。用一句时髦的话来说，他们在这座小城市里算是白领阶层中产阶级了。两口子一起上下班，形影不离的样子惹得许多人羡慕不已。志刚和来香结婚的时候本来说好不要孩子的，后来家里人不答应，糊里糊涂地有了一个男孩。

孩子的名字叫志刚子，是来香给取得。来香说这样叫起来方便，别人一看就知道是谁的孩子。志刚和家里人也很喜欢这个名字，便叫开了。孩子成了一家人的心肝宝贝，呵护有加地照应着。志刚有时候要出差，来香便把孩子放到他姥姥那里，唯恐有什么闪失，千叮咛万嘱咐的。这样，两个人才放心各自做自己的事情。

似乎只是转眼间，孩子便长大了。从幼儿园小班到大班，今年该上小学三年级了。孩子长得虎头虎脑，活泼得很。志刚欢喜得不得了，常常带着他逛公园，去本城的唯一一家迪尼斯乐园玩耍。孩子的功课也不错，年终的时候常常捧回一张大红的奖状。

有这样一个讨人喜爱又省心的孩子，志刚和来香的负担就少，一家人就这样有滋有味地一天一天生活着。

孩子十周岁生日那天，志刚邀了单位的几个好朋友，在家里吃饭。今天是双喜临门，孩子生日，自己升迁为业务经理，当然要祝贺祝贺。几个人那天喝得有些晚，第二天志刚感觉不大舒服，就让来香请了个假，自己去送孩子上学了。

在学校门口碰到中学同学段雄，开着车来送孩子。两个人好长时间不见面，自然要寒暄一番。志刚只知道他在本城的一家医院上班，不知道他已经当上了这家医院的副院长，心里便有些失落。当年，段雄被认为在班里是最没出息的一个了，想不到现在竟然混得这么好。他说话还是那样口无遮拦，一见面便指着志刚子咋呼：志刚，这是你的儿子？志刚一愣，说对呀，想不到吧。段雄又看看孩子，说这么大了？怎么不大像你？志刚听他这么说，脸色拉了下来，就没再说话。段雄意识到自己说错了话，赶紧赔了个不是，给志刚留了个电话就散了。

志刚有了心事。中午他来接孩子放学，一路上都在瞅他，越看志刚子越不像自己了。他满腹心事地观察了孩子一个星期，最后决定给老同学段雄打电话。段雄正好在，志刚问了几句闲话，突然说，段雄你那里能做亲子鉴定吗？段雄一愣，给谁做啊？志刚说给我儿子。段雄笑起来，说我那天是给你开玩笑，怎么当真了。志刚说，不是那个意思，我就是想给孩子做做，你帮不帮忙？段雄说，当然要帮忙了，你来吧，现在就可以。孩子正好这天放假，志刚带着孩子就去了。

结果出来了，段雄拿着诊断书有些为难。他看着一直闷坐在沙发上的老同学，欲言又止地对志刚说，有些事情不能太认真了，这医学的事情也说不准……志刚不作声，愣了半天问，孩子在哪？段雄说在院子里玩呢，他可是无辜的。志刚说我知道。他站起来，透过窗户看着志刚子在医院的一片草地上追蝴蝶，看着看着，眼泪便流了下来。

半夜里，志刚翻来覆去睡不着。来香问怎么了？志刚不说话。来香就搂过他，在他脸上亲了一下，说赶紧睡觉吧，明天还要上班呢。志刚说，来香你真的爱我是吗？来香愣了一下，说你到底怎么了？志刚淡淡地说，我今天带儿子去做了亲子鉴定，他不是我的儿子。来香沉默了。然后就哭了，哭了大半个钟头，冷静下来，对志刚说，我对不起你，我一直想告诉你这件事，可没有勇气。现在你既然知道了，我想瞒也瞒不住了。你还记得十年前你被公司派到国外去学习三个月的事吗？志刚闭着眼睛不说话。来香说那天，一个老同学来找我……志刚打断她：是谁？来香说是他，你知道。志刚沉默，说你们发生了关系？来香点点头，我后来才发觉自己怀孕了。志刚说怎么不打掉？来香说想打掉已经来不及了，那时你已经从美国回来了。

接下来的日子是寂寞难熬的，两个人一下班都各自躲进自己的屋子里，谁都不说话，只有志刚子还是一副快快乐乐的样子。来香一直想等志刚提出来离婚，可志刚就是不说，这日子就这样一天天过了下去。

戒 指

陈克第一次看到刘若兰时便爱上了她。那时候刘若兰刚从中师专升本插到他们班来。不只是陈克，班里所有男生都被刘若兰的样子迷住了。她太漂亮了。漂亮得一塌糊涂。说不出来的美。陈克说刘若兰身上的每一个器官都是完美无缺的，它们组合起来就更加完美无缺了。

陈克是这个班的班长。班主任把刘若兰带到班上，是他给她安排的座位。那天陈克表现得特别好。那以前同学们都说他这个班长做得并不合格。陈克是一个喜欢学习的孩子，平时不大过问班级里的事情。他们班因此就老拿不到流动红旗，大家早就有意见了。自从刘若兰来到班级以后，陈克突然间变了。他变得特别关心班级关心同学了，尤其是对刘若兰，殷勤地过了头。班里的男生都不约而同地爱干净起来，头发梳得井井有条，还打了摩丝，贼亮贼亮的，脸上也舍得用大宝了，身上有了香水味。这些变化是静悄悄的，不易察觉却又能让人感觉得到。

李小兵也察觉到班级里的变化。他本科毕业后留在了中文系，做了这个班的班主任。他的年纪看上去和学生差不多，所以就没有了师长的架子，和同学们的关系显得特别融洽。

开班会，李小兵突然宣布让刘若兰担任副团支书。这让同学们很惊讶。

以前班里从来没有副团支书的。陈克想李老师是不是有些武断了，这种事情应该和班委会通通气的。虽然这个职位并不重要，可让刚从中师转来的刘若兰担任还是有些不太合适吧。但是李小兵已经宣布了，不能更改了。对于他们来说，李小兵就是最高领导。

后来陈克想这样也好，以后就可以有理由和刘若兰多接触了。他应该感谢李小兵给他们创造这么好的机会呢。

那以后，陈克和刘若兰的接触就多起来了。从班级活动到私人生活，两个人都一起商议商议，渐渐变得形影不离了。同学们开始议论起来，大家都以为陈克和刘若兰在谈恋爱。这样的议论让陈克特别幸福，他想自己是不是该向刘若兰表白了？

陈克在寻找一个合适的机会。

情人节那天，陈克到花店买了九朵玫瑰，偷偷裹在上衣里。陈克想等到晚自习结束就把玫瑰送给刘若兰。

还没下课，李小兵走进来，叫走了刘若兰。半小时后刘若兰回来了，一脸的幸福。

下课以后，刘若兰留下来值日。陈克在那里磨蹭着，等同学们陆续走出教室。他鼓起巨大的勇气把玫瑰送到刘若兰面前，满面羞红地对她说我爱你。刘若兰拿着扫帚的手悬在了半空。陈克不敢抬头看。

刘若兰盯着玫瑰，愣了一会儿就笑起来。她说陈克想不到你还真是挺浪漫的。陈克不说话，眼睛盯着刘若兰。他忽然看见刘若兰中指上的那枚金戒指，它在日光灯的照耀下散发着让人炫目的光芒。

陈克呆住了。

那以后陈克就变得沉默寡言起来，变得爱学习了，开始回到了从前的状态。有时候他在梦中看到刘若兰手指上的戒指，会突然醒来。他想李小兵怎么就比他早那么一点点呢？

后来陈克还是恋爱了。是班级里的另一个女生。虽然比不上刘若兰漂亮，却暗暗爱着陈克两年了。

再后来就该毕业了。陈克被保送上了本校的研究生。刘若兰报了北京大学，顺利地考上了。在毕业晚会上，陈克和刘若兰一起主持了节目。刘若兰那天唱了一首《有多少爱可以重来》，她唱歌时一直看着陈克，眼睛里写满了忧郁和哀怨。

陈克发现刘若兰手指上的戒指不见了。

两个月以后，陈克收到刘若兰给他的一封信。她在信中问他：一个人为了考研可不可以牺牲爱情？

陈克愣住了。

钥　匙

李佳打来电话，说她表哥来了，问我有没有时间和她一起去趟车站。她打来电话的时候我正在写一篇有关钥匙的小说，这篇小说我已经写到第三稿了，却还没有找到感觉，心里很烦。我对李佳说我不去了，你一个人去吧。李佳在那里犹豫了半天，说你要是不来以后就别再来找我了，说完就把电话挂了。我打过去，她很快接了。我就知道她是故意在吊我的胃口，她脑子里藏着各种各样的鬼点子。

李佳是我的第三任女友，这样说也许不是很准确，因为直到现在她也没有答应要把自己嫁掉。追了快一年了，我都有些心力交瘁了，有几次我对李佳说要是再不答应我就撤退。可她不买账，还说是我在威胁她。这小妮子，机灵着呢，斗不过她。她问我去还是不去？我说去，当然要去。她说那你快点，我在学校门口等你。

匆匆忙忙收拾起小说残稿，随便披了件风衣，外面的风大，忽忽的气流扑面而来，远处传来怪兽似的叫声，那是风穿过公寓的声音。我慢悠悠地走着，在心里骂着李佳。这样的鬼天气去接什么表哥？她的表哥也真会找时间，大冷天的来干吗？这样想着来到学校门口，李佳在那里探头探脑地张望着，不时地跺着脚，哈着手。今天她倒是挺早的，以前约她出来她总要迟到十几分钟，还对我说女孩子一般都这样子。我在心里想还不是面子问题，摆摆架子而已。她看见我，摆出一副生气的样子：你怎么这么慢？走路跟螃蟹似的。她总是这样说我。我走路是有往两边晃的毛病，这样的说法倒是挺形象。我对李佳说你哪里冒出来一个表哥？以前怎么没听你说过？她没理我，挽起我的胳膊。我就喜欢她这一点。虽然没有答应要嫁给我，可她在行动上却是很大胆，除了身体，她把什么都给我了。有好几次我企图突破她，发起过猛攻，可她不愿意，对我说那没什么意思，她说爱情要是突破了身体就没有什么意思了，就没有什么可玩的了。这个观点把我唬了大半年了。

车站离学校不远，也就两里地的样子，我和李佳却走了半个钟头，风太大了。说出来的话还没有出口就被风吹得无影无踪，我和李佳像两个哑巴一样。讲一句话跟吵架似的。表哥看样子早已到了，一个人在车站门口徘徊。他个子不高，看上去像一个小老头。李佳迎上去，她热情的样子有些夸张。她给我们做了介绍，我伸出手，极力装作优雅的样子来，可表哥的动作比我要潇洒得多。李佳微笑着看着我们握手的动作，神秘地摇摇头。我问表哥在哪发财？他可能没听清楚，嘴里呼噜着什么，像是在吐着做生意之类的词语。我们往回走，顺风，走得特别快。李佳一路上和表哥亲密地说着什么，他们好像把我忘了。

到学校附近的一个小饭馆，天黑下来了，不一会儿，竟然落起了雪花，沸沸扬扬的。我问李佳在哪儿吃饭？李佳说就在这儿吧，也别往别处去了，这么冷的天！我看看表哥，一副不置可否的样子。我知道这顿饭是要我做东的，李佳之所以把我叫出来，主要的目的可能就是为了这顿饭，这种事情我已经领教过多次了，名义上是她请，可每一次总是我结账。我们找了个包间，开始点菜。我说表哥先来吧，他推辞着。李佳拿过菜单，说我来，我知道他喜欢吃什么。她熟练地点了几个，我一看都是她喜欢吃的，贵倒是不贵，这种小城市，消费水平一般。前几天手头上得了笔稿费，够折腾几天的。

边吃边聊，李佳有一句没一句地和表哥说着话。我发现表哥不怎么喜欢说话，他的眼光显得有些呆滞，有时候愣愣地盯着我和李佳看上半天，看得我心里直发毛。找些话和他谈，他也是答非所问地呼噜着。我看看李佳，一脸的兴奋，一会儿说外面的雪好大，一会儿问表哥冷不冷呀。许是她觉得我有些冷落了，问我最近又写什么东西了没有？他指着我对表哥说，作家，写小说的。表哥看看我，我脸就有些红。我对李佳说正要写一个。李佳问写的什么，给我们说说。钥匙。钥匙？李佳瞪大眼睛。我说对，就是钥匙。李佳不自在起来，过了一会儿说你提到钥匙我想起一件事情来，你今天把外面房子的钥匙给我，今晚表哥就住你那儿。我说好啊，就是冷了些。因为写作的原因，我在学校外面租了间房，李佳和我约会也在那儿，主要是方便啊。我把钥匙递给李佳，李佳接了，还说了声谢谢。

表哥的胃口不大好，酒喝得不多，菜也不大动，却去了好几次洗手间。我偷偷问李佳表哥是不是有啥毛病？李佳说不是，他就那样，不大吃东西。我说那不成大问题了。李佳翻了翻白眼，没理我。

走出饭馆，雪下得更大了，气温却变得温暖起来。大片大片的雪花落到我们身上，一会儿就消失得无影无踪。

把表哥送到我租的那间小屋，又和李佳在街上逛了一会儿，给她买了两个气球，快过元旦了，已经有了节日的喜庆气氛。我心里惦记着那篇未完成的小说稿，想早一点送李佳回去。李佳却特别有耐心，在雪中逛来逛去。把她送回宿舍时，已经十点钟了。突然觉得这一天过得很空虚，又困又乏，回到宿舍倒头便睡去了。

第二天醒得特别早，想起来要送表哥回去的。给李佳打电话，她宿舍老大说李佳一夜没回来啊。我说不是回去了吗，我把她送到宿舍门口的。老大说是回来过，回来又走了，说是有点事，在外面过夜了，她没和你在一起呀？我愣了。

走出宿舍，发现雪早已停了，地上白茫茫一片。我向小屋走去。门上落了锁，表哥大概走了，可我的钥匙呢？李佳怎么没给我？

眼　睛

刘小红感到背后有一双眼睛。

她穿着白裙子，质地很薄的那种，是她远在北京的男友送给她的生日礼物。刘小红的妈妈曾经告诉过她不要穿这件裙子，它太薄了，有一种透明感。“好孩子是不穿这种衣服的。”妈妈说。

可刘小红听不进去，她一回到学校就穿上了它。现在是五月。五月的校园到处飘满了这样透明的裙子，怕什么？别人能穿我就不能穿吗？刘小红想妈妈真是多虑了。

正午的阳光刺得人眼睛发痛，像是小时候手指上不小心扎了刺。刘小红发现背后有一双眼睛的时候心里就不舒服。她好几次回过头来，背后是匆匆忙忙的身影，哪里有什么眼睛？

水房里雾气腾腾，几乎没有什么人。现在是午休时间，大部分人都在睡梦中。刘小红没有午睡的习惯。人家美国人就不午睡，她对同舍的人说，晚上睡，白天还睡，那多浪费时间！她是一个很爱惜时间的孩子，她喜欢学习，喜欢读小说，喜欢画画，她想这么多的事情等待着她去做呢，哪里有时间午睡。

中午的校园里很静。刘小红穿着白裙子，提着一个红色的暖瓶向教室走去。里面有几个女学生，在看书。两个男生趴在桌子上睡觉，嘴里咕哝着什么。大白天做梦，刘小红想。

她刚坐下来，邻桌的一个女生小声说，刘小红今天好漂亮啊。

刘小红笑笑。

女生说你这裙子在哪买的？

刘小红说是别人送的。

女生说是男朋友吧。

刘小红没吱声，拿出日记本开始写日记。她不愿意和班里那些无聊的女孩子说话。她们很没趣，老是在打听别人的事情。她们在晚上谈论的都是男生，她想不通她们为什么在白天那么淑女，到了晚上就什么都敢说了。黑暗中刘小红看不到她们的脸是否红了，可从她们嘴里吐出来的那些有关男生的话小红听了总是感到不舒服。

刘小红对着日记本发了会呆，只写了两个字：眼睛。她又想起刚才自己感到的那双眼睛，黑黑的，滴溜溜乱转。她想自己大概在哪里见过这双眼睛。校园里这样的眼睛到处都是。再过两个月就要考外语六级了，她有些发愁。刘小红外语不是很好。班里女生的外语都是不错的，可她是例外。她也不是不学，她其实是一个很爱学习的孩子，一天到晚手里总是拿着一本书，大部分时间她都在背着外语单词，可她老是忘，这会刚背过，一会儿又想不起来了。刘小红觉得自己不是一个聪明孩子。同桌就是一个聪明的人，她上课从来没有认真听过，也不见她老待在教室里学习，可她学习就是好。这让刘小红感到很不公平。

教室里渐渐来了人，午睡时间刚过，他们就回来了。其实大学生活也挺无聊的，刘小红本来以为大学生活应该是很轻松很快乐的，可上了大学以后却并没有什么轻松感。在北京的男友小松以前也说过大学生活很精彩很丰富的话，可他那是在北京呀。

小松比刘小红高两个年级，他高三的时候认识了刘小红。其实小松追刘小红也没怎么努力，就是请她吃两次饭，看过两次电影。刘小红是那种很容易满足的女孩子。虽然她长得很漂亮，可她心一点儿都不高。小松第一次请刘小红看电影是在离学校五六里路的市里影院，他们也没坐环城车，去的时候小松远远地走在刘小红的右边，就像两个互不相识的人似的。

电影是个恐怖片，刘小红胆子小，看电影的时候一直提心吊胆的，好几次差点儿叫出声来。就在心里埋怨小松怎么选了这样一部片子。回来的时候已经是晚上九点多了，路灯发出很暗的光，又没有行人，偶尔有一两个人骑着车子呼啸而过，更显得夜的沉寂。小松不停地在说着电影，刘小红害怕，不让小松说。他偏说，吓得小红直往小松怀里钻。那以后他们就是别人眼里的恋人了。后来小松考入北京一所大学，他们的联系就靠着信件和电话了。这就是刘小红的恋爱史，一点儿说不上浪漫。刘小红不在乎，生活本来就是这样子嘛，她才不信书上那些所谓轰轰烈烈的爱情呢。

刘小红想那双眼睛会不会是小松啊？她穿着他送给她的裙子就想小松了。可能就是他的眼睛吧，小松在北京看着我呢。

教室里的人越来越多，乱哄哄的。她背着她那很好看的小坤包，拿了两本外语单词和博尔赫斯的小说集。走出教室，她感到背后有许多双眼睛看着她。

他们怎么那么看我呢？刘小红皱着眉头想。不就是我今天穿了个白裙子吗？

图书馆自习室里的人不是很多。这个季节同学们都不愿意老老实实在那里学习了，他们不愿意待在一个地方安静下来看书了。这个季节，多么令人不安啊。

刘小红找了个空位坐下来，开始背她的单词。对面的一个男孩不时地看她。又遇到了一双眼睛。刘小红抬起头来的时候和男孩的眼睛碰到了一起，她愣了一下，这不就是在路上碰到的那双眼睛吗？黑黑的、亮亮的。看了一会儿，刘小红脸红了。她重新埋下头去，却再也背不进外语单词了。她拿出博尔赫斯短篇小说集，看《交叉小径的花园》，看着看着就把自己忘了。

不知什么时候，刘小红听见管理员在说着下班了、下班了。她抬起头来才发现自习室里的人已经很少了。对面的男孩还在，他笑着对她说：该吃饭了。刘小红在心里说刚才的声音不会是从他口里发出来的吧。她急急地收拾着自己的东西，走出图书馆的时候，男孩跟在她的后面，说你这个裙子很漂亮。刘小红笑笑，没理他。男孩想女孩子穿这种裙子是很容易出事的。前几天校园里曾经发生过一起强奸案，一个穿着白裙子的女孩子在小花园里被两个人强奸了。这件事情在校园里传得沸沸扬扬。刘小红也听说过这件事，她没放在心上。刘小红急急走着，把男孩远远地甩在后面，可刘小红仍然感到背后有一双眼睛在看着她。

食堂里人来人往的，大多是一对对情侣。他们不厌其烦地互相喂着对方。刘小红很看不惯这种行为，她总是躲得远远的，在一个小角落里低着头慢慢吃着。抬起头来的时候，她又看到了那双眼睛，黑黑的、亮亮的，在注视着自己。刘小红感到背后有一股凉气，她想明天还是把裙子换掉吧。

回到宿舍，刘小红给小松打了个电话，对他说她今天穿上了他送的那件白裙子。

小松问感觉怎么样？

刘小红说有一双眼睛。

小松说眼睛？什么眼睛？

刘小红说不知道。就挂了。

那天晚上学校里又发生了一件凶杀案，一个穿着白裙子女学生被强奸杀死了。同宿舍的人告诉刘小红这个消息时，她正准备把那件白裙子放进壁橱。

刘小红一脸的苍白。

花　事

这天中午，周可和宿舍的几个姐妹刚到宿舍，正准备午睡，听见有人敲门，小六嘴里嘟囔着谁啊这是，打开门，看见一个怀抱一束鲜花的女孩站在门外。她笑吟吟地说，请问周可是住在这个宿舍吗？

小六说，对呀，你是……

我是情人果花店的，有一位先生让我们给周可小姐送这束花，她在吗？

小六叫二姐二姐，周可闻声走出来。送花女孩说，你签收一下吧。周可心想这是谁啊，签了名，望着送花女孩走远了，才嘟囔了一句：谁这么神经？

小六忍了半天的话终于爆发出来：二姐啊，你现在是不是特别激动啊，我都快晕死了。其他的人也都跟着附和。

周可没有理她们，自己好歹也是广告班的班花，哪能像她们一样沉不住气。她装作十分镇静地把花放在花瓶里，小六很积极地跑到洗手间，用脸盆弄了点水，说这下咱们宿舍可又有几天的花香了。女孩子喜欢花，前一段时间小四过生日，她的男朋友给她买了一束花，在宿舍里放了好几天，香气扑鼻。

周可摆弄了半天也没有发现纸条什么的，这是谁送的呢？一句话也不说，云里雾里的。大家在那里七嘴八舌，猜测着一定是哪个长发帅哥，或者是美术、音乐系的浪漫男孩。周可听她们乱七八糟的议论，说行了行了，都不困了？睡觉！

第二天中午，那个送花女孩又来了，仍然只送来一束花，不同的是昨天是玫瑰，这一次是百合，仍然不知道是谁。

第三天，依然是如此。

小六忍不住了，说这是谁呀？肯定是个富哥，我们二姐这下福气大了。她打趣周可，周可装作没听见，自言自语地说，他要是再这么送下去，我非郁闷死不可。小四出主意，说明天送花的再来，问个清楚，问不清楚就跟踪她，看她往哪儿走？说不准是咱们学校的学生呢。大家都说这是个好主意，派谁去跟踪呢，一向不怎么说话的老大说，就派小六吧。小六大声说，我？老大说，怎么，你不愿意？小六不情愿地说，去就去，大不了明天中午不睡觉了！

第四天，送花小姐准点而来，周可鼓足勇气问她：究竟认不认识那位先生？送花小姐说真的不认识，你等他电话吧，我觉得他会给你打电话的，要不，你把你的电话告诉我？周可把宿舍电话告诉了她，又问她，那你知道这花要送多久？女孩说，这个也不知道，他每天下午打电话给我们，我们是预约送花。周可没有办法了。

送花女孩走了以后，小六果真跟了去。半小时以后，一脸沮丧地回来了，说她真是花店里专门送花的，不是学生。大家没招了。

其实，小六的这次跟踪早就被送花女孩发觉了。她感到好笑，也感到纳闷，那位先生追女孩子也真够下血本的，每天一束不一样的花，这样送下去，什么样的女孩不动心呀？

这天，送花女孩和几个朋友在一起吃饭，朋友差不多都是中学同学，男男女女十几个人吧。几个人饭前喝了点酒，男士们讲了几个荤笑话，送花女孩顺口就把给周可送花的事说了出来。几个人听了都不相信，说现在还有这种事情？谁那么神经？送花女孩有些急，人家可是大学生，怎么，你们不相信？我这里还有她的电话呢。说着把记有周可电话的纸条拿了出来，几个人传来传去都看了，这才有些相信了。

这天晚上，宿舍几个人正说话，电话铃响了，老大去接。是个男士，找周可的。小六警觉地叫起来，哇，神秘先生终于出现了！周可心里也很激动，从老大手里接过电话，果然是那个送花的人，他说他非常喜欢她，想见见她。周可一口就答应下来，说行，在哪里。男人说在云龙大酒店吧，明天晚上六点。周可答应了。

放下电话，周可一脸的喜悦。他终于出现了！宿舍里的人比她本人还兴奋，叽叽喳喳地都为周可出谋划策。明天晚上穿什么服装；化妆要不要浓一点；那个黄色的小包肯定不行了，要买个新的……

第二天晚上，周可如约去了云龙大酒店。

大概到了九点钟的时候，周可还没有回到宿舍。老大和小六开始着急起来，老四说你们瞎担心什么？你们都没有经验，这方面我最有发言权，约会的女孩嘛，十个有九个都没有时间概念的。

这时候，电话铃响了，是个男生，找周可的。老大说，周可不在，你明天再打吧。男孩问，她去哪里了？怎么现在还不回来？老大不耐烦，说你是谁啊，她回不回来跟你有什么关系？闲吃萝卜……她没有说完，觉得这话不太中听。

男孩仍然不肯罢休，说周可最近是不是每天都能收到一束花，那是我送的，我是她的中学同学。老大一听傻了，对宿舍里的人说坏了，又出现一个送花的！

小六抢过电话，说周可不是跟你约会去了吗？男孩说，没有啊，这是我第一次给她打电话，我现在在外地呢！

大家看看窗台上的一排鲜花，不知道说什么好了。

意　　外

小麦灌浆的时候，最怕缺水。这一年的小麦恰恰赶上了江淮地区大旱，作为旱灾最严重的地方，就连水库村的著名旅游景点云天水库竟然也快干了水，眼看着这一年的庄稼要颗粒无收了。这一届的村委会领导班子比较务实，在给上级做了引库水灌溉麦田的请示以后，就马上从乡里借来了两台抽水机，开始灌溉。

村民听到这个消息自然是十分激动，都说村委会为他们做了一件好事、实事，这边称赞着，那边就进入了夺水的战斗。大家是怕水库里有限的水源不够用。村委会就怕村民们不遵守纪律，乱了套最头疼。赶紧在村头的大喇叭广播了一下，说灌溉要轮着来，顺着水渠一家一家地进行，轮到哪家哪家就去地头等着，谁也不能破坏这个规矩。大伙一听，这样蛮好。都安安静静地在地头守着，看着那清澈的水流进自家焦渴的麦田，心里就滋润得多了。

这水看着不多，轮着灌溉还是够用。大伙互相谦让也就没事了。问题出在二愣子和水泉两家人身上。轮到二愣子家浇水了，他还没有到自家的地头来，一家人不知道到哪里去了。

下一家该水泉浇，水泉和他媳妇酸菜看二愣子不来，这水不等人啊。

平时两家来往得就少，不然水泉两口子也许就会自作主张地把水引到二愣子地里了。可事实上是他们把水引到了自家田里。

还没多大会儿，二愣子两口子扛着铁锹来了。一看水越过了自家田流到了二愣子的地，气不打一处来，嘴里骂骂咧咧地要把水改道自己田里。水泉不答应，说既然都浇了一会儿，你就让我浇完吧。二愣子气哼哼地说，浇完？娘X，还轮不到你吧！水泉说你怎么骂人呢？！刚才你不是没来吗？二愣子看样子是喝了点酒，他说骂你，老子还想打你呢！说着挥挥手里的铁锹。水泉媳妇酸菜大声叫起来：二愣子你别不要脸！是你自己不来，还耍赖怎么的！

爷们之间的事情，女人要是一掺和，十有八九会坏事。二愣子媳妇天香见酸菜说了话，自己早耐不住性子。她是村里有名的一张刀子嘴，一样的话从她嘴里蹦出来免不了都要带上些恶毒。她说，这水是骚货怎么的，自己跑人家地里去了！酸菜在村里的名声不太好，因为出嫁不到五个月就生了孩子，在村里女人中落下了把柄。酸菜哪里受得了这个，眼泪哗地就下来了。水泉见自己女人受了辱，窝了一肚子的火爆发了。他恨恨地跺了一下脚，手里的铁锹朝二愣子扔了过去。二愣子头一偏，躲过去了，他说哎哟，行啊，水泉，敢跟我动手了。水泉是个老实人，一般不大跟村里人动气。二愣子和他相反，成天咋咋呼呼的，在村里是个愣头青，打架跟喝凉水似的。他向前跨了一大步，左手一把抓住水泉的衣领，右手照着他的脸狠狠打了一拳。水泉想躲没躲过去，情急之中抓起酸菜递过来的一把镢头，照着二愣子的后背砸了下去。只听见砰的一声，二愣子发出几声沉闷的哼叽倒下了。两个女人惊得目瞪口呆。

二愣子在天香的号啕大哭中被村里人送进了镇医院，他的肋骨被打断了好几根。水泉因故意伤害罪被判了半年的监狱。

水泉蹲了大牢，酸菜对二愣子恨之入骨，整天盘算着怎么报复他们一家。她想过给二愣子扔毒药，毒死他院子里的猪、狗和鸡，但天香一般不大出门，她也就没有多少机会下手。她想给二愣子的毛娃使坏，把他的腿或胳膊弄折了，可每当看着那孩子一脸的天真，怎么也下不了手。最后她还是决定报复二愣子。这天，她想出了一个主意。

村里的三憨办喜事，酸菜早早地就去他家帮忙。她知道吃酒水的时候二愣子一家肯定会去，这是水库村老辈的规矩，不管村里谁家办喜事全村的人都要来帮忙。在酒席上，酸菜看见了天香，还和她打了个招呼。天香还以为她不计前嫌了呢，回家给二愣子说了。二愣子说，我说嘛，村里谁不怕我？这个骚娘们肯定会巴结咱。

一直到了晚上，酸菜瞅准一个机会，蹿到了厨房。厨房里的大师傅是张铁贵，原先和酸菜有过一腿，酸菜做姑娘时就是和他睡的觉。后来阴差阳错嫁给了水泉，便死了那份心，再也没有和他来往过。张铁贵去年刚死了女人，才四十岁的汉子，正是火烧火燎想女人的年龄。酸菜就是看准了他这一点，给他抛了几次眉眼，早把张铁贵拨弄得心神荡漾了。

酸菜四下瞅瞅没人，小声对张铁贵说，晚上到我那里去！说完装作一副若无其事的样子走了。在门口碰到二愣子，就说，大兄弟啊，月前那事怨我，今天晚上我在家里让张铁贵备了几个小菜，你赏赏脸，去一趟？二愣子一听，欢喜得不得了，说行啊，我去。酸菜一脸的喜色，说回头我让张铁贵去叫你。

乡下的夜晚似乎来得特别早，说话的工夫，夜色就浓了。酸菜早早把女儿支到了娘家，大门闪了个缝，自个儿就上了床。不一会儿，张铁贵急急惶惶地来了，见了酸菜，口水流得足有两尺长，扯了衣服就往酸菜身上爬。

两个人完了好事，酸菜对心满意足的张铁贵说，我今天叫了该死的二愣子，你回去的时候喊喊他。张铁贵心里明白酸菜的如意算盘，很畅快地答应了。

二愣子在家等着呢，这边一喊，他就对天香撒了个谎，去了酸菜家。到了门口，一推大门，看见屋里亮着灯。满心欢喜地进了屋，只穿着裤头背心的酸菜一下子抱住了他，二愣子还没反应过来，酸菜扯破喉咙的尖叫早已惊醒了左邻右舍。大家伙一看，这还了得！

二愣子被派出所的两个大盖帽带走了。

二愣子被带走以后，派出所连夜审讯，二愣子死不承认，说不是我，我根本没有碰那个骚娘们儿，是她自己抱住我的。大盖帽问，那你晚上去她家干什么？二愣子说是她让我去的。

大盖帽不信，搁谁也不会信。一个大男人夜里去一个女人那里，还能有什么好事？可二愣子就是不承认，派出所也没什么办法。后来，二愣子说了一个月前两家打架伤人的事，派出所的人才对酸菜起了疑心。连夜派人把酸菜送进了公安局定点医院，做了个精子鉴定，结果确实是二愣子的。

二愣子傻了。

误入歧途的爱情

这个故事大概是八年前的事情了。

当时我在县一中读高中，高二那一年，我们班的班长因为犯了一点小错误，被班主任免了职。我本来是只担任班团支部书记的，这个小小的变动让我又当起了班长。在宣布我做班长之前，班主任找我谈话，说要大胆工作，要把自己当作班主任，努力把班级管理好。我当时就没弄明白，我为什么要那么尽心尽责？如果我能把班级管理好，那还要你班主任干什么？当然我也只是在心里那么想想，不敢跟班主任讲。

当上班长的第一件大事就是调位置。这是一个树立自己权威的良好途径，就像做了皇帝一样，要把江山版图整理整理，分封一些诸侯，划分一下行政区划。我自己认为调位是一件非常轻松的事情，不就是那么五六十个人吗，事先把大家的位置排一排，在黑板上公布一下就行了呗。根据调整好的位置再把小组重新划分一下，重新任命一批小组长，万事大吉。事实上没这么简单。

当我在黑板上公布完名单，就听见同学们开始起哄，眼看就乱了套。幸亏班主任及时驾到，才把局面稳住。可是，有一个女孩子还在那里哭哭啼啼，不愿意调换位置。我有些不明白，下课以后找她谈话，她说就要和原来的那位同学一起，她不想和别人在一起，那样她会感到别扭。她原来的同桌是个男生，叫李家男，是个眉清目秀的小伙子，家在市区。我当时还没想到他们两个在谈恋爱，后来听了同学们的议论才知道他们当时正在恋爱中。

我知道现在中学里谈恋爱的学生是有的，只不过不是那么普遍罢了，这个社会虽然不提倡早恋，但还没有到了明令禁止的地步。主要还是家长，不愿意让孩子过早地偷尝禁果，怕耽误了他们的学业。基于这样的认识，我也就见惯不怪。在女孩子的恳求下，我有心成全她。找李家男谈了，没想到他不愿意，说本来就是女孩子一厢情愿，他根本就不喜欢她。这事就这样搁置了下来。

过了几天，李家男的妈妈到学校里来，给他办理转学手续。李家男便转到了本城的另一所中学。我听说，李家男的爸妈极力反对他和女孩子的来往，为了摆脱女孩子对李家男的纠缠，他们几乎动用了所有能想到的手段，直到把李家男转到另一所中学。

女孩子却苦苦相逼，不断和李家男打电话，开始的时候李家男的妈妈还好言相劝，劝女孩子好好学习，不要因为恋爱耽误了学业。女孩子好了几天，又打电话，李家男的爸妈终于不能忍受了，和女孩子的父母联系，让他们好好管教管教自己的女儿。

女孩子的妈妈自然也是十分着急，苦口婆心地和女儿谈话，做工作。女孩子仍然是不甘心就此放弃，不但给李家男半夜三更打电话，还经常到他的楼下去等他，直到看见他才罢休。李家男见了她，就像老鼠见了猫，久而久之，竟然患上了恐惧症。

一天，女孩子在李家男放学的路上截住他，给他读一封遗书，说要等他三年，等到他大学毕业，一直等一辈子，如果李家男背叛她，她就去死。从那以后，李家男无论是上学还是放学，都让妈妈跟着。

女孩子的妈妈偶然发现了这封遗书，也很害怕。女儿要是真有个三长两短，那可怎么办？她可就这么一个女儿啊。万般无奈，女孩子被迫休学在家，由妈妈看着。

谁也没想到，这个故事的结尾是那么富有戏剧性。李家男在考上了一所重点大学后，给女孩子打了个电话，说其实自己是喜欢她的，希望她能等到他大学毕业。女孩子听了，呆呆地笑了半天，然后便蒙头大睡了两天。

之后，女孩子又回到了校园，很快喜欢上了另一个男孩。

爱情测试

旻君这一次要见的是一个中学老师，是姑妈介绍的。旻君从网吧里出来，天色已经开始暗下来。她胡乱地在一家看上去还算干净的小饭馆里吃了点快餐，直接来到了坐落在湖边的左岸咖啡馆。这是她自己选的一个地方，在这个地方她已经约会了好几个男人，虽然每一次的结果都是不欢而散，但她仍然喜欢这个从窗户就可以看到碧波荡漾的地方。

一个小时以前，旻君在网上和一个名叫"海天一色"的人聊天。旻君从他的名字就知道这是一个男人，并且很孤独，和自己一样。在本城的一个网站聊天室里碰到四处游荡的他，一聊便聊上了。网络中的旻君和现实中的她很不一样，她和那些各种各样五花八门的网友聊自己的各种烦心事，甚至自己的隐私。她喜欢在虚拟的世界中倾诉。旻君的网名很清纯，叫"盈盈一水间"。她很喜欢自己这个网名，说起来这个名字还是她的第一任男友给起的。

那个有着一头长发的男孩是单位老板的公子，是他主动追求她的。旻君是那种看起来有些忧郁的女孩子，大学毕业后进了一家广告公司，做的是文案工作，蛮自在的。上班的时候喜欢戴着 CD 机，抽屉里到处都是罗大佑的歌。她喜欢听罗大佑那有质感的音乐。

她不知道是不是自己的举止引起了那位公子哥的注意，反正那天下班的时候他约了她。就是在这家咖啡馆，她收到了人生中的第一束花，是那种高贵的黑色玫瑰，旻君知道这在本城的花店中是见不到的，公子哥说他专门从广东预订的。他说只有这种玫瑰才能配得上她：高贵中透着温柔，冷艳中显出神秘。

两个月以后，她把自己给了他。

三个月以后，他就离开了她，一个人去了国外。留给她的除了那些各种各样名贵的花以外，还有那个网名：盈盈一水间。就像面前的一湖清水，清澈中却显出些许的沉重来。

旻君把自己的这个故事告诉了海天一色。海天一色说想见见她，被她拒绝了，她知道见面的结果只会有一个。

中学教师还没有来，旻君漫不经心地看了看时间，离约会的时间还有五分钟。按说自己是不该提前来的，女孩子嘛，总要矜持一下才好。但旻君已经习惯了这些，想想那些不算成功的约会，心里也就释然了。她不明白男人为什么那么在乎女人的身体，那些嘴上说着爱情至上的男人们怎么一知道自己不是处女就会离开自己，即便是他们占了自己的便宜。

她从一本时尚杂志上看到一个爱情心理测试：说女孩 L 要过一条河去寻找自己心爱的恋人 B，但河水太深，她不会游泳，又没有其他工具可以利用，只能借助于别人的帮助。她向男人 H 求助，H 对她说你若能嫁给我，我就帮你过河，L 当然不会同意。去找男人 S，S 说你若是愿意和我发生一次关系，我就帮助你过河，L 在万般无奈的情形下答应了他。过河以后，B 却因为她失身而抛弃了她。后来，男人 M 娶了 L。

测试者可以让对方根据自己的人生价值观对这五个人从好到坏进行排序。然后根据排列的结果得出对方的价值观念。其中 L（love）代表爱情，B（belief）代表信念，H（home）代表家庭，S（sexual）代表性观念，M（money）代表金钱。

旻君在聊天室里和那个海天一色做了这个测试，结果他排列的顺序是：L、H、M、S、B。这个排列结果让旻君心里稍微感到一些安慰，毕竟还有这样一些爱情至上的人存在。可那是在网络中的测试，在生活中，是不是也是这样呢？

旻君这样想着时，看到门口进来一个穿着白色衬衫的男人，四处张望着。这就是那个中学老师了吧。姑妈说他是穿着一件白衬衫的。旻君站起来，朝他招招手。他微笑着走过来，说对不起，公交太挤了，你就是旻君吧。旻君笑笑，没关系，我也是刚来一会儿，再说时间刚好到，你倒是挺有时间观念的。中学老师说，职业病啊。他笑起来。旻君看他的样子，觉得这人还挺幽默的。自己好歹也接触了不少男人，眼睛慢慢变得毒起来了。

旻君问他要点什么，咖啡还是绿茶？中学老师说绿茶吧，说自己不习惯咖啡的味道。旻君说你挺传统的嘛。中学老师笑笑，说一个小时以前，我在网上和一个人聊天，做了一个心理测试，结果证明我是一个十分具有现代观念的人。

旻君端着咖啡的手哆嗦了一下，她努力让自己很快镇静下来，装作一副若无其事的样子，问，那个人的名字叫什么？

中学老师喝了一口绿茶，慢悠悠地说，叫盈盈一水间。

旻君愣住了。她无论如何也想不到面前这个风度翩翩的男人就是聊天室里的海天一色。他大概不会和那些离开自己的男人一样吧。他是中学老师，聊天的时候说自己很开朗，喜欢现在的教书工作，是个对生活怀有很大热情和理想的人。这样的人对爱情会不会宽容一些？

旻君的沉默让中学老师不舒服，他关心地问她，怎么了？脸色这么难看？

旻君笑笑，没有说话。过了一会儿，她好像下了很大的决心，对中学老师说：我就是盈盈一水间，那个心理测试者就是我。

中学老师张大了嘴巴。他说，你讲的那个故事也是真的？

旻君点点头。

中学老师沉默了。

两天以后，姑妈来找旻君，说又给她介绍了一个对象，这回对方是一个报社记者。

较　量

玉娟中师毕业以后分到了矿区小学，教三年级的语文和音乐。矿区小学是煤炭局的子弟学校，在里面上学的差不多都是矿工的孩子。这几年煤炭产业说不上多么景气，但作为本省唯一一家大型煤炭集团，效益还是不错的。

中等师范毕业的玉娟之所以能分到这里，一方面是因为她的素质好，人长得秀气，讨人喜欢，主要是因为小学的张校长替她说了不少好话。玉娟是个农村姑娘，家里经济困难，爹妈的年纪都不小了，还有一个弟弟在上初中，好不容易苦熬着读完了中师，想不到正赶上高等教育扩招，大学生遍地都是。自己的就业一下子面临着严峻考验。

为了能找到一份好工作，玉娟差不多跑遍了这座小城市的所有小学。她不能坐等学校的分配，这几年中师生的就业形势很不好，这一点她早就意识到了，要不是家里困难，她说不定就被保送上大学了。可她必须工作，她要挣钱，供弟弟上学。在城里找一份教学的工作是很难的，在她几乎绝望的时候，抱着试试看的心思去了矿区小学。她直接去找了小学的张校长，这一点也是她在四处碰壁中总结出的经验，要找就要找单位的最高领导，其他的人说了不算，即使他们想要，也要请示领导。

张校长很年轻，也就三十几岁的年纪，风度翩翩的。他很热情地接待了玉娟，耐心地看完玉娟厚厚的材料，其间还起身给玉娟倒了杯纯净水。

看完了材料，抬起头看了玉娟一会儿，慢条斯理地说，材料很好，我们这儿还真缺一个语文老师，你的音乐怎么样？玉娟听了，心中一阵惊喜，她说我在班里是文艺委员。张校长笑笑，说这就好了，我们这里的老师都是一人教两门课，你要是来，就得教语文和音乐。正说着，进来一个中年人，穿得整整齐齐，打着领带。张校长给玉娟介绍说，这是我们郑副校长。玉娟赶忙站起来问了一声好。郑副校长说好好好，来应聘的吧？张校长递给她玉娟的材料，说你看看，还不错。郑副校长翻了翻，说这个怕要研究研究，报矿区李局长吧。张校长没吱声，端着茶杯喝了两口水，对玉娟说，你先回去，等我们的通知。玉娟满腹心事地走了。

过了一个星期，玉娟接到了张校长的电话，说她已经被录用了，开学就可以来上班，把档案也带过来。玉娟不敢相信自己的耳朵，连声说着谢谢谢谢！

玉娟上班以后才知道，为了自己的事，张校长和郑副校长闹了别扭。郑副校长本来要让自己的一个远方亲戚来学校教书，因为张校长力荐玉娟，这事就黄了。其实这是他们两个人之间的一场较量，他们都想安插自己的人，壮大自己的势力，好几次的较量都是以郑副校长的失败而告终，这一次也不例外。玉娟因此对张校长充满了感激。

一晃半年过去了，玉娟的试用期就要满了。这天，玉娟一个人在办公室里批改期终试卷，张校长进来了，笑容满面地说，玉娟啊，你的试用期就要满了，该转为正式教师了吧。玉娟低下头，说按照你说的，寒假之后就该转了。张校长点上了一支烟，烟雾缭绕中玉娟看不清他脸上的表情，过了一会儿，张校长说，你大概听说了吧，为了你的工作，我和郑副校长差点儿就闹翻了，其实我们俩早就有过节。他在小学待了快二十年了，按说早就该扶正了。我怕他在你转正这件事上使绊子，他的靠山李局长，就是专门负责分管我们学校的。玉娟心里一沉，不说话了。张校长笑了一下，又说，不过呢，他有靠山，我也有后台。这个恐怕你也有所耳闻。玉娟不知道他这话是什么意思，就没作声。最后，张校长说，这样吧，寒假你晚走两天，我们在一块研究研究。玉娟点点头。

寒假第一天，学校里差不多没有人了。玉娟给家里又汇了五百块钱，刚回到宿舍，张校长来了。她给张校长拿凳子，张校长说不用，就坐到了玉娟的床上。玉娟给张校长倒了杯水，张校长没接，却一下子抱住了玉娟的腰。茶杯掉到地上，碎了。

一直到了春节的前一个星期，玉娟才回了一趟老家，一家人过了平生第一个最有年味儿的春节。

开学以后，玉娟顺顺当当转了正。她和张校长的感情也随着两个人的肉体接触变得越来越浓，张校长也变得越来越没有节制，有时候甚至在办公室，他就耐不住性子。终于有一次，赤身裸体的她被郑副校长看见了。那以后，张校长就再也没有找过她。

玉娟变得沉默寡言起来，除了上课，就一个人孤零零地待在宿舍里，在那里发愣。一个月以后，张校长偷偷塞给她一个纸条，上面写着：不要背叛我，否则你不会有什么好下场。玉娟傻了，不知道他是什么意思。

直到有一天，郑副校长来找她，让她提供证据，证明张校长和她发生了性关系。如果不合作，她就会有因为这件丑事被开除的危险。玉娟害怕了，她怕失去这维系全家生活的工作。怎么办？她知道两个人都不是什么好东西，可她敢得罪谁？郑副校长看她犹豫不决的样子，说我知道这件事情不怨你，那个张权德不是什么好东西，别以为他帮你是为你好，他是为他自己！为了得到你这个人而已！如果他真喜欢你，为什么不来找你？

郑副校长拿走了张校长写给她的那张纸条。

一个月之后，玉娟去医院打胎的那天，张校长被调到矿区的另一所小学，上面又派来一位更年轻的贺校长。

三点说明（代后记）

一

收在这个集子里的作品都是短篇，基本上属于乡村题材。乡村题材的短篇小说我写得不是很多，且集中在早期写作，像最早的《母亲的天堂》这一篇，写于1999年，那时我正在读大学三年级。近年来我所着力的是长篇小说的创作，写成了乡土中国三部曲《福地》《富矿》《后土》、转型时代三部曲《裂变》《踯躅》《天择》等十部作品。这个新的小说集的编成，全承蒙秋生兄美意。在此是要特别感谢他的。

二

收在这个短篇小说集的作品基本上都在各类文学期刊发表过。这些刊物包括《小说家》《芙蓉》《青年作家》《雨花》《青春》等。在此，也向给予我鼓励的期刊编辑们表示谢意！

三

创作之路仍旧漫漫。短篇小说也仍旧零星地在写。我一直认为，短篇小说是一个挑战性很强的体裁，写好并不容易。那么，就继续努力吧。

2020年5月10日，于浙江传媒学院创意写作中心